U0947363

都市情怀

青岛市文学艺术界联合会 编
名誉主编 耿林莽 主编 王泽群 副主编 韩嘉川 栾承舟
本册主编 韩嘉川

青岛出版社
QINGDAO PUBLISHING HOUSE

本书编委会

总　序

回望百年　美不胜收

耿林莽

第一位将域外散文诗译介到中国来的作家，是刘半农。早在1915年，他便在《中华小说界》第2卷第7号上发表了以《杜谨纳夫之名著》为题的四篇散文诗，“杜谨纳夫”即屠格涅夫。中国第一位创作散文诗的，也是刘半农。他的第一篇散文诗《晓》，发表在1918年《新青年》杂志第5卷第2期上。当时，他也许不是有意写的，但这个《晓》对于黎明初降时的诗意描绘，却恰恰成为中国散文诗诞生的一个极具蓬勃生命力的美好象征。虽属巧合，但也算是百年散文诗史上的一段佳话。

这篇《晓》仿佛是一声雄鸡的报晓，迅即唤起文学界散文诗创作的热潮。“五四”时期，文学界先锋人物对新生事物是很敏感的，当时几乎所有一流作家都投入到这一新兴文体的创作，鲁迅、郭沫若、茅盾、巴金、冰心、朱自清、沈尹默、郑振铎、周作人、王统照、徐志摩、许地山、焦菊隐、徐玉诺，等等，皆有散文诗佳作，真的是热闹非常。可以说，中国散文诗这一新文体，拥有一个极富尊严、充满朝气的草创期。当然由于作家们初涉这种文体，对其了解难免粗浅，有些作品质量不高，也是正常现象。直到鲁迅的《野草》问世，局面才有所改观。

早在1919年，鲁迅就以神飞为笔名，在《国民公报》副刊《新文艺》上发表了一组散文诗《自言自语》，形式上与流行散文诗相近。由此可见，他也是中国最早投入到散文诗创作的作家之一，对这一新兴文体，早已心怀敬意充满热情。《野草》的问世则是其散文诗形成自身独特风格，和中国散文诗由幼稚走向成熟的一个标志。它不仅是中国散文诗的一座高峰，在世界散文诗史上，也是一座丰碑。说它是高峰，是丰碑，除其展现了作者深厚的文学素养与不同凡响的语言造诣等艺术上的因素外，更重要的是它展示了散文诗这一文体的美学特质，扭转了人们对它的误解。误解包含：认为它不过是一些华丽词语的堆砌，小资情调的抒发，个人心境与身边琐事的笔现。其实并非如此，孙玉石先生在他的《〈野草〉与中国现代散文诗》一文中告诉我们：《野草》启示人们要把人的诗情与时代的斗争紧密联系起来；内心矛盾的严峻解剖和象征方法的完美运用，形成了《野草》这部散文诗集充满诗意而又富于哲理，幽远奇峻而又凝练深警的抒情色彩。譬如，在《过客》这篇寓言式的以戏剧形式展开的诗境中，渗透了生命意识无比辉煌的力量，和一种崇高悲剧美的苍凉与悲壮。无论前面是野地，是坟，是黄昏，是黑夜，“我只得走，我还是走好吧……”他“即刻昂起了头，愤然向死走去”，这便是“过客”的形象，鲁迅为我们塑造了一个不朽的“知其不可为而为之”的战士和诗人的典型形象。

《野草》发表之后的20世纪30年代，有学者认为散文诗创作进入了低谷，我觉得并非如此，相反，与草创期相比，她呈现出渐趋成熟的态势。草创期虽然大家云集，气氛热烈，不少人不过是偶尔为之，浅尝辄止，对散文诗文体的认识也不够深刻，这是很自然的现象。30 年代出现了专业性散文诗作家，如何其芳、丽尼、陆蠡、马国亮等，他们的作品已经相当成熟地显示了散文诗的美学优势，特别是何其芳的《画梦录》。这部作品原本是以散文集名义出版，且获得《大公报》文学奖的殊荣，然而人们因其浓郁的抒情性魅力和突出的诗美意境，普遍地将其视为优秀的散文诗样本，它在当时产生了很大影响。

20 世纪 30 年代末期到 40 年代，抗日战争和解放战争期间，文艺作品服务于斗争需要成为必然。作为散文诗自身的文体发展，基本上稳定地延续了前期风格，没有出现太大变化。郭风和刘北汜编选的一套《曙前散文诗丛书》，收入田一文、莫洛、羊翚、彭燕郊、刘北汜、叶金、陈敬容等人的作品，大体可以呈现这一时期散文诗的面貌。新中国成立以后，形势大变，散文诗以郭风的《叶笛》和柯蓝的《早霞短笛》为代表，吹响了时代的最强音。笛声中洋溢着明朗、欢快和昂扬的朝气，体现了当时人们的喜悦与乐观情绪。不过，1957 年流沙河因《草木篇》，徐成淼因《劝告》而遭受的打击和苦难，却也在散文诗史上留下了一抹记忆的暗影。再以后便是“文革”横扫一切的风暴，散文诗沦入长达十多年的“空白期”。其间，许多人因散文诗而惨遭批判和迫害，即使柯蓝的《早霞短笛》那样洋溢着歌颂与赞美的作品，也未能逃脱姚文元棍棒的打击。

苍天有眼，否极泰来。改革开放以后，散文诗迅即复苏，随后便是空前的繁荣。在 20 世纪 80 年代文学进入复苏的大背景下，柯蓝、郭风等人为散文诗四处奔走游说，推动了散文诗的振兴，这固然是重要的因素，但更关键的是整个文化环境趋向宽松。经过30多年的蓬勃发展，中国散文诗已经进入了成熟和丰收的繁荣期。一大批老中青散文诗作家不断涌现，优秀作品层出不穷，美不胜收，以及发表阵地不断扩大，诗集、选集、年选、丛书大量出版，理论研讨、评奖活动十分活跃，如此等等，真的是史无前例。种种情况，难以赘述，读者从这部《中国散文诗一百年大系》中，自会有直接的感受。

且让我们来一睹这部《中国散文诗一百年大系》的风采。

王泽群是一位散文诗作家，虽然他并非以散文诗为创作主项，但对散文诗事业却十分热心。为了纪念中国散文诗的百年诞辰，他倡议、策划、组织了《中国散文诗一百年大系》这部大型丛书的出版，邀请了韩嘉川、何敬君、栾承舟、栾纪曾、王亚平、雨倾城、高伟和霜扣儿八位诗人参与编选，第一本拟选入百年中有代表性的经典作品，这是一个规模宏大的工程。策划中决定的丛书任务，一是为百年散文诗的经历提供一份可资参考的作品史料；二是为读者推荐百年来的优秀散文诗作品。后者应是主要目标，因为绝大多数读者的兴趣，毕竟是在优秀散文诗的阅读欣赏方面。

悠悠百年，作品浩繁，大海捞针，百里挑一，编选工作的难度可想而知。早期作品的挑选难度在于资料匮乏，即作品少；当代作品的挑选难度在于作品多。面对这一实际情况，在选入作品的分量上，自然是今多昔少，这其实亦属必然。后来者居上，散文诗百年的发展，质量的逐步提升是必然的趋势，选入的当代优秀作品，包括一些年轻作家的作品，其美学高度已远超前人，这一点读者从大系中将会获得印证。

面对百年，尤其是当代散文诗，编选过程中的体验与思考颇多。择其要者，略述一二，向读者做一汇报。

1. 散文诗的文体属性问题，在国外，是很明确的。散文诗的开创者之一波德莱尔在谈及《巴黎的忧郁》时说："总之，这还是《恶之花》，但更自由、细腻、辛辣。"《恶之花》是诗集，那么《巴黎的忧郁》也是诗，是明确无误的了。国外的许多诗人，都把散文诗与分行诗一齐收入诗集出版，也是一个明证。但是在中国，多年流行的一种观点则是，散文诗是诗与散文的杂交品种，或边缘文体，也就是说，散文诗既可以是诗，也可以是散文，或诗或文，亦诗亦文。这就在很长时期中，对作者和读者造成了属性模糊不清的印象，许多人将短小的抒情散文误认成散文诗，导致一些散文诗严重散文化的倾向，对散文诗的发展十分不利。当代散文诗的后期，散文诗本质是诗的观念才得以确定。散文诗是自由诗的发展，为了强化诗的表现力，引入复杂情节而将散文的因素融入其中；散文是以"移民"的身份被吸入并加以改造而为其服务的。我提出"化散文"而不是"散文化"的观念，得到人们的共识。现在，散文诗已被公认为是归属于大诗歌谱系，与自由诗、古体诗并立的三大诗体之一。中国作协鲁迅文学奖的诗歌项目，也是这样安排的，这说明散文诗的文体归属问题，终于尘埃落定了。这是当代散文诗顺利发展的一个重要因素。大系编选过程中，也是按此认识处理的。

2. 对于散文诗的产生，人们多从其艺术形式上考虑，很少关注到它的时代背景，其实这一点至关重要。《巴黎的忧郁》是在资本主义发达社会，商品化对人性扭曲与异化的背景下产生的，五十篇作品几乎全是“他者”忧郁的陈述，而非作者个人的哀愁或闲愁，更不是供人赏玩的“小摆设”之类。揭示疮疤，治疗疼痛，拯救灵魂，呼唤人性，这才是散文诗这一文体在内容上的本质属性。散文诗传入中国后，却一度出现了大量内容空虚，专门抒发个人情感的小资情调，甚至是无病呻吟的作品。矫揉造作，扭捏作态的不良诗风随之流行，这极大地损害了散文诗的声誉，引起一些人对这一文体的冷漠和非议。鲁迅的《野草》之所以可贵，正在于他以其关注时代、关注现实，以及凝重而深厚的社会内容，还散文诗应有的本质属性。经过多年努力，当代散文诗的主流走向，已逐渐归于正常。对于这一问题，我曾提出过“要沉甸甸，不要轻飘飘”的主张，是有针对性的，现在看来，或亦有其片面性。“沉甸甸”固然需要，“轻飘飘的”，即那些清浅之作，也自有其审美价值。对于这个问题，谢冕的《散文诗说》中有段话说得很好。他说：“这是青春的文体，优美、轻盈、灵动、隽永，还有始终如一的高雅，以及始终拒绝粗鄙化的坚守。从主要的表现形态来说，散文诗似一幅幅水墨山水画，淡淡的、浅浅的，如山间的云霞。”在这个问题上，时刻都不要忘记多样化的要求，大系的编选中，处理是恰当的。

3. 人们为什么爱读散文诗？是为了满足审美的需求。有人说“散文诗是美的尤物”，美文性是它的一大优势。因此，我们将美视为散文诗的依归。选编过程中，以美的追求为首要目标。较难处理的是美与意义的关系问题，在“文以载道”的观念深入人心的中国，人们对文学作品的教育意义，即思想性十分重视，散文诗亦然。在创作过程中，如果从意义出发，即所谓“主题先行”，容易使作品形成说教；如果以形象阐释思想，会削弱诗美吸引力。

要正确解决这个问题,还需从认识上入手。什么是美?美是真善美的统一,意义、思想不应该是对美的强加,而是其内在生命不可分割的组成部分。也就是说,美隐含着意义,严格地讲,没有意义的美是不存在的。我们常讲的"德智体美",美本身便是一"育"。散文诗正是通过美的形体,给予读者以优美情操、健康思想和精神文化修养上潜移默化的影响而实现其"教育意义"的。理直气壮地将审美作为散文诗价值的核心来处理,是大系编选过程中所遵循的一条原则。

愿《中国散文诗一百年大系》搭起的这座桥梁,能帮助您抵达中国百年散文诗的彼岸,获得一次审美的满足。

序

散文诗的城市

韩嘉川

在新诗发展一百年的时候,回眸中国散文诗所走过的道路颇有一番感慨。其中的波澜起伏,饱含了中国现当代文学进程中的种种情状,也特别为近些年的繁荣发展而欣慰。而在编辑《中国散文诗一百年大系》的“都市情怀”卷时,却感受到了一定的难度。如果说散文诗最初译介到中国的时候,许多涉猎散文诗的作家写过市民题材或城市背景的作品,而一个世纪过去了,中国城市化的趋势越来越强劲,无论生活在城市里的人,还是抛家舍亲进城打工者,城市化已成为绕不过去的中心话题。然而,翻阅了大量的散文诗,涉猎城市的作品却相对不多……

尽管所占有的材料不尽全面,但就所见现象而言,多种因素值得思索,其中比较突出的是审美认同。中国是有几千年历史的农耕国度,尽管自20世纪后期,无数千篇一律的高楼大厦崛起了城市外形,而城市的精神与文化却没有同时崛起;尽管人们住进了高楼大厦,却割不断乡村文化与田园意识。800多年前陆游在《临安春雨初霁》一诗中写道:“小楼昨夜听春雨,深巷明朝卖杏花。”南宋的临安是现在的杭州，诗中的“春雨”与“杏花”虽在都城巷陌却仍属田园。就是说身在城市，而意识在乡野，也会有好诗。然而，其中“卖杏花”的“卖”字，却点亮了城市与乡野的区别。“城市”是两个单字词的组合，城是由用于防御的墙围成的；而市，是买卖。尽管农村也有集市，但场地是不固定的，而城里的市是固定的，是专做买卖的市场，且分门别类清晰细致，《清明上河图》展示的便是北宋年间城市的景象。有需求便有市场，买卖是一件事情的两个方面，乡野的杏花不必采，春光自然在，而城市里则须花钱才能得到。同样的田园诗意，用在不同的地方，却产生不同的审美效应。

从另一方面看，从诗经到唐诗宋词元曲及明清话本，几千年的文化熏陶滋养了一代代文人，从审美到创作，驾轻就熟的多是田园诗意，有无数范例模本供参照，而大工业背景与市场经济的都市，却是相对陌生的。文学创作写熟悉的生活是毋庸置疑的，而熟悉中有“深”“精细”的意思，也有“娴熟”“熟练”的含义。就是说，既要对生活深入了解，又要有娴熟的获取素材的技巧。《巴黎的忧郁》译介到中国，有人提出文学是审美还是“审丑”的疑问。至于波特莱尔的审美主观意识暂且不论，单就审美而言，波特莱尔写的就是城市。习惯了中国田园诗审美者，对城市的许多事物看不惯，接受起来有一定的困难，这是必然的。

再是审美的主观意念。现代文学是大工业背景下城市生活的反映，是由哲学、美学、心理学以及自然科学等融汇而成。其中一个重要特征，是主观意念在作品中的作用，反映在具体操作层面的便是“再现”与“表现”。仅就这一点，中国传统绘画的“散点透视”理论，是以画家的眼睛为中心，在运动中观察物象，将山川、河流、树木等物象结合、组织之后，不再受自然界的限制，由画家主观意识对自然界的不同感受,重新来表现,从而达到一种时空的重新组合,使绘画高于自然境界。特别是写意画,突出了主观作用,从而完成了艺术的真实。对于散文诗,如果过分强调城市意义未免形式化,广而统之,即便写乡村田园、大自然风光,像中国绘画一样,其意念的主导作用,依然有主观表现与客观再现的分野。反观城市写作,重要的是主观感悟到了什么。写成散文诗容易,但捕捉传统意义的意象、象征等,不管是从创作还是到接受,因为有传统审美摹本参照,相对来说容易,同时也容易获得认同。而创新,尤其在城市背景下以现代文学视角的创新,相对来说则有一定难度。

另外,还有理论的审视与引导。城市是什么?是一头巨兽,它吞噬着人的自然属性,是规范,是秩序,是机器,是科技,是信息化;城市还是一头欲望的巨兽,是梦想家的天堂,是冒险家的地狱,是野心家的跑马场……散文诗的理论架构还没有重视与城市的关系。写清浅的花草可以有好作品,写山水阡陌、青衣孤灯,写金戈铁马、千年古韵,写花前月下、红袖添香,即使重复也不嫌俗,尽管少但是有好作品,因为审美认同,却难以避免似曾相识感。这“皇帝的新衣”是说破还是不说呢?

《中国散文诗一百年大系》的编辑出版,应该是散文诗发展进程中的重要总结,而其中的“都市情怀”卷,从另一个角度对散文诗进行审视与展现的同时,还应该看到其意义在于,未来散文诗发展所要逾越的因素所在。既然编辑了这一卷,就该说明编者的观点,且是本着这样的视角编选的。至于圈圈点点,由读者与研究者发挥吧。谨此。

目　录

鲁　迅

鲁迅(1881—1936),原名周樟寿,后改名周树人,浙江绍兴人。有二十卷本、十六卷本、十八卷本的《鲁迅全集》行世。1927 年出版散文诗集《野草》。

古　城

你以为那边是一片平地么？不是的。其实是一座沙山,沙山里面是一座古城。这古城里,一直从前住着三个人。

古城不很大,却很高。只有一个门,门是一个闸。

青铅色的浓雾,卷着黄沙,波涛一般的走。

少年说,“沙来了。活不成了。孩子快逃罢。”

老头子说,“胡说,没有的事。”

这样的过了三年和十二个月另八天。

少年说,“沙积高了,活不成了。孩子快逃罢。”

老头子说,“胡说,没有的事。”

少年想开闸,可是重了。因为上面积了许多沙了。

少年拼了死命,终于举起闸,用手脚都支着,但总不到二尺高。

少年挤那孩子出去说,“快走罢!”

老头子拖那孩子回来说,“没有的事!”

少年说，“快走罢！这不是理论，已经是事实了！”

青铅色的浓雾，卷着黄沙，波涛一般的走。

以后的事，我可不知道了。

你要知道，可以掘开沙山，看看古城。闸门下许有一个死尸。闸门里是两个还是一个？

（选自《集外集拾遗补篇》中《自言自语》）

求乞者

我顺着剥落的高墙走路，踏着松的灰土。另外有几个人，各自走路。微风起来，露在墙头的高树的枝条带着还未干枯的叶子在我头上摇动。

微风起来，四面都是灰土。

一个孩子向我求乞，也穿着夹衣，也不见得悲戚，而拦着磕头，追着哀呼。

我厌恶他的声调，态度。我憎恶他并不悲哀，近于儿戏；我烦厌他这追着哀呼。

我走路。另外有几个人各自走路。微风起来，四面都是灰土。

一个孩子向我求乞，也穿着夹衣，也不见得悲戚，但是哑的，摊开手，装着手势。

我就憎恶他这手势。而且，他或者并不哑，这不过是一种求乞的法子。

我不布施，我无布施心，我但居布施者之上，给予烦腻，疑心，憎恶。

我顺着倒败的泥墙走路，断砖叠在墙缺口，墙里面没有什么。微风起来，送秋寒穿透我的夹衣；四面都是灰土。

我想着我将用什么方法求乞：发声，用怎样声调？装哑，用怎样手势？……

另外有几个人各自走路。

我将得不到布施，得不到布施心；我将得到自居于布施之上者的烦腻，疑心，憎恶。

我将用无所为和沉默求乞……我至少将得到虚无。

微风起来，四面都是灰土。另外有几个人各自走路。灰土，灰土……

…………

灰土……

1924 年 9 月 24 日

（选自《语丝》周刊，第 4 期，1924 年 12 月 8 日）

周作人

周作人(1885—1967),浙江绍兴人。一生著作颇丰,出版文集50余种。

寻路的人

——赠徐玉诺君

我是寻路的人。我日日走着路寻路,终于还未知道这路的方向。

现在才知道了:在悲哀中挣扎着正是自然之路,这是与一切生物共同的路,不过我们意识着罢了。

路的终点是死,我们便挣扎着往那里去,也便是到那里以前不得不挣扎着。

我曾在西四牌楼看见一辆汽车载了一个强盗往天桥去处决,我心里想,这太残酷了,为什么不照例用敞车送的呢?为什么不使他缓缓地看清沿路的景色,听人家的谈话,走过应走的路程,再到应到的地点,却一阵风地把他送走了呢?这真是太残酷了。

我们谁不坐在敞车上走着呢?有的以为是往天国去,正在歌笑;有的以为是下地狱去,正在悲哭;有的醉了,睡了。我们——只想缓缓地走着,看沿路景色,听人家的谈论,尽量地享受这些应得的苦和乐;至于路线如何,或是由西四牌楼往南,或是由东单牌楼往北,那有什么关系?

玉诺是于悲哀深有阅历的,这一回他的村寨被土匪攻破,只有他的父亲在外边,此外人都还没有消息。他说,他现在没有泪了。——你也已经寻到了你的路了吧。

他的似乎微笑的脸,最令我记忆,这真是永远的旅人的颜色。我们应当是最大的乐天家,因为再没有什么悲观和失望了。

1923 年 7 月 30 日

(选自《中国散文诗 90 年》)

刘半农

刘半农(1891—1934),江苏江阴人。原名寿彭,后名复,初字半侬,后改半农,晚号曲庵。著有诗集《扬鞭集》《瓦釜集》和《半农杂文》等。

卖萝卜人

一个卖萝卜人,——很穷苦的,住在一个破庙里。一天,这破庙要标卖了,便来了个警察,说——

"你快搬走!这地方可不是你就住的。"

"是!是!"

他口中应着,心中却想——

"叫我搬到哪里去!"

明天,警察又来,催他动身。

他瞠着眼看,低着头想,撒撒手,踏踏脚,却没说——

"我不搬。"

警察忽然发威,将他撵出门外。

又把他的灶也捣了,一只砂锅,碎作八九片!

他的破席、破被和萝卜担,都撒在路上。

几个红萝卜,滚在沟里,变成黑色!

路旁的孩子们,都停了游戏奔来。

他们也瞠着眼看，低着头想，撒撒手，踏踏脚，却不作声！

警察去了，一个七岁的孩子说：

“可怕……”

一个十岁的答道：

“我们要当心，别做买萝卜的！”

七岁的孩子不懂：

他瞠着眼看，低着头想，却没有撒手，没踏脚！

1918 年刊于《新青年》

（选自《刘半农作品集》河南大学出版社，2000 年 12 月 1 日版）

巴黎的菜市上

巴黎的菜市上，活兔子养在小笼里，当头是成排的死兔子，倒挂在铁钩上。

死兔子倒挂在铁钩上，只是刚刚剥去了皮；声息已经没有了，腰间的肉，可还有一丝丝的颤动着，但这已是它最后的痛苦了。

活兔子养在小笼里，黑间白的美毛，金红的小眼，看它低着头吃草，侧着头偷看行人，只是个荏弱可欺的东西便了。它有没有痛苦呢？唉！我们啊，我们哪里能知道！

1928 年 6 月 23 日，巴黎

（选自《中国散文诗》，湖南文艺出版社，1992 年版）

饿

他饿了;他静悄悄地立在门口;他也不想什么,只是没精没采,把一个指头放在口中咬。

他看见门对面的荒场上,正聚集着许多小孩,唱歌的唱歌,捉迷藏的捉迷藏。

他想:我也何妨去?但是,我总觉得没有气力,我便坐在门槛上看看罢。

他眼看着地上的人影,渐渐地变长;他眼看着太阳的光,渐渐地变暗。"妈妈说的,这是太阳要回去睡觉了。"

他看见许多人家的烟囱,都在那里出烟;他看见天上一群群的黑鸦,咿咿呀呀地叫着,向远远的一座破塔上飞去。他说:"你们都回去睡觉了么?你们都吃饱了晚饭了么?"

他远望着夕阳中的那座破塔,尖头上生长着几株小树,许多枯草。他想着人家告诉他:"那座破塔里,有一条"斗大的头的蛇!"他说:"哦!怕啊!"

他回进门去,看见他妈妈,正在屋后小园中洗衣服——是洗人家的衣服——一脚摇着摇篮;摇篮里的小弟弟,却还不住地啼哭。他又恐怕他妈妈,向他垂着眼泪说:"大郎!你又来了!"他就一响也不响,重新跑了出来!

他爸爸是出去的了,他却不敢在空屋子里坐;他觉得黑沉沉的屋角里,闪动着一双睁圆的眼睛——不是别人的,恰恰是他爸爸的眼睛!

他一响也不响，重新跑了出来，——仍旧是没精没采的，咬着一个小指头；仍旧是没精没采，在门槛上坐着。

他真饿了！——饿得他的呼吸，也不平均了；饿得他全身的筋肉，竦竦地发抖！可是他并不啼哭，只在他直光的大眼眶里，微微有些泪痕！因为他是有过经验的了！——他啼哭过好多次，却还总得要等，要等他爸爸买米回来！

他想爸爸真好啊！他天天买米给我们吃。但是一转身，他又想着了——他想着他爸爸，有一双睁圆的眼睛！

他想到每次吃饭时，他吃了一半碗，想再添些，他爸爸便睁圆了眼睛说："小孩子不知道'饱足'，还要多吃！留些明天吃罢！"他妈妈总是垂着眼泪说："你便少喝一'瓶'酒，让他多吃一口罢！再不然，便譬如是我——我多吃了一口！"他爸爸不说什么，却睁圆着一双眼睛！

他也不懂得爸爸的眼睛，为什么要睁圆着，他也不懂得妈妈的眼泪，为什么要垂下。但是，他就此不再吃，他就悄悄地走开了！

他还常常想着他姑母——"啊！——好久了！妈妈说，是三年了！"三年前，他姑母来时，带来两条咸鱼，一方咸肉。他姑母不久就去了，他却天天想着她。他还记得有一条咸鱼，挂在窗口，直挂到过年！

他常常问他的妈妈："姑母呢？我的好姑母，为什么不来？"他妈妈说："她住得远咧！——有五十里路，走要走一天！"

是呀，他天天是同样地想，——他想着他妈妈，想着他爸爸，想着他摇篮里的弟弟，想着他姑母。他还想着那破塔中的一条蛇，他说："它的头有斗一样大，不知道它两只眼睛，有多大？"

他咬着指头，想着想着，直想到天黑。他心中想的，是天天一样，他眼中看见的，也是天天一样。

他又听见一声听惯的“哇……呜……”，他又看见那卖豆腐花的，把担子歇在对面的荒场上。孩子们都不游戏了，都围起那担子来，捧着小碗吃。

他也问过妈妈：“我们为什么不吃豆腐花？”妈妈说：“他们是吃了就不再吃晚饭的了！”他想，他们真可怜啊！只吃那一小碗东西，不饿的么？但是他很奇怪，他们为什么不饿？同时担子上的小火炉，煎着酱油，把香风一阵阵送来，叫他分外地饿了！

天渐渐地暗了，他又看见五个看惯的木匠，依旧是背着斧头锯子，抽着黄烟走过。那个年纪最大的——他知道他名叫“老娘舅”——依旧是喝得满面通红，一跛一跛地走；一只手里，还提着半瓶黄酒。

他看着看着，直看到远远的破塔，已渐渐地看不见了；那荒场上的豆腐花担子，也挑着走了。他于是和天天一样，看见那边街头上，来了四个兵，都穿着红边马褂：两个拿着军棍，两个打着灯。后面是一个骑马的兵官，戴着圆圆的眼镜。

荒场上的小孩，远远地看见兵来，都说“夜了”！一下子就不见了！街头躺着一只黑狗，却跳了起来，紧跟着兵官的马脚，汪汪地叫！

他也说：“夜了夜了！爸爸还不回来，我可要进去了！”他正要掩门，又看见一个女人，手里提着几条鱼，从他面前走过。他掩上了门，在微光中摸索着说：“这是什么人家的小孩的姑母啊！”

1920 年 6 月 20 日，伦敦

（选自《新青年》）

许地山

许地山（1894—1941），本名许赞堃，字地山，笔名落华生，祖籍广东揭阳，中国台湾人。著有短篇小说集《商人妇》，散文集《空山灵雨》及多部外国文学译著。

三　迁

花嫂子着了魔了！她只有一个孩子，舍不得叫他入学。她说："阿同的父亲是因为念书念死的。"

阿同整天在街上和他的小伙伴玩，城市中应有的游戏，他们都玩过。他们最喜欢学警察、人犯、老爷、财主、乞丐。阿同常要做人犯，被人用绳子捆起来，带到老爷跟前挨打。

一天，给花嫂子看见了，说："这还了得！孩了要学坏了。我得找地方搬家。"

她带着孩子到村庄里住。孩子整天在阡陌间和他的小伙伴玩：村庄里应有的游戏，他们都玩过。他们最喜欢做牛、马、牧童、肥猪、公鸡。阿同常要做牛，被人牵着骑着，鞭着他学耕田。

一天，又给花嫂子看见了，就说："这还了得！孩子要变畜生了。我得找地方搬家。"

她带孩子到深山的洞里住。孩子整天在悬崖断谷间和他的小伙伴玩。他的小伙伴就是小生番、小猕猴、大鹿、长尾三娘、大峡蝶。他最爱学鹿的跳跃，猕猴的攀缘，峡蝶的飞舞。

有一天，阿同从悬崖上飞下去了。他的同伴小生番来给花嫂子报信，花嫂子说："他飞下去么？那么，他就有本领了。"

呀，花嫂子疯了！

（选自《空山灵雨》）

徐志摩

徐志摩(1897—1931),原名章垿,字槱森,浙江海宁人。著有诗集《志摩的诗》《翡冷翠的一夜》《猛虎集》《云游集》,散文集《落叶》《自剖》《巴黎的鳞爪》等。

夜[①](节选)

三

到了二十世纪的不夜城。

夜呀,这是你的叛逆,这是恶俗文明的广告,无耻,淫猥,残暴,肮脏,——表面却是一致的辉耀,看,这边是跳舞会的尾声,

那边是夜宴的收梢,那厢高楼上一个肥狠的犹大,正在奸污他钱掳的新娘;

那边街道转角上,有两个强人,擒住一个过客,

一手用刀割断他的喉管,一手掏他的钱包;

那边酒店的门外,麇聚着一群醉鬼,蹒跚地在秽语,狂歌,音似钝刀刮锅底——

---

①写于1922年7月,发表于1923年12月1日《晨报·文学旬刊》,原诗后编者附言:“志摩这首长诗,确是另创一种新的格局与艺术,请读者注意!”

幻想更不忍观望，赶快地掉转翅膀，向清净境界飞去。

飞过了海，飞过了山，也飞回了一百多年的光阴——

他到了“湖滨诗侣”的故乡。

多明净的夜色！只淡淡的星辉在湖胸上舞旋，三四个草虫叫夜；

四围的山峰都把宽广的身影，寄宿在葛濑士迷亚柔软的湖心，沉酣地睡熟；

那边“乳鸽山庄”放射出几缕油灯的稀光，斜偻在庄前的荆篱上；

听呀，那不是罪翁①吟诗的清音——

The poets who in earth have made us heir
Of truth a pure delight by heavenly lays!
Oh! Might my name be numbers among their,
The glady bowls end my ental day!
诗人解释大自然的精神，
美妙与诗歌的欢乐，苏解人间爱困！
无羡富贵，但求为此高尚的诗歌者之一人，
便撒手长瞑，我已不负吾生。
我便无憾地辞尘埃，返归无垠。

他音虽不亮，然韵节流畅，证见旷达的情怀，一个个的音符，都变成了活动的火星，从窗棂里点飞出来！飞入天空，仿佛一串

①指英国著名的湖畔派诗人华兹华斯。

鸢灯，凭彻青云，下照流波，余音洒洒地惊起了林里的栖禽，放歌称叹。

接着清脆的嗓音，又不是他妹妹桃绿水（Dorothy）①的？

呀，原来新染烟癖的高柳列奇（Coleridge）②也在他家做客，三人围坐在那间湫隘的客室里，壁炉前烤火炉里烧着他们早上在园里亲劈的栗柴，在必拍地作响，铁架上的水壶也已经滚沸，嗤嗤有声：

> To sit without emotion, hope or aim in the loved pressure of my cottage fire,
>
> And bisties to the flapping of the flame or kettle whispering its faint under song。
>
> 坐处在可爱的将息炉火之前，
> 无情绪的兴奋，无冀，无筹营，
> 听，但听火焰，飐摇的微喧，
> 听水壶的沸响，自然的乐音。

夜呀，像这样人间难得的纪念，你保了多少……

四

他又离了诗侣的山庄，飞出了湖滨，重复逆溯着汹涌的时潮，到了几百年前海岱儿堡（Heidelberg）的一个跳舞盛会。

---

①华兹华斯的妹妹，通译为多萝西。

②即英国湖畔派诗人柯勒律治。

雄伟的赭色宫堡一体沉浸在满目的银涛中，山下的尼波河(Nubes)有悄悄地进行。

堡内只是舞过闹酒的欢声，那位海量的侏儒今晚已喝到第六十三瓶啤酒，嚷着要吃那大厨里烧烤的全牛，引得满庭假发粉面的男客、长裙如云的女宾，哄堂地大笑。

在笑声里幻想又溜回了不知几十世纪的一个昏夜——

眼前只见烽烟四起，巴南苏斯的群山点成一座照彻云天大火屏，

远远听得呼声，古朴壮硕的呼声，——

"阿加孟龙[1]打破了屈次奄[2]，夺回了海伦[3]，现在凯旋回雅典了，希腊的人民呀，大家快来欢呼呀！——阿加孟龙，王中的王！"

这呼声又将我幻想的双翼，吹回更不知无量数的由句，到了一个更古的黑夜，一座大山洞的跟前；

一群男女、老的、少的、腰围兽皮或树叶的原民，蹲踞在一堆柴火的跟前，在煨烤大块的兽肉。猛烈地腾窜的火光，照出他们强固的躯体，黝黑多毛的肌肤——这是人类文明的摇荡时期。

夜呀，你是我们的老乳娘！

（选自《徐志摩诗全编》，浙江文艺出版社，1987年版）

---

①现通译为阿伽门农，希腊神话里的迈锡尼王。发动过特洛伊战争。曾任希腊联军统帅。

②现通译为特洛伊。为小亚细亚古镇。

③希腊神话中的美貌女子，曾被特洛伊王子诱骗，最后，被阿伽门农夺回。

茅　盾

茅盾(1896—1981),原名沈德鸿,字雁冰,浙江桐乡人。著有长篇小说《子夜》《蚀》三部曲,中篇小说《三人行》,短篇小说《林家铺子》《春蚕》,文学评论《夜读偶记》等。

叩　门

答,答,答!

我从梦中跳醒来。

——有谁在叩我的门?我迷惘地这么想。我侧耳静听,声音没有了。头上的电灯洒一些淡黄的光在我的惺忪的脸上。纸窗和帐子依然是那么沉静。

我翻了个身,朦胧地又将入梦,突然那声音又将我唤醒。在答、答的小响外,这次我又听得了呼——呼——的巨声。是北风的怒吼罢?抑是“人”的觉醒?我不能决定。但是我的血沸腾。我似乎已经飞出了房间,跨在北风的颈上,砉然驱驰于长空!

然而巨声却又模糊了,低微了,消失了;蜕化下来的只是一段寂寞的虚空。

——只因为是虚空,所以才有那样的巨声呢!我哑然失笑,明白我是受了哄。

我睁大了眼，紧裹在沉思中。许多面孔，错落地在我眼前跳舞；许多人声，嘈杂地在我耳边争讼。蓦地一切都寂灭了，依然是那答、答、答的小声从窗边传来，像有人在叩门。

"是谁呢？有什么事？"

我不耐烦地呼喊了。但是没有回音。

我捻灭了电灯。窗外是青色的天空内耀着几点寒星。这样的夜半，该不会有什么人来叩门，我想：而且果真是有什么人呀，那也一定是妄人：这样唤醒了人，却没有回音。

但是打断了我的感想，现在门外是殷殷然有些像雷鸣。自然不是蚊雷。蚊子的确还有，可是躲在暗角里，早失却了成雷的气势。我也明知道不是真雷，那在目前也还是太早。我在被窝内翻了个身，把左耳朵贴在枕头上，心里疑惑这殷殷然的声音只是我的耳朵的自鸣。然而忽地，又是——

答，答，答！

这第三次的叩声，在冷空气中扩散开来，格外地响，颇带些凄厉的气氛。我无论如何再耐不住了，我跳起身来，拉开了门往外望。

什么也没有。镰刀形的月亮在门前池中送出冷冷的微光，池畔的一排樱树，裸露在凝冻了的空气中，轻轻地颤着。

什么也没有，只一条黑狗爬在门口，侧着头，像是在那里偷听什么，现在是很害羞似的垂了头，慢慢地挨到檐前的地板下，把嘴巴藏在毛茸茸的颈间，缩做了一堆。

我暂时可怜这灰色的畜生，虽然一个愤愤的怒斥掠过我的脑膜：

是你这工于吠声吠影的东西，丑人作怪似的惊醒了人，却只给人们一个空虚！

（选自《矛盾散文集》）

炮火的洗礼

我遇到了许多的眼睛，都异样地睁得很大：

这里虽然有悲痛，但也有钢铁似的冷光；有愤怒，但也有成仁取义的圣哲的坚强；有憎恨，但也有“自度度人”的佛子心肠；乃至亦有迷惘，有焦灼，然而也有“余及汝偕亡”的激昂。

这都是十天的恶战，三昼夜沪东区的大火，在中国儿女的灵魂上留着的烙印，在酝酿，在锻炼，在净化而产生一个至大至刚，认定目标，不计成败，——配担当这大时代的使命的气魄！

惋惜着悲痛着沪东区的精华付之一炬么？不错，那边有我们同胞血汗的结晶，有我们民族工业的堡寨，我们不能不悲痛。但是敌人的一把火烧得了我们的庐舍和厂房，却烧不了我们举国一致的抗战的力量！不，敌人这一把火，将我们万万千千颗心熔成一个至大无比的铁心了！

不错，那边有我们同胞血汗的结晶，有我们民族工业的堡寨，然而那边也正是敌人的巢，也正是敌人经济侵略的触角！三日三夜的赤焰是敌人的毒火，然而也是我们出地狱升天堂的净火！

在炮火的洗礼中，中国民族就更生了！

让不断的炮火洗净了我们民族数千年来专制政治下所造成的缺点，也让不断的炮火洗净了我们民族百年来所受帝国主义的侮辱。

古老的伟大的中华民族，需要在炮火里洗一个澡！

大炮对大炮，飞机对飞机，我们有我们抵抗侵略的爪，抵抗侵略的牙！尤其因为我们有炮火锻炼出来的决心和气魄！

四万万人坚决地沉着地接受炮火的洗礼了！四万万人的热血，在写出东亚历史最伟大的一页了！无所谓悲观或乐观，无所谓沮丧或痛快，我们以殉道者的精神，负起我们应负的十字架！

1937年8月23日

（选自《矛盾散文集》）

瞿秋白

瞿秋白（1899—1935），江苏常州人。著有《俄乡纪程》《赤都心史》《乱弹及其他》等，其中收入一些散文诗。

那个城

沿着大路走向一个城，——一个小孩子赶赶紧紧地跑着。

那个城躺在地上，好大的建筑都横七竖八地互相枕藉着，仿佛呻吟，又像是挣扎。远远地看来，似乎他刚刚被火，——那血色的火苗还没熄灭，一切亭台楼阁砖石瓦砾都煅得煊红。

黑云的边际也像着了火似的，灿烂的红点煊映着，那是深深的创痕。他放着热烈惨黯的烟苗，扫着将坏未坏的城角。那城呵——无限苦痛斗争，为幸福而斗争的地方——流着鲜红……鲜红的血。

小孩子走着；黄昏暗淡的时分，灰色的道旁，那些树影——沉沉的垂枝，一动一动覆着默然不语的大地：——只隐隐地听着蹬蹬的足音。

天上满布着云，星也不看见，丝毫物影都没有，深晚呵，又悲哀又沉寂。小孩子的足音是唯一的神秘的"动"。四周为什么这样静？——小孩子背后跟着就是无声的夜，披着黑氅，——愈看他愈远。

黄昏已经畏缩，赶紧拥抱一切城头塔顶，雁行的房屋，拥抱在自己的怀里。园圃，树林，烟突，一切一切都渐渐地黑，渐渐地消灭，始终镇压在夜之黑暗里。

他却默然地走着，漠然地看着那个城，脚步也不加快，孤寂，细小……可是似乎那个城却等待着他，他是必须的，人人所渴望的，就是青焰赤苗的火也都等着他。

夕阳——熄灭了。雉堞，塔影，都不见了。城小了些，矮了些，差不多更紧贴了那哑的大地。

城上喷着光华奇彩，在模模糊糊的雾里。现在他已经不像火烧着血染着的了。——那些行列不整的屋脊墙影，仿佛含着什么仙境，——可是还没建筑完全，好像是那为人类创造这伟大的城的人已经疲乏了，睡着了，失望了，抛弃了一切而去，或者丧失了信仰——就此死了。

那个城吒——活着，热烈至于晕绝地希望着自己完成仙境，高入云霄，接近那光阳。他渴望生活，美，善；而在他四围静默的农田里，奔流着潺湲的溪涧，垂复在他之上的苍穹又渐渐地映着紫……暗，红的新光。

小孩子站住，掀掀眉，舒舒气，定定心心地，勇勇敢敢地向前看着；一会儿又走起来了，走得更快。

跟在他后面的夜，却低低地，像慈母似的向他说道：

“是时候了，小孩子，走罢！他们——等着呢……”

读高尔基后。一九二三年十一月十五日

（选自《中国青年》，1923 年第 1 集第 6 期）

废　名

废名（1901—1967），原名冯文炳，字蕴仲，湖北黄梅人。著有《竹林的故事》《桃园》《枣》《莫须有先生传》等。

杂　诗

一

猛然听得从街上传来的声音，——
像我的父亲喊我小名的声音，却再也没听见什么了！

二

我爱那捏着芭蕉扇在草地上纳凉的女孩子，
可是我不敢走近问她的姓名！

三

我正在读书的时候，
听到门外讨饭的瞎子的叫喊，
接着是一个朋友嬉戏着学他的叫喊！

四

我时记起那天在市场上遇着的那赤脚的女孩子：
举起盛着叫卖的西瓜的篮子，
走向玩具店问一朵纸花的价值。

五

这都是我遇见的小孩：
白天里跟着太太的车子跑；
夜间在漆黑的巷子里喊卖“晚报！”

六

雨后的街道，泥泞中踏开了容得一个人走过的路。
我挈起衣服从这边低头走去。
不觉迎面撞着一个小孩子。
无意中我的手已经搭在他的肩膀上，笑道：“谁让谁呢？”
雨后的街道，泥泞中没有一个足迹。
我挈起衣服从这边低头走去。
走到前面横着水荡的地方，不觉停了脚步，打量怎样过去。
忽然两个在荡旁游戏的赤脚的孩子叫道：“先生！这边跳！”
我果然依着他们的话平安地跳过去了。

七

太阳落山的时候，我沿着北河沿的杨柳树往前走。

河那边杨柳树下，一个美丽的小姑娘扶着书包同我一样的方向往前走。

起初她走在我前，我快一点步子赶上了，两个人差不多成一条直线。

她往天上一睄，我也往天上一睄，原来杨柳缝里衬出半轮月亮。

月亮好像也爱那小姑娘，带笑地向着我们朝后退。

不觉间前面到了一座桥，我更快一点步子，打算到那边去挨近她。——

不知怎的却站在桥头望着她过去了。

（选自《废名诗集》）

巴　人

巴人(1901—1972),原名王任叔,浙江奉化人。1940年出版的《文学读本》,是我国现代文学史上较早的文艺理论专著,另有小说、杂文等多部作品。

哭

哭泣是弱者的表示。而强者则善听人哭泣。

有友人死了父亲,觉得非常悲痛,然而哭不出。在父亲的灵前,看亲族皆放声大哭,于是觉得为人子的自己,也非一哭不可,然而偏哭不出。

越哭不出,越觉责任重大,应该哭;终于欲仿效别人哭声,进而欣赏别人的哭声,忘掉了自己的悲痛。

但这也许是那友人不甘随俗,而为同声一哭;也许在潜意识里,觉得对死人哭诉,根本无用;悲痛只有自知,大可不必向死人“示威”之故。

然而,中国民族,是个好哭的民族。妻死其夫则哭之:抑扬顿挫,务使音韵悠然。母死其子则哭之:长短合度,务使听者神往。但男子则大都号啕或暗泣。此风使然,千百年而未或更改。

一至今日,则有所谓跪哭团,哭谏团之事。

三四年前,我在武汉教书,教员欠薪,积七八月不发分文,于是有跪哭团之组织，而教育当局，为妻儿生命请命。我看这办法，不是路道：我既不能像我友人，在死骸边欣赏别人哭泣，我又无铁铸膝盖，匍匐于衙门之下，长跪于高堂之前。于是只好溜之大吉。现在，我又看到报上有哭谏团组织。

较之跪哭团，固然无劳膝盖，但也颇费唇舌。然而有效与否尚未可必。

我以为与其哭而谏，不如恨而立。国事绝非私人玩意，哭谏又何能动于人。国事本为自己之事，只有自己起来，负担一部分责任，才是办法。故善哭泣者，必为惰性甚重者，乃将生者之责任托付死人之流也。

（选自《立报·言林》，1936 年 2 月 24 日）

丽　尼

丽尼(1904—1968),原名郭安仁,湖北孝感人。著有《黄昏之献》《鹰之歌》《白夜》等。

红　夜

三条狗在我的房间绕着圈旋走。它们发出不安静的吠声,有如哀哭。它们战栗地绕着我,咬我的衣角。

我让我的眼泪滴下,滴到地板上头,做出丁丁的响声。

外面,在炮火声中,大声地喊着的是"占领",这声音在房顶上的火焰中震动着,使我的房间动摇,几乎是要倒塌。

三条狗在我的身旁不安地发出吠声,使我下泪。

"没有抵抗,我已经没有祖国。"

外面,火光燃烧着。人们倒落下来,在那些碎石子的市街上头,在那些不平稳而狭窄的市巷里面,在那些路旁的沟渠之中。

"没有抵抗,我已经没有祖国。"我第二次地这样说了,让我的眼泪滴下,滴到地板上头,发出丁丁的响声。

有声音叫喊着,在倒落着的人们中间,但是非常地微弱。我不能听,因为三条狗在我的身旁做出了过分的惊怖。

我隐忍着哭泣如像受难的志士。火光使黑暗的天空变成红色，想做出更大的毁灭。

三条狗在我的身旁狂吠了，露出了牙，现出了狞恶的脸。这使我如同着了疯狂，探头从我的窗户向那飞着的子弹与火焰的街头。

血液与尸首，在街头流动着，躺卧着。我感觉得有热泪在我的眼中燃烧，不是为着死的，确实为着当这些尸首被移去了以后那些来填补这些空白的人们。

一群灰色的人走上前来了。他们的面色瘦黄，因为在这以前他们已经有过苦难。

“我们是奴隶，我们是受雇佣的人，我们没有自己的生命。”

三条狗扯着我的衣角，强悍地，粗暴地，使我离开了窗前。来福枪，机关枪，在街头扫射，人们跌倒在地上了。

我让我的眼泪滴下，滴到地板上，发出丁丁的响声。

黑暗的天空变成了红色。我第三次地说：“没有抵抗，我已经没有祖国。”我没有喘息。

1932年2月

（选自《黄昏之献》，文化生活出版社，1935年版）

陆 蠡

陆蠡(1908—1942)，原名陆考原，字圣泉，浙江天台人。著有《海星》《竹刀》《囚绿记》等。

失 物

近来，我失去一件心爱的东西。

幼年的时候，一个小小的纸匣里藏着我最爱的物件——一块红玉般的石子，一只自己手制的磁假山……我时常想，假如房子起火燃烧起来，不用踌躇的，第一，我便捧着这匣子跑。但是房子终没有失慎，我没有机会表示我对于那几样物件的心爱。

年来已不再那样的孩子气。但心头的顽固终未祛除。心中念念不忘的是过去生活的遗骸，心中恋恋不舍的是曾被过去的生命赋予一息的遗物。

啊，七八年间绿色的生命，这小小的信物便是他的证人。不是粉红色却是檀香般高贵的爱，没有存着将来应用的心，纯是为了爱好，对于知识的追求和努力……一切，如初夏的早晨一样地新鲜。

现在我时常感到空虚，往昔回忆的精灵在我的面前时隐时现，却又拢不住它，回忆的蝉翼是太薄且轻了。

正如扶乩者的桃枝，正如巫者的魔杖，我便凭着我小小的宝贵的信物，将散失的影像召集拢来。啊，数不清的腮边的吻，数不清的江上的渔火，数不清的山林落叶的声音……一切的回忆向我点头，使我浑然忘了自己。

现在，魔杖遗失了。可怜的巫者已无法召回往昔的精灵，只长望着无垠的天空唏嘘而已。

（选自《海星》，广东人民出版社，1981 年 4 月据巴金主编“文学丛刊”）

乞丐和病者

仿佛我成了一个乞丐。

我站在市街阴暗的角落，向过往的人们伸手。

我用柔和的声音，温婉的眼光，谦恭的态度，向每一个人要求施舍。

市街的夜是美丽的。各种颜色的光波混合着各种乐曲的音波。在美丽的颜色间有我的黑影，在美丽的音乐中间有我求乞的声音。

无论人们予我以冷淡，轻蔑，讥诮，呵斥，我仍然有着柔和的声音，温婉的眼光和谦恭的态度。

在我的眼中人们都是同等的。不论他们是王侯，公主，贫民，歌女，我同样地用手拦住他们，求一份施舍，一枚铜子或纸币。

我在他们的眼中也是同等的。不论他们是黄种，白种，本国人，异国人，我同样地从他们的手中接到一份施舍，一个铜子或纸币。

我是一无所有。我身上只有一袭破衣衫，但这不是为了蔽寒而是为了礼貌;我的破帽则只是为了承受别人的施舍。我是世界上最穷的人。我没有金钱,名誉,爱情,幸福,地位,事业,一切人们认为美好的东西;我也没有自私,骄矜,吝啬,嫉妒,虚荣,贪欲,一切人们认为丑恶的东西。我如同来这世上的时候,也如同将要离去这世上的时候,我身上没有赍携,心中没有负累。

然而我有一个美丽的东西。我有一个幻想。没有一样东西比我幻想中的东西更美丽,更可爱,没有一块地方比我幻想之境更膏腴,更丰饶,没有一个国家比我幻想之国更自由,更平等。我有可以打开幻想的箱子的钥匙,我有可以进入幻想的国境的护照,这钥匙和护照,便是贫穷。

我还有一种珍贵的财宝。一种人们认为黄金难买的东西。我是“空闲”的所有者。由谁支配他的时间如同我浪费的光阴?有谁看见夜合花在夜里启闭,有谁看见蜗牛在潮湿的墙脚铺下银色的辇道,有谁知道夜里的溪水在石滩上怎样满涨,有谁知道露粒在草叶尖上怎般凝结?更有谁知道一个笑颜在人的脸上闪过而又消失,或是一茎须发的变白?而我,我知道这些多于别人的。因为我有多余的“空闲”,我有余闲和自然及人类接近。我消耗我的光阴在极琐细的事情上面,我浪费我的光阴如同我在海里洗澡浪费了一海的水,我是光阴的浪费者。我有浪费的权利。

我可还是另一种宝贵的东西的所有者。我拥有大量的祝福。乞丐的祝福是黄金。没有一种祝福比乞丐的祝福更真诚,更纯洁,更坦白,也是更可贵,更难求的。我用虔心的祝福报答人们的施舍。啊!你说我是在求乞么?不,我是在施予。我分赠我的祝福给愿意接受它的人。你看我穿了破衣衫在街边鹄立,我是来要求每一个过路的人为我打开祝福之门。

我又仿佛成了病者。

我没有病。只因偶时起了惜己之心，想到应当照料一下自己了，于是仿佛病了。

我没有病。只因偶时起了偷闲之心，想着愿意懒一懒呢，于是真的好像病了。

我独自睡在静静的房间里，一张干净的床上。房里有着柔和的光线，一切粗犷的噪声都被隔断。没有人来打扰我，我有正当的理由躲开别人。

于是我开始照料我自己：寒暖，饮食，思维，动作……我照料我自己如同父母照料一个婴儿，我体贴我自己如同体贴一个情人。我发现自己是那么被疼爱，被宝贵，这种并不高尚的感情在我的心中生长。这回却毫不矛盾地妥协地接受了。病是"自私"的苗床，"自私"在那里生长。

我开始检查我自己：神经，心脏，肝肾，肠胃，皮肤，毛发……我检查自己的过去和现在，忧伤，快乐，悔恨，庆幸，顺遂，蹉跌，奢心，幻灭……我分析我自己如同医士解剖一具死尸，我鞫审我自己如同法官谳问一个犯人。

我发现自己的每一个缺点，正如我熟悉别人的缺点。我不能过分谴责自己，正如不能过分谴责别人，这种并不高尚的感情在我的心中生长，这回又毫不惭愧地妥协地接受了。病是"自私"的苗床，受"宽容"的灌溉。

我愿意有一回病的，我不想避开它。病是生活的白页。

当你，偶然读一个长篇小说，为紧张的情节所激动而疲倦了，但你不能不读下去，那时你会渴望逢到一张白页，一个章回，借以休息你的眼睛，松弛你的注意力，以待精神恢复；当你在人生的书本上翻了一页又一页,你逢到许多悲,欢,离,合,你有时为感情压倒了,你无法解开人生之结,你不宁愿有一场疾病么?病使苦痛遗忘,病使生机恢复。病是人生的书本的章回,它是前一章的结束,下一章的开始。

我期待着有一回病的,我需要它。病是生活的乐曲的休止节。当一个旋律进行着,一会儿是 Andante,一会儿是 Allegro,一会儿是 Crescendo,一会儿是 Decrescendo,你的心弦为之震荡,为之共鸣,为之颤动,为之兴感,你有时觉得有点疲累,你愿意有一个休止节,这无音的音符。病是人生的乐曲的休止节。它从前一节转到下一节,从 Fine 回到 Dacapo。

然而,正如老是生的暮年,病是死的幼年。生的长成,趋于衰老;病的长成,渐于死亡,噫!

(选自《陆蠡散文选集》,百花文艺出版社,1992 年初版)

缪崇群

缪崇群(1907—1945),笔名终一。江苏六合人。著有《味露集》《寄健康人》《废墟集》《夏虫集》《石屏随记》《眷眷草》《暗露新收》《碑下随笔》等多部散文集。

废墟上

不久以前敌人飞来过,不久以后又飞去了。在短短的时刻之间,凭空给这个不大的城市里留下了一大片颇为广阔的灾区。

对面粉白的残壁,近的远的,像低沉的云朵遮住眼界。焦黑的椽柱,丫槎交错着,折毁的电杆,还把它带着瓷瓶的肩背倾垂着,兀自孤立的危墙,仿佛是这片灾区里的唯一的表率者。

看不出一点巷里的痕迹,也想不出有多少家屋曾比栉为邻地占着这块广阔的地方。

踏着瓦砾,我知道在踏着比这瓦砾更多的更破碎的人们的心。

一匹狗,默然地伏在瓦砾上,从瓦砾的缝隙,依稀露着被烧毁了的门槛的木块。

狗伏着,它的鼻端紧靠着地。它嗅着它,或是嗅着它所熟悉的气息,或是嗅着还有一种别的什么东西。

在人类求生存的意念以上,我想还有一种什么素质存在着,这素质并没有它的形骸，而仅只是一种脉脉的气息，它使有血有肉的东西温暖起来，它使每一个生物对另一个生物一呼一吸地相关系着；如同一道温温的交流，如同春夕里从到处吹拂来的阵阵的微风。

有血肉的生物，哪怕是一匹兽……都是在这种气息里受着熏陶的。

我相信，这匹狗便在嗅着它，嗅着这求生存意念之上的一种气息。

心灵被蹂躏了的，被凌辱了的，家产被摧毁了的，被烧残了的邻人们，回返到这废墟上来，废墟为我们保藏着一种更浓的更可珍爱的气息。

去亲每一片瓦砾，去吻这一匹狗！

让“皇军”继续来“征服”，来“歼灭”罢，徒然地，这种气息是永也不会丧亡！

尽先地，我将向着这些心灵接近的邻人们和这一匹狗，俯着首，把膝盖屈了下去。

（选自《废墟集》，文化生活出版社，1939 年版）

春　晖

昨天山城上还有很多雾，但雾中依然混淆着令人不忘的灾祸和仇恨！——敌人的飞机偷偷摸摸地去轰炸了附近某一个地方，使那里废墟再受一次火的锻炼。

今天的山城却整个屹立在阳光底下，看出每一个峰峦，每一个塔尖，每一个建筑的顶端；也看出每一处断井颓垣上的伤痍，仿佛在袒胸露怀，吸取着紫外光线；每一片粼粼闪烁的江上波纹，在辉耀着平静的笑意。

山城雄立在大江之上，山城迎接阳光。东去的大江，该带给我们的故人故土一个音讯：暂别无恙，春风已从天涯吹来。

春风是唤醒着新生的银铃。

迎接光明，迎接自由，迎接胜利，迎接新生！

迎接战斗！唯有战斗才能打击敌人消灭敌人，战斗之后的新生，才是真正自由的新生！

春风就是胜利的跫声；步武着它，到达胜利新生的路。

我们憎恶雾，憎恶一切的朦胧！因为朦胧与雾都是我们的羞辱！

我们迎接太阳，迎接所有的光明！因为太阳的光明是春，是新生之母！

记得无耻的敌人，曾经从轰炸机上撒下来的传单吗？

“太阳出来了，日本飞机又来了……”

太阳没有一天不出来，太阳有时被云雾蒙掩，可是敌人明明白白地对着太阳撒了谎。

整个的山城雄立在阳光底下，大江之上；雄立在东亚司令台顶，迎接自由，光明，战斗，胜利，春之所生！

我们有权利在高峰上春风满面地瞭望：

你无耻地，对太阳撒下谎的所谓“日出之国”，是不是将在海水和泥淖里没落！

（选自《春眷草》，文化生活出版社，1942 年版）

郭　风

郭风(1919—2010),原名郭嘉桂,福建莆田人。著有散文集、散文诗集、诗集等55部。

夜宿泉州

温馨的、有点潮湿的、南方的夜降落在城市的林梢和屋檐前。一枚新月好像一朵橘子花,宁静地开放在浅蓝色的天空中。

城市在闪耀着它的宝石似的光辉,散发肉豆蔻一般的香味。泉州,你经历过多少风险,珍藏了这样多的瑰宝? 呵,那林立的牌坊,那雄伟的东塔和西塔,那开元寺紫云大殿后面希腊哥林多式的廊柱雕刻,大殿前面平台基石上古埃及式的人面兽身的浮雕,那以青色花岗石建筑的、具有古叙利亚建筑风味的清真寺……它们怎样越过时间的长河,掩映在你的林荫中,在月色里默默地沉思?

轻风从旅馆的窗口悄悄地吹过。呵,那风中仿佛吹来大海的凉气和港湾里夜潮的喧腾。泉州,时代过去了,我仿佛还能看见你的港湾里布满古代的船舶。那从波斯湾和印度洋出发的帆船的队伍,它们照着太阳上升的方向,来到你这里。那从婆罗洲和摩鹿加群岛出发的商船的队伍,借着大洋的季风,鼓起它们的风帆,来到你这里。泉州,时代过去了,我仿佛还能看见你的仓库里堆满各色的货物，笼罩着乳香和没药、咖啡和可可、檀香和蔷薇水的香味。我仿佛还能看见在你的码头上，在你的街道上和小巷里，横过绿色的稻田，走动着世界上各种肤色的人们；呵，那从西里伯群岛前来的旅队，身上还披着热带太阳的芬芳和明月的光辉，我仿佛还能看见那从亚力山大港来的水手，给你带来非洲地带的爱情和音乐，那从恒河流域前来的僧侣，给你带来印度梵文的佛典，那从波斯湾沿岸前来的商人，给你带来菠菜的种子，撒在你的河边和田野里……呵，那还是人类航海的黎明时期，越过漫长的中世纪。泉州，在长久以前的时期，你便是世界海岸的一个中心。在漫长的历史年代里，中外文化的交流，在这里开放美丽的花朵。呵，我仿佛触摸得住一幅地图；在这上面，泉州，你好像林荫中的一朵金玫瑰，披着月色在那里闪光，发出深沉的香味。

古老的城市！南方的四月的夜晚，是多么的甜蜜呵。这个晚上，我想，我是不想睡觉了。泉州，让我站立在这窗口，永远守望着你。我想，我不是这里的过客，我好像是世代生长在这里的，我爱这里的一切。泉州，我缅怀你的过去，我千百倍地爱你的今天！呵，在传说中曾经开放过雪白的莲花的古桑树呵，你正是见证；泉州，今天是变得更加美丽了。我看见学校的窗户，像开放在花棚上的紫藤花一般地开放着，那灯光像海面上的渔火一样地闪耀。我看见华侨新村的房屋和它的阳台，建筑在斜坡上，周围围着竹篱，又被古老的龙眼树林的夜色所环绕。我看见梨园戏剧团的楼房，紧靠着郊区；向前走去，那里有美丽的河流和古老的石桥。我看见车站灯火辉煌，最后一班的班车已经到站了吗？有亲爱的海外侨胞搭这一班车到家乡来省亲？我看见郊外的田野犹如海洋，四月的麦浪在明月下犹如海波在荡漾。我看见果园犹如蜂房，花在结果,果在酿造甜汁。我看见烟囱的手臂伸到明澈的夜空,我听见厂房里的轮子和压榨机在唱着新的歌……呵,这一切,都是我所爱的,让我歌唱这芬芳的土地上新的爱情,新的建设,树立起来的新的纪念碑!

让我伸出手来,把你整个抱在我的两臂里:

泉州!晚安!

(选自《叶笛集》,作家出版社,1959 年版)

廊檐的灯

从窄小的窗口望出去,我看见廊檐下面悬吊一盏灯。这公寓里是寂静的。

起初我还能听到一点声息,那是迟归的友人的声音。后来一切都归于寂静,只有夜更浓黑下去,深到不能探测的程度。

那盏灯,白天里我也能够见到它挂在那里,在甬道的廊檐下面。我还见到在它的系钩和梁木之间,挂着一张残破的蛛网。那蜘蛛不为人注意地补缀自己的家。

怎样地我想起了,有许多事情都为我所忽略,忽地我有那么一份心情,去注意一些细小的事情。

怎样地又使我想起来,在这个公寓里,白天里有许多喧闹,有许多凌乱。人们重重地踏响甬道上的地板,以致灰尘不断地飞扬起来,使照进这里的阳光也显得浑浊。大致我还记得,我曾和一位友人说过,这座房屋迟早会和那使人鄙夷的日子一同倾跌下去。

这公寓每到黄昏，便暗得可怕。这城市里电力严重不足，随时停电。我不记得在什么时候，在这互相漠不关心的时日里，有人在廊檐下面悬挂一盏灯。我不记得在什么时候，我开始注意一些细小的事情。

现在，那盏灯成为我所关心的一项事物。有时，我望着它，心中感到一阵温暖。

我曾见到一个很小的孩子，站在一只倾斜的木凳上，举起小手在那盏灯里添了油。他的举动使我欢喜极了。

便是这个小孩和檐下的那盏灯，竟会在我心中生出一种鼓舞的力量。在那座住着各样各色的人的公寓里，我虽然只住了很短的一段时日，以后便不得不搬开了；但是一有机会，我都记起那盏灯和那个小孩，并使我想到，当下，这个世界是可诅咒的，但我不相信，它是没有希望的。

1944 年

（选自《闽派诗歌·散文诗卷》，海峡文艺出版社，2017 年版）

柯　蓝

柯蓝(1920—2006),原名唐一正,湖南长沙人。中国散文诗学会会长。著有散文诗集多种,出版有《柯蓝文集》六卷。

小　楼

昨夜小楼雨打西窗,有红烛点燃,心灵之约如期而至,不是曾经拥有,更不是天长地久,我只是擦肩而过的微笑,只是一次礼貌性的握手,有你多情的凝视,刺进了我的胸口,没有滴血,心长相映,情长相守。

深夜的灯光

一片寂黑的深夜,我们的城市,留下了几点闪闪的灯光,我怀疑是星星落在地上……

那中间一扇透明的窗子,原来是医院的夜班办公室。一个可敬的姑娘,白衣白裙,拿着药瓶……她满怀着对病人的热爱……

再看远处的那一扇闪光的窗子,你会看出是一个科学实验室,一个年老的科学家,静静地坐在灯下,他充满着对未来的幻想……

还有靠这边的一扇露出灯光的窗子，那却是一个普通的母亲，深夜起来抱着孩子喂奶，她轻轻地唱着，这是对世界，对生活，对未来，对爱情的歌唱……

这静寂的深夜的灯光呵。这永远不灭呵，将是星星的火种，将要燃烧我们的心，燃烧我们的世界……

——写于上海大楼

玻璃窗上溅满的水珠

夜晚漫天风雪，我站在窗前，看见窗外玻璃上溅满雨水，窗外什么也看不见。一片迷茫。

室内的灯光照在玻璃窗上，可以看见窗子玻璃上溅满的一片闪亮的水珠，好像许多闪亮的眼睛在外面向我偷看。

这时远处有隐约的雷声，还有忽明忽暗的闪电，我有些惊慌。

我听见窗外玻璃上的水珠在大声喊我："你快走出来！你快出来去看大海！去看大海！"

（选自《柯蓝文集》，河北人民出版社，1996 年版）

彭燕郊

彭燕郊(1920—2008),原名陈德矩,福建莆田人。著有散文诗集《混沌初开》《彭燕郊诗选》等。

德彪西《月光》语译

我需要、需要水的抚摸。我的嘴唇沾满了宇宙的冰凉,我在悠远的期待里成为记忆的面具和符号。

夜气清冽,像幽涧里的泉水,我已经在它的宽容里沐浴了好久,好久。滔滔不绝的光源,是从那在紧缩的心上穿梭往来的万千思绪来的,它们就像繁衍的胚胎,躁动不已。

我需要水的抚摸,需要在水抚摸我的时候抚摸水。在我抚摸水的时候,许多许多晶亮的水珠跳了出来。在迷人的嬉戏里,许多次许多次它们在我的轻轻拍打下互相撞击,在狂热里粉碎,化着闪闪银光。

淡薄的流云弯曲被银光染白的手臂,遮拦水珠的碎片,昆虫们半睁着梦幻的眼睛打盹,飞鸟入睡了,不再代表任何信息。银河是晶亮碎片聚集成的永恒的河流,怎能不永远闪亮,永远澄澈。

时间静止着,泪花给流盼的眼色以一个不固定的形状。都说心灵的干渴,肉体的干渴,不必看得那么重,倒也是的,只要有浩瀚的水,只要我能得到水的抚摸,又能抚摸水。

我是一片贝壳化石，是覆盖冥冥大地的汽化了的蓝色岩石上的小小斑点，我需要、需要聆听那天外传来的大海的回声。

我是听着波涛的絮语长大的，我用它雕琢青色血液的意中人，她的美好是如此离奇地天然生成，独一无二而无可代替。波浪的絮语不知疲倦地把我摇晃，摇晃，一天又一天，我细心地在她身上铭刻海的音符。她身上的彩色花纹里收藏着海的恋情，胴体的隐秘处，沉郁的记忆的芳香由淡而浓，由弱而强。

有谁能读懂它们记录的是什么？向往和期待是这么多，多得连我自己也数不清。就因为这样，我需要聆听大海的回声，大海的回声里有我需要的水的抚摸。

我寻找、寻找失落在广大世界上的另一半。我是破船的碎片，我是失去桨叶的一把桨柄。

我寻找被拆散了的我的另一半，只有它听得懂我无穷的惆怅，只有它能忍受我绵延不断的诉说。

静静的、静静的深沉的夜随手撒出银针，化为成串成串的光环，构筑成深邃的穹隆，银光在这里被过滤，然后铺展成平整的光毯。银色海滩是一片银色海绵，滋滋地吸收清冽的夜气，发出轻烟和微光。

每一粒砂都在展露各自不同的形体，富饶的海滩伸向茫茫夜雾，这么多的脚印缩小在隐隐约约的模糊里。这么多次的徘徊，这么多次的踽踽独行，都消融在从流云中洒落的清冽里。

那时候，正是从这里我们动身远航。如今，我这块破船的碎片，只有痴痴地凝望着远方，幻想那丢散在波涛中的另外一半，会向这一片沙滩，向着我，缓缓漂来。

这静静的夜太清冽了，你好像也在等待什么，寻找什么。你不想离去，你也需要水的抚摸，需要在水抚摸你的时候抚摸水，是吗？

我呢，我还是从前的我，一百年、一千年以后的我。要是你按一下我的太阳穴，你就知道我冰凉的血里凝聚了多少喧嚣的波涛。

苦涩的时间乘着遗忘之翼往返。我不是被挂在、被钉在旋转的蓝天里的一只球，我是跌落在湛蓝海盆里的一口沉钟。

深海的漩流是最温柔的，我并未喑哑，水的抚摸，使我发出最悠远动人的钟声。以你的心潮的起伏来敲响我吧，在我的钟声里你将听到最无保留的信任和最美的许诺。那就是你给我的抚摸，我给你的抚摸。

（选自《诗刊》）

叶　金

叶金(1922—2014),原名徐柏容,江西吉水人。著有散文诗集《阳光的踪迹》。

春　天

住在都市里,我的心好像变得苍老了。

灰尘淹没了市街,灰尘淹没了这个世界,我就在这片灰尘中,如一粒灰尘,陪着都市的旋律浮沉。

酒吧的歌声,闪烁的霓虹灯,飞驰的汽车,蛇一样的女人……这些喧嚣和诱惑让都市的灵魂沉沦了。一个真实的歌人,在都市里,迷失了途径。

春天来了,春天又过去了。

当春天来了的时候,我们从哪里看见春天呢?都市的装饰?女人的裸露的臂膀?抑或是传染性的慵懒呢?——有一天,我推开了一扇窗,一扇从冬天以来就关闭着的楼窗,我看到窗外,有一片——

那是一棵树,一棵很大很大的树,树已经绿荫如伞了。许是阵雨才过去吧,她显得柔嫩如婴孩,好像每一片叶上都要流下过于丰富的生命的汁液。微风拂过,她就簌簌地笑了,那笑声也好像是一粒粒抖落下来。绿树像要把生命与笑,感染于她广大的周际。

我看到窗外，有一片春天。

我也想笑，感觉到久久蛰伏于沉闷的空气里的身体中，似乎也有爆炸的东西在游移。

我从那窗口，穿过绿树的横顶，我望着灰浊的市街，心里想着：熄灭吧！那霓虹灯，那虚伪的颜色和那些女人们虚伪的爱情……

我从那窗口望出去，春天过去了。

树依然矗立在那里，绿荫变得很浓很浓。此时才特别感觉到那棵大树是很大很大，像一个巨人，像都市的精灵。我第一次推开窗子，就看见她很大很大了，但那时我还觉得她像婴孩一般稚嫩，我心里想歌唱丰富的生命和鲜嫩的新生。

此刻，对那棵树，我觉得非常崇敬。

风从空隙掠过，绿荫微笑地点头。我没有听见那春天一样的笑，但我看见，绿荫以她深沉的眼睛，在凝视着她荫覆下的市街——

市街上，人拥挤着像海涛，万千学生的行列，像海水，歌声在市街上流过……

我知道春天过去了。但春天不是死了——是成长了。我看到最美丽的真实的花朵，在最污浊的泥淖里也可以生长。

就让这灰尘淹没都市吧，就让虚伪的颜色和虚伪的爱情也在这里装模作样地闪烁吧……

歌者在这里，寻找到了他的歌。

1947年6月7日，南京

（选自散文诗集《阳光的踪迹》）

屠 岸

屠岸(1923—2017),江苏常州人。本名蒋壁厚,笔名叔牟。著有《萱荫阁诗抄》《屠岸十四行诗》《哑歌人的自白——屠岸诗选》《诗爱者的自白——屠岸的散文和散文诗》《深秋有如初春——屠岸诗选》《倾听人类灵魂的声音》《诗论·文论·剧论——屠岸文艺评论集》《夜灯红处课儿诗》等。

苏 醒

我发现自己分成两半。我倚着身患绝症的朋友,身边的床单呈现出朦胧的白色。

“我刚才做了一个梦,”朋友睁开眼,看见了我,用极轻的声音说,“梦见我还是一个青年。我和同事 B 一起去赶公共汽车,准备上火车站。公共汽车来了。他在前门口排着队等着上车,我在中门口。中门口上车的人拥挤。有着天使般眼睛的售票员用一种决定人们命运的口吻说:‘后面的那位到前门去上车!’我赶到前门,恰好 B 上了车而车门关了。只差半秒钟,我想着,急忙赶回中门,砰的一声中门也关了。车开了。把我留下了。只差半秒钟,我想。”

说到这里,朋友微微笑了。他继续说:“我乘上了下一辆公共汽车，不料这车在一座连接两块不同颜色的陆地的桥梁上抛了锚。乘客都下了车。等到第三辆，我才挤上。赶到火车站，火车刚启动。B在火车上大声喊我。我想跳上车去，被一名头戴惊人冷峻的白色钢盔的路警拦住。车开了。只差半秒钟，我想。”

停顿了一会儿，朋友继续说：“我和B是相约去梦中的电子城的。他去了。而我后来虽然有过多次机会可以去电子城，却总是只差半秒钟而没有去成。最后，当我已经头发花白的时候，又有了一个机会。我乘着风驰电掣、破雾穿云的飞机到达电子城。已经当上这座城市的市长的B拿着开启本城城门的金钥匙递给我，我伸手去接——正在这时候，我醒了。只差半秒钟，我想。”

我的朋友又微微地笑了笑，带着点诙谐的语调，他说：“我终于醒了，发现自己躺在病床上，已经变成瘫痪的老人，而且面对着黧黑的死亡。一切都过去了，多么轻松！”

“不！你不是A，我也不是B。”我热烈地说，“你看看窗外，那片朦胧不是日光，而是月光。你应该起床，同死亡赛跑，去迎接第二次苏醒。”

白色床单隐去。在月光下，两个影子沿着人字形栏杆赛跑。白影比黑影先到，两影到达终点的时间相差半秒钟。

顿时，白色钢盔转过脸来，天使般的眼睛嫣然一笑。

我醒了。我发现自己已经是一个全我。只半秒钟，我听见了黎明的鸡啼。清风从窗外吹来。一阵欢跃的童声由远而近，逐渐形成一片明丽的音乐之海。壁上的时钟滴答地响着。墙壁透明了。电子城如霞光万点从四面涌起。我感到手中握着一个坚硬的东西：金钥匙。它烫着我的掌心，烫着我的血液和心脏。我起身，用青春的脚步，向汹涌的光流走去。

1982年11月26日

走　廊

你说，你爱走廊。

你说，在走廊上，不遭雨淋，欣赏着最幽静的雨中山水。

你说，在走廊上，不受日晒，领略到最灿烂的阳春烟景。

你说，只有走廊能把自然纳入美的规范。

我说，我赞美走廊。我说，从内室来到走廊，我感到舒畅和宽余。

我认可走廊是里和外的媒介。

我欣慰走廊是狭窄和宽广的桥梁。

然而——

我抬头，藻井和彩绘取代了广阔的天空。

我平视，帘子和柱子分割了巍峨的群山。

我俯瞰，栏杆把红色涂上了深谷的碧草。

我说，自然的本色是不羁的。

我说，我赞赏走廊，却要告别走廊。即使冒着暴雨的冲击，烈日的烤炙，我也要告别走廊。

我告别走廊，走向最广大的、没有阻挡、没有涯际的自然。

1985 年 4 月 6 日

（选自《诗爱者的自白——屠岸的散文和散文诗》，人民文学出版社，1999 年版）

丁　芒

丁芒(1925—　),江苏南通人。著有《丁芒文集》等40余部。

王城怀古

一圈墟烟,埋葬了几许兴废。

画栋雕梁,急管繁弦,曾经支撑过这儿奢靡荣华的悠悠长梦。想不到朱明王朝,竟是用这个靖江王城,做了它的句号——最后一个藩王朱享,正是在这儿化成了一缕墟烟。

孔有德、尚可喜和那"冲冠一怒为红颜"的吴三桂,他们的荣华梦却正方兴未艾。洞开国门,引来八万清兵,他们却以数十万大军做了前锋,为另一个王朝的建立,扫清了南中国半壁河山,摧折了亿万不屈的双膝,不惜冒千古骂名,来推进美梦到达可能的顶点。

于是,孔有德据有了王城。于是他也把自己圈进了这个句点。

定南王府,没有能镇定住南国的风波。桂林绚丽的山水,也会迸火冒烟。才不过三年,闯王余部李定国,就把王城紧缩成一圈绞索。

孔有德的富贵荣华梦，只好在自焚的火光中灰飞烟灭，连他浑浊的泪水也没有留下一滴。

天下的王城，从来是统治者自筑的藩篱，自设的绞索，自画的句点。

何妨留一点废墟，来展示这个真理。

然而，却有人各处筑起新王城，宣扬它的辉煌，明宫廷秘方、王子的早餐、帝王的享受，来诱发富贵荣华的梦呓。他们为什么要“请君入瓮”，教人们都来画这么一个句点？

（选自《中国百年诗画典藏》，中国文史出版社）

耿林莽

耿林莽(1926—),笔名余思,江苏如皋人。现定居青岛。著有散文诗集12部,以及散文诗论、散文等多部。

骨头,骨头,骨头
——凭吊南京大屠杀纪念馆

骨头,骨头,骨头。牙齿还在,没有头发、眼睛和嘴唇,做不成柔软体操。

骷髅不是商品,却陈列在盛大的玻璃柜中。肃穆,庄严。

不需要解说词。黑窗帘在风里飘着历史和哲学。

三十万件出土文物,展览着一页耻辱,展览着兽性对奴性的一击,展览着我们背诵了许多遍的国情。

江东门外,燕子矶头。

杨柳依依,摇曳着风景。那柳条串蚂蚱似的串起一对对人,以便于"武士道"们开展杀人大竞赛。岳飞的后代子孙,以鲜血在江上,涂写一阕《满江红》。

没有人怒发冲冠。

骨头们在地下，能生根吗？能开花吗？掘出来燃烧，迸射磷火，畏怯之光幽幽，毕竟像眼睛睁了一下，看一看站立的中国。

（选自《耿林莽散文诗选》）

停　电

把所有的灯都熄去之后，街，便黑了下来，

那些蛇，霓虹灯的蛇，挤眉弄眼的蛇，一下子全不见了。

停电：现代都市的娇女，脱下了眼花缭乱的锦衣，世界又恢复了她原始的暗。

这时候，月亮走出来。

月光也是一尾蛇吗？她轻轻地游动，窜进草丛去，草叶子便有了声音。

一只萤，提着绿莹莹的小灯笼，沿着河的水面低低地飞。

闪闪发光而又模模糊糊，

小鱼们追逐着这一点点亮跃出了水面……

萤火虫飞向一棵树，无花果树，

一个裸身的男子在树底下站着，

他摘下一片墨绿色的叶子，遮住了他的“初恋”。

世界又回到了太初的古。

让一切重新开始吧。

天上人间，到处是伊甸园。

（选自《星星·散文诗》，2015 年第 7 期）

都市寂寞图

诗人废名写过:“邮筒,邮筒寂寞!”

邮筒寂寞,砖不寂寞,水泥不寂寞,挥汗如雨的民工也不寂寞。

房地产开发商呢,当然更不了。

高楼长一寸,房价涨几千?

无房户日夜仰望的脖子,节节拔高,快成为“长颈鹿”了。

摸一摸口袋,阮囊羞涩。

(要耐得住寂寞)

四十九层高楼上一窗独开,一只苍蝇飞了进去:有情人终成眷属。

海边观雾

我来寻找大海,却与雾不期而遇,

舞者之衣,姗姗然流转,

或者是一个人小心翼翼,如履薄冰而至,

或者什么也不是,雾便是雾。

失落了轰响的喧嚣,黑波涛翻滚;失落了柔玻璃无声的起伏,

海失踪了，
只有雾，只有雾……

没有门，没有窗户，雾是神秘的空中楼阁。
没有蓝蓝的孔雀羽展开，没有暗绿色猫眼睛的窥探。
百脚虫翻上翻下，四处爬行。

（幕帷飘飘，一切都在幕后间运行，
谁知道这幕后的事情?）

渺渺中传来了一声笛音，
小舟破雾而出，划舟人纷披抖动的金丝，闪现黎明，
松树上的水珠，有一颗滴落，
那会是，谁的眼泪呢?

月光下的小城

月光下的小城：

树，阴影中的小巷，爬满藤萝的墙壁和圆形拱门，全镀上了大理石的冷峻。

古堡的一扇窗子打开了。他是从哪条小径爬上去的呢？蜿蜒的山路上植满了苍松。

然后便传来了罪恶的枪声。门环再没有叩响。

悲壮的神话，火焰和诗；青春的颜色覆盖着历史。

而现在，孔雀之羽上星光四起。那一扇窗仍为月光打开。

青青的冷峻的月照窗台。没有灯。杯子里盛着的水还有热气。

但是，人呢？人在哪里？

广场上夜风逡巡。烈士塑像的披肩上，凉月如水，静悄悄磨亮了青铜的光辉。

失踪的晚霞

黄昏的落日，淡淡地下沉。那些裸体的云，却穿起玫瑰色衣裳，染上少女的红晕。

垂挂的小路是金黄的，蔚蓝的湖仿佛盈满了泪水；而忧郁的树，将一片片叶子，吹落在七彩的虹桥，连石头也有了感情。

晚霞是流动的，流动着一些飞鸟，一些鱼的鳞；多层次的烟，升华为音乐。一幅织锦，一片壁画，一个金果园，在风里漂浮。而马，奔驰着，鹿奔驰着，许许多多的脚印。

然后是缓缓地淡化，淡化，失去了漂浮感的天空，变成一片浅灰。

晚霞，失踪了。我守着一个惘然若失的淡水湖，即将失明的镜子。

一圈圈水的波涛，来叩打岸壁；白鸥如落叶，一片片飞下，在我脚边回旋。远处有洞箫横吹，是在为失踪的晚霞招魂？

我仰望天空，没有一只金果坠落，没有玫瑰花，没有葡萄串。

爱情、青春、理想和梦，也是这样淡淡地、淡淡地失落的吗？

给我一匹马，让我洞穿夜的黑草原，去追回色彩的少女、感情的湖……

（选自《六个六重奏》，河南文艺出版社，2014 年版）

王尔碑

王尔碑（1926— ），原名王婉容，四川盐亭人。著有小诗集《美的呼唤》《王尔碑诗选》，散文诗集《行云集》《寒溪的路》《瞬间》，散文集《云溪笔记》等。

泉城访孔孚

三千里风尘，我来看你。

趵突泉，李清照，一生只能见一回么？

你说，石门山在远处，那荒寂之地，乃是当年李白和杜甫最后揖别之地。闲闲淡语背后，盛唐时候的天风呼号着，惊涛骇浪在拍打堤岸。

你叹息，此行我没有看见真正的海。

也许，遗憾也是一种美。我看见了尘世间最清亮的泉。它们自地层深处悄悄走来（没有山泉的喧哗），夜明珠的世界寂寂无声。大地母亲的希望和泪水，也是这样静静地，从旷古流到今天？

大明湖的垂杨，还在依依背诵《老残游记》？

现代化建筑，像一些漂亮的巨人，庄严得有点冷漠。它们遥遥对峙，互不相望。

登楼，同看佛慧山。

佛头

青了

一颅智慧

生出芽儿了吧?

——这是你的诗。你在问它,回答是有限的,它是无限的,它不回答。此刻,佛慧山也在看我们:一个痴于它的朋友,一个仰望它的过客。

孔子和颜回在晚霞中散步。经过孔府门前,不知为什么孔夫子不高兴,竟然拂袖而去了。

蒲松龄还在孤灯下写他的魔幻小说吗?

孔尚任还在那荒山隐居,反复修改他的《桃花扇》吗?

窗前,一盆荷叶,有独树一帜的茂盛。窄窄的书房,也显得清新、开阔了。——这是你的夫人和女儿的杰作。古人面壁,你面生命无尽的绿意。所以,才有《山水清音》们的天籁。读你的近作《西部落日》,大漠,黄昏,风沙,落日悲壮的背影,渐渐扩散成一个血色的童话,染红了半个天空。

然而,你不是落日,你是孔孚,无休无止的创造者。

我们都不是落日,也不是海。但愿,是五龙潭泉水中小小的一滴。

转眼就该告别了。

笑一笑,互道珍重。

洁白的瓷杯,淡黄色的峨眉茶,一屋子远山草叶的香气。千百年之后,你和我,还在品读它的清醇吗?

(选自《菲律宾商报》)

对　坐

少女和古瓶对坐。

素雅和素雅对坐。

瓶中无花，不意味着无情绪。一般的花儿摘来已没意思，又何必让树枝伤心？

古瓶说："我喜欢你这小屋，我知道你心中有个花园。"

你笑了一下。然后游进书籍的海。

美人鱼和古瓶对坐。说海上的风景。

（选自《散文诗世界》，2005 年第 6 期）

孔　林

孔林(1928—),山东荣成人,著有散文诗集《晨露野花》《爱的旅程》《孔林散文诗选》,以及诗集《一束芙蓉花》《报春集》《山水恋歌》《百灵》《孔林诗选》等。

迪斯科

音乐的节奏卷起呼啸的风,风的旋律摇着白杨、青柳,飘洒着五彩缤纷的花瓣。

呆滞的目光,

凝固的沉思,

荡起了涟漪。

疲惫、彷徨、忧闷,如同海草和碎壳被远远地抛掷在寂寥的浅滩。

大脑,

海水一样清澈蔚蓝,

天空一样辽阔无垠,

思维是急待出海的船,有节奏地颠簸在音浪的琴弦上,高高地、高高地扬起鼓满风的帆。

片刻，我满耳是涛声，满目是奋飞的海燕。快节奏将我推向时代的大潮。

然而，那浩瀚的大海，却是一盘小小的磁带。

（选自《黄河诗报》，2015 年 11 月号）

唐大童

唐大童(1932—),又名唐大同,重庆南川人。著有《唐大同散文诗选》《大旗在风中飘逝》等。

巧克力、口香糖及其他

一日三餐的美丽和欢乐之外,还有一个更丰富宽广的吃的世界。美国人的嘴巴似乎整天都没有休息。看书、报、电视,散步逛街,驾车和体育锻炼——

打网球篮球高尔夫球等等,嘴里总嚼着什么,嚼着什么。

嚼着他们的富裕吗?

嚼着他们的惬意、浪漫和幽默?

好吃的东西多如天上繁星,令你眼花缭乱,口无暇顾及。巧克力多姿多彩,口香糖也多彩多姿,连爆米花也浇上上等奶油的香甜,从粗放到精细将档次连升三级。

这时,大洋西岸年轻中国人的胃口,正被钻进开放大门的肯德基的炸鸡等等所俘虏,以为大啃肯德基的炸鸡等等能使吃的美丽和欢乐登上新台阶。而美国人则开怀朗朗大笑,嘲笑因穷而只能天天吃鸡的窝囊。

刚刚起步的微薄富裕也值得咀嚼吗?

还是再咀嚼一次历史的贫困、现实的贫困、几代人都未完全摆脱的深沉的贫困吧!

房东和我

房东也是中国人,但我们之间只能默默地相视而笑。

我的尴尬是不能说英语,他的尴尬是不能说国语。我是刚飞出笼的小鸟,封闭生涯的漫长几乎让我忘记了世界的辽阔广大,失去了自由高高飞翔的能力和意志;他是断了线的风筝,跟随祖辈在异国他乡漂泊,几十年上百年几乎忘记了祖先生存的土地、语言和古老悠长的根。

被禁锢的鸟和断了线的风筝,尴尬对尴尬。

我被根捆绑,他被风吹散;

我没有翱翔的天空,他没有扎根的土地。

多么可怜啊,历史无情演变的折磨摧残,我们都成了不完善不美丽的中国残疾人。

王　蒙

王蒙(1934—　),河北南皮人。著有《青春万岁》《活动变人形》等近百部小说,以及诗集《旋转的秋千》《西藏的遐想》等。

旧　宅

五十多年前,你在这里出生学语。五十年前,你在这里嬉戏。四十年前,你在这里读书写字。三十年前,你在这里成婚。二十年前,你在这里生火炉。十年前,你搬到这里。一年前你从这里搬出去。

五十年前的房子已经没了,四十年代的住宅已经湮没。三十年前的房子已经改建重修,面目全非。二十年前的房子已经阔别久远,近况无消息。十年前的住宅,一年前的住宅现在住着别人,住宅已经忘记了你曾经住在这里,在这里息过、想过、饮过、爱过、闹过。

你已经变得陌生。

不要到旧宅去,不要问旧宅的变迁,不要问下一次搬向何方,不要把旧宅串在一起回忆,尤其是,不要在夜里变成一只黄鼬钻进旧宅里。

不许。

你是宁静的,这就足够了。

1989 年 1 月

(选自《王蒙文集》第 10 卷)

刘湛秋

刘湛秋（1935—2014），安徽芜湖人。著有散文诗集《遥远的吉他》，诗集《生命的欢乐》《无题抒情诗》《人·爱情·风景》以及翻译作品等。

哑　剧

在千百双眼睛观看的舞台上，他在表演一出哑剧。

他做了一个微笑，开始，是那么的甜，那么的自然，那么的轻松。他走了几步，他希望这微笑像早春的花朵，在人生的舞台上散发着浓郁的香气。但他终于发现，这微笑是虚假的，同时他内心体验着痛苦。

这微笑是个假面，戴在他的脸上。

于是他要把这微笑从脸上摘下来，他使劲地痛苦地摘着，但并不能摘下微笑。他越是痛苦，微笑越是甜蜜。

这微笑的痛苦，这痛苦的微笑，一些观众只看到他的痛苦，一些观众又只看到他的微笑。

渐渐地，他已弄不清楚，真实的他，究竟是微笑，还是痛苦？

（选自《遥远的吉他》）

敏　岐

敏岐(1935—　),本名许敏岐,四川富顺人。著有散文《霜叶集》,诗歌《风雨集》,散文诗《绿窗集》《荒原的苦恋》,诗论集《诗海探珠》,散文诗自选集《经历荒原》。

吊脚楼

一窗山。一窗树。一窗雨。一窗云。

民俗,石榴花般红艳;歌谣,香糯酒般醉人。

眼前的一切,我都极爱,却又无心去欣赏,因为听见,脚下的江涛声,越来越急,越来越紧,真担心,瞬间它会崩塌,随江涛而去,不留半点痕迹。

我们曾共用一只陶罐

我们曾共用一只陶罐,罐顶的一角残破,是我们共有的一片蓝天。

苦涩中,我们常用苦涩的方式嬉戏,一次,你一蹦,就消失了身影,也蹦去了,我暗淡的童年。

今夜窗下，有虫声唧唧，我惊喜地发现，那竟然是你！只是，我的歌声已然苍老，而你却清韵依旧。

（选自《经历荒原》）

昌　耀

昌耀(1936—2000),原名王昌耀,湖南桃源人。著有诗集《昌耀抒情诗集》《命运之书》《昌耀自由诗》等。

时间客店

比预定的时间来得早了一些。

其实,谁人说得准呢?

店堂里蒸气弥漫,伙计们忙进忙出,有几个像我早到的食客已闲坐在方桌边等候服务。我瞄好一个空位走过去,用脚背勾过来一把椅子,——我实在腾不出双手来,因为以受命自负的我此刻正平托着一份形如壁挂编织物似的物件,凭直觉我知道那就是所谓"人人心中所有、人人笔底所无"的"时间"。

刚坐定,一位妇女径直向我走过来,环顾一下四周,俯身轻轻问道:"时间开始了吗?"与我对视的两眼贼亮。我好像本能地理解了她的身份及这种问话的诗意。我说:"待我看看。"于是检视已被我摊放在膝头的"时间",这才发现,由于一路辗转颠簸磨损,它已被揉皱且相当凌乱,其中的一处破缺只剩几股绳头连着。

我深感惋惜，告诉她："我将修复，只是得请稍候片刻。"

我俯身于那一物件，拧松或是拧紧那一枚枚指针，织补或梳理那一根根经纬，像琴师为自己的琴瑟调试音准。而我已本能地意识到我将要失去其中所有最可珍贵的象征性意蕴。

此时，店堂伙伴、老板与食客也同时围拢过来，学着那位妇女的口吻齐声问我："时间——开始了吗?"他们的眼睛贼亮，犹如荒原之夜群狼眼睛中逼近的磷火。未免太做作、太近似表演。我心想。其实，我几已怒不可遏了。

"够了。"我终于呵斥道，"你们这些坐享其成者，为时间的开始又真正做出过任何有益的贡献么？其实，你们宁可让时间死去，拔一毛利天下而不为。"我发觉自己的眼睛充盈着泪水。是的，没有人帮助我。我的料想没错，尽管围观者觉得"时间"与他们有关，表现出异乎寻常的焦灼或关心，但他们为"时间"的修复甚至于不愿捐献出哪怕一根绳头，——譬如我曾暗示客店老板，请准许从其悬挂在门楣的索状珠帘中只是让我任意抽取一根。我终究未能，也无能补齐"时间"材料，哪怕只是采用"代用品"。我流泪了。如此孤独。

人是一种有着致命弱点的动物。

而这时，我发现等候我作答的那位女子已不知在何时辰悄然离去，这意味着机会的全盘失却。机会不存，时间何为？或者，时间未置，机会何喻？我痛心疾首。幸好，当此之时，我已从痛楚之中猛然醒觉，蒸气弥漫的店堂、人众以及悬挂在梁柱吊钩的鲜牛肉也即全部消失。时间何异？机会何异？过客何异？客店何异？沉沦与得救又何异？从一扇门走进另一扇门，忽忽然而已。但是，真实的泪水还停留在我的嘴角。

1996.5.18

夜　者

我从与大街相邻的一扇铁门出来送一位夜客，——那刻正当闹市夜生活由盛极而衰（或者换个说法，那刻正值寻欢作乐的人们适各得其所而如愿以偿之时），我回身掩门，听见街侧数步之外一处商店黝黑的门斗里有啜泣声。那人席地而坐，脸孔抵在两膝之间，抱头抽泣。那声音很年轻，我放心不下，疑心那是我自己的孩子。陪夜客走了一段路。过后，我仍旧放不下，径直以为那哽咽吞声者就是我自己了。

这是夜里暧昧的一刻。

当我与客人分手独自转回来的时候，只剩下一家歌舞厅的霓虹灯尚在无精打采地变着花样燃炽。我有意走近那间黝黑的门斗，但是那里已空落落的，并无那个夜泣者。我向隅而立。透凉的秋风吹起一丝寒意，我忽有了一种物伤其类的悲凉，内心里问道："朋友，你是谁？是真实的存在么？抑或只是我自己的幻影？

又归向何方？你是自惭形秽而离去，抑或是碍于人毫无心理准备的一时邂逅？……”我感觉有一声关怀来自半个世纪：“朋友，如果生活欺骗了你……”

啊，朋友，痛苦也是一种洗涤剂。
不，我是试图说明——痛苦如果也是酒精。
是人生一课必服的酒精？
那时，人必坚忍而趋于成熟。
但在暧昧的夜里我们是失于猥鄙而不辨梦与真的夜者。

1996 年 8 月 14 日

（选自《昌耀的诗》，人民文学出版社，2000 年版）

许　淇

许淇(1937—2016),生于上海,著有散文诗集《城市意识流》《词牌散文诗》,散文集《许淇散文选集》《草原的精灵》。

在高层楼里

在水泥预制板构筑的柩匣子里,你是否向往太阳与绿色的世界?并非铝合金窗框和厚丝帘幕,是二氧化碳挡住地球表层的红外线辐射空间。

屋角无形的蛛网捕捉无形的尘,我捕捉有形的诗的元素,不论是氢、氧、碳、氮……诗的化学成分起了变化?

(诗非莴苣菜,有温室效应,成长飞快。)

还有水。水的地层地表。水和露和雨。水的阻塞和循环(厕所待修,不住地滴水,像钟摆)。

你渴望绿色,正如全球环保的生物链中金灿的希冀之一。

犹如早早升起在烟囱上空的月亮,皎洁在灰雾旋卷的飓风里凸现。月亮是永久的冻土带。鼎沸的岩浆呈热融下沉和坍塌。

在高层建筑办公室的四壁,有一面窗户下望大街如冰河,半夜无人,祖先们皆躲进史前洞穴,将自然还给无生物么?

(厕所坏了,有规则的滴水如钟摆,渗入时间之褶痕。)

黎明潮落，雾散时，软底质的滩涂渐渐凹露。高楼凝固的浪峰将天空切割成电子音乐。

梦见自动梯从窗口探出，越伸越高，直奔天堂的门。爬出预制板格子框架去用一页诗稿将城市拂拭明净……

（选自《人民文学》，1994 年第 5 期）

我是城市

这是个充满了芳香和刺鼻的涂料气味的城市。我用高楼丈量城市的脚步。

日光搅拌着尘埃，我是滚烫的路，忌怕沙沙擦响的车辆长队，梗死了硬化的动脉。雷似的钢铁机械起搏我的心脏。灰色的混凝土是我的陈旧的衣着。我是驶上高速的飞轮，让命运不断地磨砺和撞击。

什么时候城市有了广场有了喷泉？往昔罗马的雄辩家和法兰西的革命家辞藻泉喷，在广场还是大殿？

我是我们新城市的广场、喷泉、草坪；夜晚草坪上浮着唧唧哝哝的私语，犹如喷泉和海底沉钟的尾音。

我记录下一个又一个故事。我是夜总会金钱的奴隶，被肉体折磨得筋疲力尽。我是都市病患者，比桥堍洞健康的老乞丐更甚无奈。我是被“双规”的贪官，经历了犹同“拉奥孔”毒蛇缠身痛苦挣扎的两天三夜，最后在凌晨四时，爬出窗口一跃，成“自由落体”……

我是城市的宏大叙事。一人一世界，构成同时态的非英雄的日常史诗。

从遥远的地球的另一端，来了新奥尔良的爵士，还有蹦蹦跳跳的“猫王”，带来最新的“流感”，使一部分人温度升高。全世界都少不了追星族和发烧友。连狂热的金斯堡都皈依佛陀。然而此情此夜，布鲁士、摇滚、踢踏……不用摇头丸的兴奋剂，高潮捅破高潮，精液四处溅射。然而同时，在音乐的圣殿，“偶像派”钢琴大师的梅特纳奏鸣曲，被称为凄艳的绝美，隔着一条竖琴的森林河流，潺潺地在城中淌过。我犹如这支交响体积小的定音鼓，简单沉重而具张力，在休止的一刹那，将其金属的节律抽空。

我是摩天楼，大玻璃窗全方位吸纳广袤。鳞次栉比的屋顶连屋顶，将颅盖打开，只见地狱和天堂的复杂迷宫，何处有一枝飘摇的思想芦苇？

我是江海关大厦的电子钟。谁望着我的面孔便一片惊慌。我无情且多情地宣告：有的过时了，有的即将来临。

我是这同一时刻已经来临的无数新生儿！

我是春天匠师亲手制作的美丽风筝，凭借一对饱含希望的眼睛，愿成为希望的眼睛的磁黑引力之凝聚点。

更高再高，我愿是越城市凌空而过的航天梦，银翼扯一块白云拭拂蓝天。

我是血红的木棉。絮白的雪。报刊上的快餐文化。展览会里平庸的构思。一尊抽象的雕塑的符号和数。

我是电火，我是激光，我是超声波，

是氟，是铀，是铌，是镭锭和稀土……

我是城市的一首诗！

（选自《海燕·都市美文》，2005 年 1 月号）

城市雕塑

一

街心公园应该有一尊雕塑，我曾梦见它一夜间矗立起来，是王尔德童话中的快乐王子。孩子们推开窗户：这是谁呀？一只燕子从快乐王子的脚下飞上肩头。

如今的孩子只熟悉变形金刚和哈利·波特。

二

我不反对一些无文学性和道德意义的纯粹造型，它们调和了人对自然的专横与强暴。

难道城市雕塑应是终年翠绿的大树？应是白云堆积的雪山？应是天降一块奇异的陨石？

是地质运动后大自然创生的存在物——崩离山体的石头、森林大地的生物遗骸、变形的始祖鸟……

三

现代建筑崇尚简洁主义，现代城市雕塑亦如是。

物化表呈为时空、行为、行动的艺术，促使城市的公众意识的神态、形态、心态的相和谐。

我爱好简洁的中国定窑、均窑和希腊古瓶，讨嫌清代宫廷彩绘的工整、烦琐、富丽。

亨利·摩尔是简洁的，我的视域到此为止。

简洁。老子出关只带青牛和道。高山流水之音竟至无弦。一种现代主义美学定向符号，属于东方思维。

空白和大写意。

四

城市雕塑是建筑的延伸，是建筑中不实用的非功利的美的部分。

五

广场上的雕塑，它是青铜铸成的，和罗丹的《思想者》同样材质。思想者用肉体思想，每一寸肌肤都在痛苦挣扎。

《思想者》宜置于大展厅的一角，因为它是独立的，它并不需要凭借四周的假设空间，思想从身体的内部爆发。

广场都是公众的。是现代社会意识的根基，是多维异质构成要素间的统揽，多元观念的对立与混成。

六

它是雪花大理石刻成的。石的表面冰冷，而当你用手指扪触，犹如抚摩温热的肌肤。那每一道裂缝，刻着时光的涟漪。

它用钢管弯曲而成。是西班牙的米罗画在纸上的稚拙的线，关于鸟和太阳和音乐，让人们追寻童年。

它是一双巨人的鞋，是外星人遗落在城市公园的草丛间？除了大，它不过是一双普通的劳保鞋，照搬日常琐细，以生活中的日用品，表达纯粹的物的观念。

我排斥玩世现实主义和痞子文化，排斥卡通式和波普式的夸张。所谓乐观，仅仅挑逗笑的本能，我却丝毫笑不出来。

七

在广场和楼厦中间，我看到尖锥三角形的山峦，铝质制品模拟流注水化石的肌理，是冰川时期生物的回忆。

铝合金、玻璃钢、稀有金属或……这些新工艺材料制成的城市雕塑，其空间构成和面的组合是几何形的。几何，现代造型的道具。用点、线、面造型要素构成，它的对称、节奏和韵律如同一曲商籁。

正方形——匀恒、平静。

锥形体——意志的拓展。

三角形体——围实、稳定。

平行六面体，棱角立方块，梯形和波形，象征多侧面的生活广角镜。

九

我们身处待发现的世界。

我们适逢正发现的时代。

“星际”“生命之圈”是城市雕塑的主题。

垂直的白色立面，白色的凸形曲面，对角斜置，两个水平体连接在一起，颠覆，解构，整合，重组，阐释范式的解放，使作品的构成因子，有了未来的元素。

一堵毛坯的水泥墙的审美价值往往胜过炫富的菩萨金身。

（选自《西湖》，2005年2月号）

弗吉尼亚·吴尔芙

她记录下一刹那。

在人的一生中，有过重要的一刹那，这一刹那完整如成熟的果子，无数时间已经孕育成它的生命；那再生的核，将会繁衍不尽的一刹那。

譬如临终的一刹那，是界限，是黑沉沉的河，是对着阳光的万花筒。当肉体跨越过去的时候，滞留在河对岸的爝火是否会华严一灿呢？

婴儿初生的一刹那，是否在他或她的意识深处划过一道印痕？以至有一天，冰山冒出水面的顷刻，海便沸腾起来。

人人都有一间自己的房子，这房子的空间可以拓展到天涯。望着墙上的斑点和天花板的水渍，牵引潜在意识的流动……松鼠从一枝跳向另一枝。天空纳入海洋的眸子深处。波涛向礁石倾诉爱情。阳光在林中、绿草地跳跃，似雪浪花，也似G弦上的战栗……

莫奈在卢昂大寺面前实验他的时间影响下的彩色斑点。

中国书画家发现了“屋漏痕、折钗股”，于是悟出线的蕴藉和奇妙。

吴尔芙的“屋子”将饰她梦的意象。有时候她专注于一只蜗牛或一方园圃，用显微镜微观自然的大惊奇，语言的点和线交织成一朵幽暗的玫瑰，献醉香的猩红在诗神的胸襟上。

她的一刹那的世界多么辉煌！是的，比永恒还辉煌！

（选自《青岛文学》，1991 年 11 月号）

邹岳汉

邹岳汉(1937—　)，湖南益阳人。1985年创办中国首家《散文诗》杂志，主编《中国年度散文诗》(漓江版)。著有散文诗集《启明星》《时光之水》《青春树下》等。

守门人

时近黄昏。

目光散淡，步履蹒跚而急切赶着回程的夕阳，意外地撞着了玻璃幕墙上天光云影变幻的一幢高楼，生铁般冰凉僵硬的屋角。

咯噔。滚落一粒熟透的相思豆。

渐趋沉寂的小街，霎时陷落在一片迅速扩展开的、茄紫色的阴影里。

晃动。一顶破草帽。

一只满布筋络干柴棒似的手臂，麻利地操纵一把用铁丝扭制、简陋而轻巧的钳子，认真深入地，翻检着守门人刚才倒进砖围里的一堆垃圾。

一边是随手随意的抛弃，一边有人专注细心地去捡起。

回头一看，四目相对：浑浊而漠然的瞳仁里，竟然闪射出灼亮的光芒。

——那不是秀……

——老鬼，还没死！

——还真是你?！……嗨，头发也都全白了啊！

守门人急忙转身，返回栅门旁那间低矮的小平房，打开床头那只上了锁的小木箱，抖抖索索地，掏出某个节日留下的半包糖果，赶紧走出门来——

一堆刚刚被翻检过的垃圾。

一个低沉嘶哑的声音，在聚起的晚风中，喃喃地，诉说着什么。

（一只黑色的流浪猫忽闪一下它惶惑的大眼睛，从城市的某处缝隙间溜了过去……）

（选自《山东文学》，下半月刊 2016 年第 1 期）

盲音乐家

在城市的一条地下过道里，回响着一支颤悠悠的乐曲。

很熟悉、很优美、很亲切的二胡独奏曲。

求乞者！

我不屑一顾匆匆迈步走了过去。

然而，那乐音借着地道强大的共鸣追了上来，粘住我的脚步。

那悠悠动听的颤音是从一只娴熟自如、急骤抖动的手腕下飘飞出来的。

不，是从高峡平湖窄隘的泄洪孔喷流出来的——时若铁石交响，时若游丝欲断，淙淙瞿瞿，沁脾峻骨！

盲者！满嘴胡髭衣衫破旧的盲者，正襟危坐，持琴操弓，身子随乐曲的迂回缓急前俯后仰，完全沉浸在他自己营造的音乐氛围里。

忘了自己的困顿、不幸。

忘了人世间种种不平。

弓弦激烈，乐音跳荡，

涟漪不已……

风清月白。是从江南某片竹林深处飘飞出来的那一阵阵清纯悠远的琴声吗？

是曾经使一个坐在小木屋前的矮板凳上、瘦小的膝上搁着显得分外巨大的琴筒的瞽目少年脸上漾过一丝苍白的笑容，使守护他身旁的年轻母亲频频地闪动噙着热泪的双眸，使小路上匆匆的夜行者驻足聆听或是放慢了脚步，合着节拍轻声地跟着哼唱的那支曲子吗？

乐音婉转回旋如诉……

于是，我转身走了过去，从口袋里掏出仅有的一张小钞，躬身放进盲者膝前盛着一些零钱的簸箕里。

盲者毫不理会，只顾以他浑身的情感注入腕底随意游走、抖动不已的弓弦，拉响那支美丽而忧伤的曲子。

（选自《诗神》，2007 年第 3 期）

晚　宴

急迫的黄昏，将静寂的书院一长迭古旧的长廊与梯间，布置成一座深邃莫测的迷宫。

穿过去，灯火辉煌，满室烟雾。

呼唤出一阵不拘礼数的迎迓。

我是迟暮中归来的不速之客。

桌上无山珍。摆开古老的话题，捧上年轻的笑声。无忌惮的热忱，在友谊的圆桌上鼎鼎沸沸，烹调出一盘盘绝妙的美味。

冬夜的寒冷，已溶化于额角上冒着热气的汗珠，使之显得琥珀般晶亮；窗上初凝的冰花，于一小块被切割的天空，挂一枚淡薄如痕的新月。

咸、辣、多、热、抢，构成一部快节奏的五线谱；七手八脚，抒写一支锅盆碗盏奏鸣曲。余音绕梁，定然三日不绝。

心年轻了，牙还老着。

于是，困守在狼吞虎咽的包围圈里，慢咽细嚼，暗自品味着面前一小碟火爆的、半生半熟的菜肴。

暗自品味着青丝白发间半生半熟的人生。

（选自《2016年度作品·散文诗》，北京现代出版社，2017年版）

徐成淼

徐成淼(1939—),上海人。著有散文诗集《燃烧的爱梦》《太阳瀑布》及文学评论、论文等。

春 天

冬天过去了,春天重又来临。

一个崭新的春天,娇弱,却已在料峭里急促地抖开了不可一世的喇叭裙。

单子叶,双子叶,争先恐后地萌长。根须与根须缠绕,又一圈年轮,已着手构思新的圆周率。

风媒花,虫媒花,扬起满天的花粉。雄蕊和雌蕊在高处招摇,子房开始梦寐已久的扩张。

蝮蛇蜕皮,雪狐改变颜色,蚯蚓伸长了喉咙想要歌唱。土拨鼠从洞中探出头来,惊奇地张望着沼泽和丘陵。云雀甩掉惶惑,兀自向袒露的土地俯冲。

阳光从回归线折返,热风感化着残雪,朝北的阳台也镀满了诗情。基因图谱调配出前所未有的色调,生命原细胞膨胀分裂,成倍扩展着幻想。电脑升级,新一代处理器抢占又一个制高点。

破冰船再次启碇,核动力,不见烟尘。坚冰无声地碎裂,暖流在珊瑚礁周围层层推涌。长鲸自洋底浮出,悠游嬉水,白浪拍打大海敏感的脊背。冲浪板油漆过了，弄潮儿正在起劲地热身。

把积满油腻的冬装剥下，洗都不洗，就地掷入污物箱。用狗尾草编一顶遮阳帽，直接去T形台上表演。眼影膏也变了颜色，炫耀着星星点点的得意。然后霹雳舞开始，新编太极拳与自由体操同台演出。流行曲时隐时现，切分音震动着林梢和风。吉他和定音鼓，给女性提供道具，老人忘记了年龄。一点醉意，在酒窝和鱼尾纹中同时浮现。

山地车刚刚擦洗完毕，闪光的轮圈急不可耐；一声呼啸，团队就组成了方阵。密不透风的拥抱，园林深处传出吻声，水渠流过情人的脚踵，一朵落花，在漩涡中顽皮地跳跃。

电视正在现场直播：守门员起脚劲射，球儿穿过全场，径直飞进了对方的球门。

按一下快门，彩色胶卷自动曝光。人声扰攘，门铃频繁地呼叫，阳光下，姗姗学步的幼童向母亲展示刚刚萌出的乳齿。

……撕去昨日的诗稿，纯蓝墨水，写出一个想入非非的全新标题……

（选自《中国诗评家诗歌集结号》，2010年）

通宵电影

长夜漫漫。

是城市狭小的空间挤瘪了白天，把你和我逼进了这夜的穹庐。

幸运的放逐。茫茫夜色荫蔽思念，荫蔽爱神柔软的羽翼。星光从猎户座射入，闪动变幻，激射为虹霓和极光。

双手越过座舱，摸索中合力驾驶方舟，远处有灯塔诱惑引航。秋波微明，交流万古长新的目光。彗星掠过耿耿长天，遥远的乐声，掩护你我絮语绵绵。

银幕复映着你和我的故事。一幕连着一幕，夜正长，戏也正长。轻轻偎依，你的体温流过肩头，告诉我每个镜头的重量。

——难忘今宵！我听见你的心在无声地歌唱……

（选自《太阳瀑布》，2012 年）

豪华别墅

豪华别墅朱红的瓦顶整夜整夜醒着，巨大的色块从屋脊直向青青草地进逼。落地长窗悄无声息，忧伤的窗帘垂地。没有风，许多玻璃通体透明。

豪华别墅长长的篱笆延伸，延伸而又弯曲，封闭为一个环，圈住一系列鲜为人知的秘密情节。郁金香终夜开放，茂密的益母草从篱墙疏忽的隙间向外窥探。迷途的羔羊在界河那边叫唤。

华灯通宵不眠，五色的光镀亮镂花屏门，露台上有不规则的水迹映着永不安分的烛焰。

回廊总是被常青藤缠绕，许多烦恼难解难分；银架上绿得伤心的鹦鹉啄着那根细细的链，猛叫一声，夜空与峡谷便同时响起不甘失败的回音。

豪华别墅在周末的等待中战栗，云层里降下不可一世的汗雨与泪雨。无声地哭泣，出声地哭泣，长阶缀满了露珠，汗珠和泪珠。那柱细腻的喷泉早就淤塞了,喷嘴处已长满绿苔,静静地在构思又一出标新立异的宫廷剧。

林荫道上响起四轮马车的铃声,马蹄敲着碎石路,敲醒意中人终生的遗恨和夜半梦回枕畔依稀的啼痕。

乌云终于败退,半嗔半喜的残月忘命地喷射银光。巢中刚出壳的雏鸟于是惊惶,怯怯地啁啾,像梦游人的呓语一般不可测。

我走过木桥,看见河湾里那艘重新油漆过的小船正在安安稳稳地打盹。它已经忘记那段往事,那次勇敢的表白和那生死攸关的初吻。

豪华别墅不再哭泣,它已懂得爱的艰辛;每一个周末都是一次搏斗,舞池中空无一人,乐声起处,波尔卡和狐步舞纠缠得硝烟弥漫。

水声悠扬,花香在深夜里显得更加浓郁。豪华标书逐一关闭那些放浪形骸的灯光,只剩下内殿那盏出类拔萃的水晶灯,不忍熄灭,顽强地坚守着最后一块领地。

豪华别墅等过一个世纪又一个世纪,为的是在这个没有日期的周末让鹦鹉惨叫,让郁金香忘命地盛开,让马车的铃声震碎夜幕,命运之手再次把豪华之门叩响。被放逐的亚当就在这样的时刻卷土重来,要将那枚急不可耐的指环,戴在新嫁娘颤抖的指上。

山那边的墓地里,死者终于不再辗转;一枝采自豪华别墅的血红血红的蔷薇花,恬静地安放在黑色的墓石上……

(选自《新中国 50 年诗选》,重庆出版社,1999 年版)

刘　虔

刘虔(1939—　),湖南武冈人。著散文诗集《春天,燃烧的花朵》《心中的玫瑰》《思恋之声》《夜歌》《大地与梦想》等。

城市,没有围墙的乐章

像大树叶子一样醒来,

在清晨,在每一个需要生命行动的时刻,醒来!

骚动着。而后一跃而起。大树上的叶子抖出满地晨曦,醒来。

最早醒来的是我们城市的打工者……

从铁皮屋的工棚走出,扛着昨夜梦回乡野的星光,醒来。

从地下室的窝居间起身,踏过潮湿的台阶,醒来。

头戴柳藤帽,登上脚手架,迎风一声长啸,他们,醒来。

醒来。在这样的时刻,小草也会紧握住根脉。

醒来。血液里是江河远去的节拍。

日日击水三千里,挽着城市的天际线,一路扶摇上云台……

流泪,不流汗。

街头。深处难觅的困惑。一个流浪汉在流浪。

他把自己生存与生活的全部都放在自己的两行脚印里，流浪。

枕着背囊。此刻还躺卧在三亚河畔的露天长廊上。

因为寒凉，赤裸的双腿蜷伏着。

直到清晨，阳光镀亮了他一身的疲惫。

直到黄昏，他依旧蜷伏在昨夜的梦里，流浪。

他是假寐的一段故事里的那一片浮云吗？

更像一截被沿街行人遗落路边无力醒来的长叹。

流浪者蜷伏着，在城市的一角。流泪。不流汗。流浪……

阳台上的风景，

仿佛城市的哪一条街巷，突然着了火……

关在邻家阳台上的那只公鸡，火烧云似的扑腾，一遍一遍鸣叫着。

无涉风月？不识时节？

失去的乡村里已然没有了麦浪翻滚的六月。

久违的天籁，久违的清露，洗不白落难的宿冤。

高楼峡谷与钢铁丛林里泣声如雨的诉说，只有悲切：

数日之后，血案果然降临到阳台。

那最后拼却的一呼，全然消弭了仅存的喊叫黎明的音乐！

一滴眼泪的浸涩，

泪眼婆娑。姑娘的一滴泪便浸涩了这城市的许多角落……

远离乡村，只为寻觅街市的入口。

太阳落在她的眼里睡了又醒，月亮撸走了她梦中的玉镯。

千遍百遍的呼救，都挤压在独自奔波的足印里。

满城灯火，是寂寞里的萤光，一夜一夜走过。

春风的播报用了红色的引题，那是街上旋风般流行的红裙子。

烟雨暮色。车流裹住人流，眩惑着她的眩惑。

繁华世间，花开难抵花落去。

婆娑泪眼。瞬间姑娘一滴泪，便浸涩了城市日夜鹊起的欢乐！

一个老女人在海滩上写诗，

老天爷跑马，只用一抹晨曦就能在椰树顶上尽情地撒欢……

一个写诗的老女人驮着三月，来到沙滩上。

还没活过天年，人就老了，胜过几辈子的沧桑。

老女人颤颤的手抖落着。

一行行诗句便流出指头：

回想过去曾为头上的那片屋顶愁白了青丝。

再想过往颠踬在路上，难得几回年节里围炉饮酒。

站在雨中，但有风吼不见送伞人。

写诗的老女人正要写下扭转命运的时刻，

奔袭而上的潮水，一个轻吻，便抹去了所有叹息砸地的影踪！

走进有风的街巷

轻拂着路边的丝丝杨柳，走进有风的街巷……

我在听一桩远去难返的故事，终又重返因了久别而失语的故乡。

没有了儿时童谣的影子，霓虹灯张开血色的媚眼一吐暴烈的辉煌。

满眼足音随风而舞，击打着倾泻如瀑的人群。

土路，泥塘，硌脚的碎石子，早都退隐到记忆的宁静里。

连同旧时无声无息午夜里散淡与闲定的鼾声……

日子坦荡着欲望，也坚忍着惶惑，如墙头悬着的日历。

每天，折叠起散落一地的歌哭，抿住双唇，在有风的街巷，追风蹒行！

城里读着城外的诗

这或许就是我们寄居的城？

花园。道路。车流成河。叫卖声声。人声鼎沸。进出街市商场的红裙子伴着流行的乐曲，犹如岁月的火焰游弋在风中。红灯绿酒，辉映着白昼的繁忙，直至午夜的喧闹。还有上街游逛的情侣们通过斑马线时携手相拥的亲昵与急促。还有孩子与老人闲坐街心公园小区绿地时的沉静与平和。暴雨夹着狂风浇不灭华灯。沙暴在疲惫中嘶鸣而逃。晨光却总能漫过白云。入夜，总会点亮满地奔泻的银河里的星星。鲜丽而凝重，辽阔而深刻。这座城市的每日每时仿佛都有着绝对的潇洒、热烈、精彩的华美、争奇斗艳的雄心和憧憬明天的满足与豪情……

然而，伴着满城豪情与满足，我却忧伤地读着入城就职的青年女诗人月峦关于城外乡村的诗：

黝黑的脊梁
皲裂的巴掌
父亲坐在地头抽一口旱烟
脱下露出脚趾的布鞋
倒掉里面的黄土
汗珠落在了石头上……

我的阅读如一次历史的跋涉，叩问着久远的村庄。
布鞋露出脚趾的乡人啊，敢问何时进城忆桑麻？
落地汗珠摔八瓣的父亲啊，你定然懂得儿女心底的牵挂……

（选自《夜歌》）

王宗仁

王宗仁(1939—),陕西扶风人。著有散文集《藏羚羊跪拜》《雪山无雪》《情断无人区》等作品42部。

日喀则思考

在很远很远的地方,我瞭见了一片被阳光染得发亮的屋顶。

扎什伦布寺到了,

寺庙的经幡像一面面旗帜,上面写满了历史。这里的历史不像别处的历史,落到笔尖很久才有重量。

走进日喀则,我才看清这个城市布满各种形式的大街小巷。摇着转经筒的人们跑步向扎什伦布寺拥去。

人们不是来这里集聚,而是从这里出发。一队人去追赶另一队人,所有的人都在追赶一种梦魂。

这是一座很古老的喇嘛庙,每个殿堂里都点燃着很古老的酥油灯。

好几世班禅的肉身排成雄伟的灵塔群,每一个朝圣的人对它诉说着什么。

天空如沙漠。

我想，时光在流程中会擦亮一些人的眸子，同时也会消失一些人的色彩……

拉萨河谷的空房子

日子在此定格，冰冻后装在这间空房里。

一片很小的空间。

一个寂寞的世界。

一张旧了的黑白照片。

从二十年前的那个秋天开始，它渐渐变黄。

拉萨河的涛声响到这里，突然拐到远处，怕它追上。

墙上一枚空钉子，挂着凝固的岁月。

它曾经住过最后一名探险者，他留在地灶上的酥油茶已经结成硬疤。

从那以后，小房子一直等待着另一名勇敢者归来。

空房子已经睡了多年，可它不断地提醒人们：

不分昼夜，谁都可以在此歇脚。

没人走近。

它曾经挺立的地方，眼下多数人已经难以到达。

青藏公路上的车笛消失在深渊……

（选自《雪山无雪》）

龙彼德

龙彼德(1941—),湖南沅陵人。著有长篇小说《激情永在》《周恩来烽火东南行》,诗集《魔船》《春华集》《生命树》《大汗歌》(二人集)《爱之海》《铜奔马》《虎尾兰》《瀑布鸟》《与鹰对视》《爱的王国》,散文集《龙彼德散文选》等。

杭州之名

随便弯腰就能拣到一处名品,是宋代官窑的瓷片,还是民国西伶的篆字?

一不小心额角就会碰到文化,是六合古塔的风铃,还是吴山冷落的佛雕?

稍不留意双脚就迈进名人旧居,是郁达夫的风雨茅庐,还是红顶商人胡雪岩的庭园?

支起耳朵就能听到神奇的传说,是许仙借伞给白娘子,还是梁山伯与祝英台十八相送?

立定不动也会成为风景。不是花港观鱼,就是柳浪闻莺。

(选自《年轻的海》,中国文联出版社,2001 年版)

陈志泽

陈志泽(1943—),福建泉州人。著有散文诗集、散文集、文学评论集、长篇传记文学《相思树》《守望》等24部。

底　层

城市楼群的底部是架空层。潮湿与阴暗腾给了杂物间。

许多杂物间又将杂物腾给了人——拥进这个城市的打工者,流向这些方形的洞穴,一朵朵浪花不再四处流荡……

形形色色的小店像雨后的蘑菇:微型超市,飘出热气与滋味的小食铺,挂满衣服的干洗店,修修补补的小作坊……在楼群脚下冒出来。

城市里最低、最小的屋子,人来人往,脚印滋养着多少人生存的渴望。

底层里有生命的“杂物”,过着属于自己的日子。

阳光想要探知什么,得飞流直下,还要拐个九十度弯。而床前明月光,却伸手能抓一把。

这个最酷热的夏夜,吊在床顶的小电风扇不停地唉声叹气,而随心所欲的鼾声却回荡不息。

一大早出门去,两只腿还是那么长,腰身还是那么直。

接地气的高楼底层那些“杂物间”，充实着最浓缩的甜酸苦辣咸，填补着社区那些无关紧要的小空缺，顶着重压在城市的生活里坦然行走……

（选自《散文诗》2017年上半月第2期）

五店市古街

店铺五间。石头路窄窄。“出砖入石”高高低低的墙，承托起燕尾屋脊的五间张、三间张……

五光十色、五味飘香的街市，老老少少的牌匾，精湛书法的传芳，商贸史书的诗眼与标点。

砖石不烂，凝聚的脚步铭记着繁华与困顿的曲折与生动，也就永不磨灭。

官邸与民居，不经意地生养着本地本土的人文，落满沧桑，斑驳而苍劲。

南曲的缠绵、戈甲的锣鼓随时溢出小街的河床，酒令、茶香、算盘敲打着讨价还价的铿锵，马蹄踏出四季的花朵，各式的商品波浪起伏。

过了正午，阳光斜斜而入，瘦而金贵。摩肩接踵的生意人，眼睛里的光亮渐渐融入灯火。

是必然或是意外？一代代繁衍，百子千孙，五店市蜿蜒延伸，成了一条奔腾的长龙。

（选自《人民日报》，2016年4月6日24版）

淘“宝”老人

赤膊惯了，大热天，也没有遮拦。有点弯曲的铜色后背，能把阳光之火弹回。

老人骑着破旧的自行车在大街上行驶，车轮碾过随时丢过来的不屑目光。

每看到一个垃圾桶都不漏过，手中的棍子翻拣着生活的遗弃。街市延伸着，他的耐心一样漫长。

据说他的儿子就要大学毕业，他指望着让自己的艰辛为儿子加油。

爱的抚育让儿子的学业融入金子，也滋养自己的身子骨硬朗如铁。

他从连接的高楼底下走过，高楼不看他一眼，那些胸膛挺得老高的庞然大物，眼睛只看前方，他却抬头看看高楼，看看城市白云漂游的天空，乐悠悠走去。

他知道，生活的困顿会随着时光渐渐流逝，而新的一天终究要从高楼顶上的天空红艳艳地升起。

从垃圾桶里淘“宝”的老人，所获可想而知，可他还是喜欢让南曲尾随着走街串巷……

（选自《人民日报》，2016 年 4 月 6 日 24 版）

蔡　旭

蔡旭(1946—　),广东茂名人。著有《蔡旭散文诗选》等多种。

小　院

我们宿舍楼下的院子太小了。
简直没资格叫“院”,只能叫“通道”。
连一棵树也放不下。
以前,挤满了自行车、摩托车、电动车。
如今也与时俱进,停满汽车了。
60 户人家,6 辆。平均 10 家一辆。
但不能说每家 0.1 辆,因为我家没有。
出门时,我以鞋底与公交车轮为交通工具。
经常有人问:为什么不买一辆?
我回答:不行呀。
院子里再也放不下一辆车了。
何况,大街上很快也会放不下一辆车了。

(选自《诗刊》,2013 年 1 月上半月)

大雨冲刷的大街

一场大雨，把大街冲洗得干干净净。

把斑马线的灰底白条冲洗得更加清醒。

冲走了大雨到来之前，闪电一般划破长空的一声尖叫。

冲走了曾与灰底白条混为一谈的一摊鲜红。

冲走了受难者的身影及围观的一圈怜悯与叹惜。

连那辆横行霸道的肇事车作恶及逃逸的痕迹，也一起冲得无踪无影了。

一场大雨过后，大街恢复了平静。

一切都过去了。横冲直撞的车流，照样骑在斑马线上擦肩而过。

好像什么事都没有发生。

只有目击了这一幕的行道树，默默肃立。

叶子上盛不住的泪水，不断地，滴落下来。

（选自《伊犁晚报·天马散文诗专页》，2014 年第 11 期）

韩作荣

韩作荣(1947—2013),笔名何安,黑龙江海伦人。著有诗集《万山军号鸣》《北方抒情诗》《纸上的风景》等,诗论集《感觉·智慧与诗》《诗的魅惑》等。

故宫,在陷落

故宫,在陷落,陷落。

笋壳一般的脚手架上,层楼拔节。茂林修竹间,太阳悄悄地爬上来,像一只瓢虫。

庞大的楼体,似新篁竞长,瘦了腰身;空间,也这般拥挤、喧闹;花朵在云层里绽苞,车轮在耳轮边旋转;而轻音乐鸽子般从窗口飞出来,在楼舍的缝隙间颤动着羽毛。

故宫陷落了。立于层楼,会看到琉璃瓦闪烁着往日的辉煌,像出土的金缕玉衣,离我们是那么那么遥远。

陷落了,那秦砖、汉瓦,鸡肠般的小巷和绿苔上滑过的叹息;陷落了,那铜狮的绿锈,被扼住的嘶吼和围墙隔断的目光……

陷落,一座紫的禁城陷落了。一个民族站在高高的旋转的楼顶,迎着八面来风,在辐射的节奏里眺望未来。

(选自《人民文学》,1985 年第 9 期)

谢克强

谢克强（1947— ），湖北黄冈人。著散文诗集《断章》《远山近水》等多部。

墙上的钉子

黎明的曙光，透过窗子，以青铜的光芒逼近墙上的那枚钉子。青铜的光芒摇曳钉子有些锈红的目光，令钉子默默回味铁锤的青光击打空气的啸声……

流行曲和季节风从钉子身边拂过，钉子无动于衷，它默默地钉在墙上，以近似冷漠的目光，审视斑驳的岁月，久久等待负载一点什么，那样令我感动。

是啊，谁不怕锈蚀了骨骼、修饰了思想呢？当力的铁锤，将钉子落满灰烬的热情敲醒，使之从幽幽的冷梦中走出，并深切感知力的召唤时，一种应运而生的欲望在力的敲打声里渐渐辉煌。

当然，也有痛苦。譬如，有时钉子早已伤痕累累。在逼近目的时，痛苦的伤口撕心裂肺地痛，可是当猝然而至最沉重的一击来临时，钉子依然以真诚与坚贞，迎上前去。

只有那些不堪一击的朽木、那些不长骨头的怯弱才害怕击打，越打，钉子才钻得深、站得稳，坚定而充实！

我凝视着墙上的钉子，在噩梦醒来的黎明，这枚墙上的钉子有意无意地告诉了我许多东西。

（选自《断章》(解放军文艺出版社 2002 年版)

思想者

一支点燃的香烟衔在你的指间，你抬起手，深深地吸了一口，一任一缕乳白色的轻烟飘飘袅袅，而另一只手默默支撑着你低垂的头颅。

走出圣贤先哲的书籍，你把那些经典连同微笑一起置于墙角，那听惯了拓荒的号子和从血污中奏响的歌声什么时候飘进你的屋子，依然有风的潇洒、雨的慷慨，轻轻拍击你飘飘袅袅的思绪……

桌上，一只盛有残茶的杯子，睁大眼睛，冷冷地凝望着你。

蓦地，你抬起头来，咬紧牙关，深邃的目光眢视窗外那旷远且充满哲学味道的天空，只见一只小鸟迅捷地飞来，落在树梢，旋即又展开翅膀飞向远天。

这时，你急不可待地站起身来，把窗帘轻轻拉紧，不知是怕你刚刚降临的思想飞了出去，还是怕别人的思想飞了进来?!

（选自《散文诗》,2004 年第 9 期）

谢明洲

谢明洲(1947—),河北任县人。著有散文诗集《蓝蓝的太阳风》《更高处的雪》《空酒壶》《在自然之远》等多部。

黎明之门

——致耿林莽老师

用时光隙间的一些亮色冲淡你的憧憬,多想一想往事的光泽或黝黯。

寒光凛凛。

老人的横笛藏在深深的夜里,守着痛苦的沉默。

(流浪无涯无际,你的岸在哪里?)

掐灭星光,多想谛听你的心音。

粒粒滴落。

我知道,你拥有一片海和一支永不止息的横笛。

(笛音闪耀。浪花闪耀。站在风雨里你对远方和历史倾诉些什么)

许多许多风景在漂泊中离开原貌,而唯有你的歌你的泪晶澈着、真实着。

接近秋日的阳光，

接近生命之媚。

枝间的枯叶坠落的时候，你仰起头，用手扶牢了自己的眼镜。

想象缘此而延伸而深邃。

（陌生人递来一张船票：你真的要去忘川吗？）

不。

黎明之门为你开着。道路的尽头闪现出一缕熹微的曦光。

我看见你的睫间有欲滴未滴的露。

放飞你不羁的笛音如鸟，做高翔之舞吧！

夜与昼隐去，时光隐去。

你默然举步。

独坐夜阶

涉越黄昏的栅栏涉越暮雾的缠绵且忘却重逢忘却离别忘却悲悲喜喜哀哀乐乐，之后独坐夜阶。任潇洒的风吹我粗糙的额。

（你说过，莫高窟风光正以悠久和辉煌诱惑着大片的蓝眼睛红眼睛黄眼睛黑眼睛。）

凉意落落地来。

且又薄薄地去。

背对月的斜晖将影子潜入幽暗。

独坐夜阶者突然发现，一簇簇嫩叶有母亲的气息，一片片枯叶有父亲的气息。

（你说过，路啊，纵然意深却不留回音！河啊，纵然情长却不潜投影！）

祝福厚厚地来。

身前身后布满温柔的美丽。

远方亮起一盏小小的灯，如萤如豆。

独坐夜阶者漠然。任潇洒的风吹其粗粗糙糙的记忆。

（你说过，不是所有的灯光都提示一条路，不是所有的路都只从黑夜走来，也不是所有的路都走不出黑夜。）

心事如潮意外地涌来。

经历了瞬间的战栗之后，便倍加流连温柔流连缠绵流连每一次重逢每一次离别。

背对月的斜晖将影子潜入幽暗。

凝望远方那盏如萤如豆的小小的灯，当一个独坐夜阶者。

任身前身后布满美丽，任如潮的心事涌来，涌来。

咖啡的征服

其实。说到底，那是征服。

咖啡，以一种特异的味道渗入到欧洲文化之树的

每一片绿叶。

每一截枝丫。

每一条根须。

说到底，那是一种如同阳光流动一样的征服。

咖啡豆，在黎明或者黄昏，被研磨成黑色粉末，被研磨成一种火药，继而引燃诗人的激情与想象，让文学让梦想开始旋转——

于是，伟大的名言诞生了：

“我不在家，就在咖啡馆；我不在咖啡馆，就在去咖啡馆的路上。”

沉静的咖啡。

沸腾的咖啡。

飘忽不定的咖啡。

让人欲醒还醉的咖啡。

时光的锁，永远无法禁锢它无岸的，

如同阳光流动一样的征服。

（选自《风景掠过》）

萧　敏

萧敏(1947—　),重庆綦江人。著有散文诗集《三月,女人的三月》《萧敏散文诗》等。

独坐野码头

一

独坐野码头,怀抱一片冷风景:江湾、卵石、岩岸……

江风,漫不经心地从沙滩上掠过,那些船桅、水手、号子,那些无数与野码头有关的故事、传奇,乘着波浪而来,拍溅出远去的声音,久久在苍穹下回旋……

二

故事里的"野码头"是一个女人的绰号,是一个被玷污被损害被无数流言淹没的美丽女人的绰号。是她,竖起一面蓝色的酒旗,在野码头,风流了船夫们销魂夺魄的梦想。那些侠肝义胆的桅灯,那些拉江拽河的纤绳,那些摇山撼水的桨板,总爱把辛苦和疲惫停靠在这里,把温情和爱意泊碇在这里,把滩吼浪啸、惊魂甫定的胆识和智慧留存在这里。从此,这里声名远播,从此,这里让许多走水人、生意人怀念终生。

三

野码头吞吐过无数南来北往的货物，吞吐过许多波翻浪涌的船夫号子，吊脚楼上永远摆着大碗茶和老酒坛，永远是开怀畅饮开心大笑。

那些粗鲁的调侃，那些酡红的酒意，那些长声幺幺、野味十足的情歌破空而来，惊飞"江河水"缓缓的慢板……

岁月如水，野码头消失了雄性的喉结，消失了块状的肌肉，消失了捣衣洗菜的女子和站成石头的女子，消失了满江澄澈的流淌和满眼绿莹莹的清凉。

野码头属于过去，野码头的名字、风景、传说一起被日子折叠成历史……

四

独坐野码头，江风呼呼如旧，灼人心扉的号子早已沉没江底，船笛高亢的长鸣，一阵阵撕裂心旌。看两岸霓虹闪烁，看满江灯火如星，眼底却翻卷着白色的泡沫和垃圾的涡漩……

推开时间，问一问过去和未来，谁在呻吟？谁在喊痛？恍如隔世的预言，让我无法表述……

独坐野码头，灵魂出窍，却无法逃避，只在心里默祷：愿所有的泥土都能填海，愿所有的岩石都能补天，轰轰烈烈之后重返自然与和谐。

（选自《伊犁晚报·天马散文诗专页》，2017 年 4 月 24 日）

老宅残墙

一块一块墙砖，硕大厚重，镌刻祖先姓氏，砌在早已风化了的石基上，一堵残墙，携着血脉气息扑面而来。

隔着烟尘和岁月，沉甸甸的日子铸就了你，往事蹉跎，面颊沧桑……

墙里桂花香飘十里，墙外田畴绵延百里；墙内管弦笙箫书声琅琅，墙外吆牛赶马呼朋唤友；墙里鸦片烟吹弯了炊烟，墙外丫鬟童仆四散；墙内婆媳妯娌争斗，姐妹兄弟失和，墙外刀光熗熗剑影、杀声啸啸震天。

那些人，那些事，风卷云收，人去楼毁。

残墙——与鼎盛、衰落抗衡，面对纵横风雨，一块块泥土的枯骨，站成故乡的文物和风景。

尘世的冷风，反复划伤墙边那些勇敢的棠棣花，反复絮叨竹笠下眼底的忧伤……

词语的根就在墙下，等到春暖花开，嫁接远处的花枝，尽情怒放，句子不再坎坷，语言如诗如画……

（选自《萧敏散文诗》）

张庆岭

张庆岭(1947—)，山东齐河人。著有散文诗集《时光之约》《盲拓者》《追回的太阳》，诗论集《悬空阁说诗》，以及诗集多种。

沁湖广场的那群老人

从旧日子里出来，步入新日子的边缘。

五十岁，六十岁，七十岁，八十岁……一些用旧的岁月，男的，女的，老态龙钟的，步履蹒跚的，熟识的，不熟识的……一些曾经的青春，一块儿扎堆，一块儿相得益彰——

让被遗忘不再被遗忘。

当年的美女，早年的帅哥。

进城的老汉，退休的官员……一声老哥，一声大姐，抹去贵贱高低，融为一池清水。一回生，两回熟，旧友谊，翻新，新友谊，跌宕起伏。

在家长里短里，论天下，以寻找丢失的感觉；让欢声笑语，打江山，来忘掉曾经的失落。这群未来的遗腹子，这座小城的见证人——

多像一颗颗刚刚下凡的夕阳，

梅开二度的月亮！

不远处，许多孩子在放风筝，许多孩子在玩碰碰车，还有许多孩子在嬉闹着追逐，无目的地疯跑……我突然发现——

好像就是这群孩子，一转身，

就变成了那群老人。

切一块黑夜送给你

再一次想起你，我便突然产生了这样的冲动——

切一块黑夜送给你。

里面——肯定有我的鼾声，呓语，还有六十年的梦想。一间红房子，在你我相向奔跑的中间，渐渐变小、变亮、变成一滴泪。

山，是软的。水，是硬的。路，思绪一般，

缠绕着我的呼声。

你在局外。淡定。自知。一无所求。

左手，一本经卷夹着上善若水的相思；

右手，五指清秀，一副舍我其谁的样子……

切一块黑夜送给你，

不大，不小，不多，不少，正好等于——我们错过的一生。

（选自《伊犁河》文学双月刊，2016 年第 5 期）

叶延滨

叶延滨（1948— ），哈尔滨人。著有诗集、文集44部。

暗　河

这个城市的地下有蛛网密布、纵横交错的暗河——下水道。

在这个世界居住着黑暗的“居民”：老鼠、蟑螂、屎壳郎……

它们有另一番生活追求，也有另一番生活逻辑，在一起交谈也有一番诗意——

“多么可怜的人啊，离开太阳就不能生活。还有人歌颂那个又扁又丑的太阳，纯属疯子！”

“人都是伪君子，爱干净是假的，他们创造出来的，不就是从马桶里流出来的玩意儿？哼！”

“世道变了，人们太绝情了，用钢筋水泥修房子，我们想与他们交流一下感情，也不允许。”

“不要理他们，他们懂什么？我们才是如鱼得水。他们的日子太没劲了！”

“让上帝宽恕他们吧，他们还有个专门的地狱‘医院’，在那里害了多少可爱的生命啊！”

“药房也是个恐怖机关！”

在热烈的气氛中，暗河的“居民”们终于感到了世界上最可爱最和平最幸福的乐园就是下水道。

潺潺的污浊的废水溅起一阵阵唯独这地下世界才有的欢乐！

（选自《中国散文诗》，湖南文艺出版社，1992 年版）

H_2O 与情感方式

水，化学分子式的写法是 H_2O，这是中学化学的入门课题。

就是这么个平淡、普通、毫不令人吃惊的 H_2O，使地球有别于其他星球，不仅是指地球的外貌，更重要的是地球的“内在世界”——有了生命，有了生命繁衍竞争与共处于地球的“种”。

所有生命的同一源泉——H_2O。

这就让人浮想联翩了。一旦 H_2O 从浮想中蒸发干净，则是荒漠戈壁；然而纵是真正的戈壁滩，唯一的梦幻方法海市蜃楼也是水的造影。

于是水就充溢着我们的情感方式，对水的诗学考察想必是一次美丽的旅行：柔情似水。

H_2O——一个十分抽象的名字，一个没有任何情感成分的完全科学化的名字，一个地地道道的学究；然而当我们把它带离实验室，告别试管烧杯溶剂和各种仪器，回归自然状态，进入情感世界，水的品格是非常诗意，非常美学的！

你想想看，是这样的吗？

那么，朋友，你将赋予水什么样的情感方式呢？

（选自《海鸥》，1990 年第 9 期）

王敦贤

王敦贤(1948—)，四川巴中人。著有散文诗集《跋涉者的沉思》。

街树简历

带着浪漫的情调，潇洒的绿树走进了城市的格律。

城市的格律呵，如此严整：自由活泼的绿色单词一经进入，便被严格地按字距和行距排列起来。

随意延伸的词义也不断地受到删削。

在“时间”的耐心指导下，绿树终于适应这格律了，并成为这格律的一部分。

只有从老远的乡下进城的孩子，不叫它们“街树”，而仍然叫着它们原来的名字，说：这条街上是梧桐。那条街上是杨树。小巷口那几棵是柳叶桉。

（选自《行者笔记》，作家出版社，2016 年版）

会飞的纸鸢

西窗前，伫立着一个白发皤然的老人。

他凝望着御山的夕阳,已不知多久了。

一串稚嫩的声音冲开了寂静,把他从沉思中拉出来。他缓缓地回转身,见小孙女颤颤地从门外走来,花朵般的小手扬着一张白纸。

“爷爷,我要纸鸢。”

老人顺从地坐向桌前,温蔼的脸上泛起了一丝笑影。不一会儿,一只洁白的小鸟便出现在那布满寿斑的手上了。

女孩乐了,却不满足:“爷爷,它不会飞。”

“会飞呀,你看!”老人举着纸鸢做飞行状,时而弯腰,时而踮足。

女孩高声朗笑了,伸手去要。不料爷爷却举着纸鸢在屋子里团团放起了小跑,一边跑,一边还叫着:“飞,飞,飞……”

脚步声追逐着:轻盈的和沉重的。

欢笑声交织着:清脆的和苍郁的。

老人终于让孙女夺去了纸鸢。女孩侧头看着,看着,突然报复爷爷了:“不会飞,是爷爷举着它在飞。”

老人喘着气,真诚地回答女孩:“不,会飞。刚才它驮着爷爷在飞呢!”

望着老人微红的脸和突然变得晶亮的眼睛,孙女迷惑了:爷爷干吗撒谎呢?

她当然不会知道,纸鸢刚才已载着老人飞过了几十年的岁月。

(选自《行者笔记》,作家出版社,2016 年版)

桂兴华

桂兴华(1948—),浙江宁波人。著有散文诗集《长长的街》《南京路在走》《新年酒吧》及诗集、报告文学集10余部。

看书的少妇
——写在塔楼咖啡馆

那名少妇,打开的那本德语书,肯定有现煮的香味。

没有谁,打扰她。糕点,也是被动的第三者。

她微微地沉醉,始终没离开眼前。她盘着头发的姿势真美。

滑下的雪白外衣,她也没有察觉。

整整一个下午。周围都坚硬,她却软。

这才是一家冬之岛。不喧闹。慢慢暖起来。

这才是一片被海水轻轻拍打的心岸。成熟的稳。

悄悄地,各品各的文物。

位于1901年的顶层,多少信息储存在她躺着的手机里。

不用申请组装电话了。底楼展览中的任何一架记忆,都陈列在她的凝视里。

她的心,可是一座静静的邮电局?

靠什么,她暗迎着百年时光里的任何号码?

放弃一些，她才得到了一些。

（选自《青岛文学》，2016 年第 4 期）

墙·藤

——在老舍故居外漫步

那时候，黄县路 12 号的墙，不属于骆驼祥子。

望不尽的北方，通向那片并不太平的湖。

即使被罚跪以后，被毒打以后，被口号声横拖出来以后，

先生肯定还不想投入那个字！

否则，他不会在燕京西城的湖边，久久地坐，在黑幕里的长椅上独坐。

坐到这院子里的那堵外墙，成了偌大的伤口。

墙如果倒了，那紧紧依附着的、密密麻麻的枫藤，还有什么生机？

这片生命之藤，竟枯死在比我还要年轻的 67 岁！

50 年了，先生苦苦默想的那个午夜，早已亮了。

藤，萦绕着一位山东大学教授、“职业写家”的魂。

（选自《青岛文学》，2016 年第 4 期）

日全食:上海2009年7月22日的某一刻

一扫半个世纪的恐惧与憎恨。
这么多人:会对黑暗,这么欢迎,这么企盼!
还在大白天,动用了满街的灯火,列队恭候!

虽然只有短短的五分钟,但这是光明向黑暗的一次大投降!
前所未有的妥协。
暗有暗的魅力。
这一刻:常年被否定的,偷偷在暗笑。

（选自《南京路在走:桂兴华散文诗新作88章》,
东方出版中心,2017年版)

李曙白

李曙白(1949—),江苏如皋人。著有诗集《走过雨季》《大野》等。

钟　楼

在这座城市,这是我最早仰望的建筑。

那时候它在一群低矮的平房和小楼之间,鹤立不羁。而我,面对高度和时间,感觉一个人的渺小与无助。

许多年过去了,我偶尔还去看钟楼。有时候我觉得时光就是从那两根时针和分针间流逝而去的,有时候又觉得不是,它是在更加广阔的空间中流淌。

城市在高速发展。高楼,更高的楼,更高更高的楼,一座座,甚至把天空都挤得窄小了。而钟楼,它现在只是群峰竞峙的峡谷中一块蹲伏着的石头。

有好多次,人们在议论,这座砖砌的小楼与城市太不相称了,该拆了;但是,它始终没有拆。

钟楼没有被拆掉的原因,在民间流行两个版本:其一是钟楼虽然现在还不是文物古迹,但将来肯定是。据可靠人士说,申报文化遗产的工作已经启动。其二是，据说有一日，曹市长带着他的孙儿在钟楼前的广场上散步，偶然听见一位长者说了一句话，从此，曹市长坚决不同意拆毁钟楼，甚至在市委常委会上慷慨陈词。

那位长者望着钟楼说的是:“噢，那钟还在走。”

（选自《伊犁晚报·天马散文诗专页》,2012 年第 6 期）

水井坊

水井坊是一条街，一条很小的街。

水井坊当然要有井。井就在街口上。

那口井最醒目的是它的井栏，那是一整块青石铺成的，中间是圆形的空洞，打水的吊桶就穿过空洞探进井内。井栏的外侧是六角形的。栏口上因为久经井绳摩擦，已经勒出了一道一道深深的凹槽。

水井在过去是一条繁华的大街。

人流，自行车流，小轿车和各式汽车的流水，就在那儿滚滚向前。

水井蹲伏在一条小街和一条大马路之间，好像在刻意守护着什么，又好像只是旁观者，一直在观看风景和风景中的人物。

在那条大街上川流不息的人群中，有当地人，也有外地人。人们看到在如此热闹的市区中有一口井，常常会走过来看看。因此，那井边时不时就围满了人，大家趴在井栏上朝里面张望。

井中黑咕隆咚的，什么也看不见。

有人说里面有水，有人说没有水。说有水的和说没有水的，其实都不是认真的，他们只是好奇，只是想发表一下自己的见解。说过以后他们就走了，有水和没水都和他们无关，甚至，他们很快就忘记自己说的是有水还是没水了。

某一天，一个孩子走到井边，他捡起一块石子扔进井中，只听见“咔嗒”一声脆响。

孩子说：“没水。”

其实，水井坊的水井早就枯干了。

（选自《伊犁晚报·天马散文诗专页》，2012 年第 6 期）

人民路

人民路横贯东西。因此，它成为丈量这座城市的标尺。

在很长时间里，它只是一小段。随着城市的发展，它向两端不断延伸。现在，在城市地图上它被分为三段：人民东路、人民中路和人民西路。

在一个为期不算太长的特殊年代中，这座城市的许多街道更改了名字（其他城市可能也一样）。那个年代过去之后，这些名字又纷纷改了回去。

路还是原来的路,名字折腾了一个轮回。

但是人民路没有改过名。

人民路有一个响亮的名字。还没有人敢明目张胆地在“人民”头上动土。尽管,只是一个路名而已。

当更宽阔、更平坦的路一条又一条出现时,人民路就显得捉襟见肘了。它的狭窄,尤其是人民中路那一段,拥堵得让人惨不忍睹。

人民路需要拓宽。

但是人民路两侧的那些高楼大厦,那些钢筋水泥的庞然大物,搬动它们甚至比解放这座城市更加艰难。

曾经的辉煌,现在成为绊脚石。

人民路在这座城市的地位无可替代。

但是,人民路也需要出路。

(选自《湖州晚报》,《南太湖诗刊》,2013 年 2 月 9 日)

田景丰

田景丰（1949—　），笔名耕者、一凡，贵州贞丰人。著有《我迷恋的沼泽地》《穿过秋林》《未曾相约》《人在旅途》《边看边说》《扯不断的牵挂》《高高的白杨树》等散文诗集及理论专著多种。

小　街

故乡在我记忆中的意象，是那一条条纵横交错的小街。

那一条条小街像一条条岁月的巷道，我童年和少年的人生都在这巷道中穿越、徘徊，徘徊、穿越……

我在这穿越、徘徊中长大。

长大以后我便走出了小街。

那一条条小街上，曾经洒满了我童年不疲的足迹和快乐的身影。

然而，小街没有记忆，小街的石板路上没有留下我任何的痕迹，可我却记住了小街。我常常到那一条条业已苍老的小街上去寻觅：

寻觅我稚气而快乐的童年，

寻觅我流失的人生。

然而，小街没有记忆。多少人在小街上出生，又在小街上死去。小街也曾有过迎接新生的喜悦和送别死亡的悲哀，可它更多的是沉默与忘却。

在沉默中忘却，又在忘却中沉默。当喜悦和悲伤都消失之后，它依旧木然地站立着，站成那无言的时间的隧道，让无数的人生去徘徊，去穿越……

（选自《散文诗世界》，2006 年第 6 期）

王幅明

王幅明(1949—),河南唐河人。著有《男人的心跳》《美丽的混血儿》等散文诗集、散文及散文诗理论10余种。

陌 生

无法不面对陌生。

一天到晚,总会收到无数个陌生的电话,向你推销产品,问你买不买住房和黄金。

曾经熟悉的城市,熟悉的友人,甚至自己,突然间,全都不敢相认。

在一场令人捧腹的欢笑之后,你意外发现:自己的丑态被人出卖,刊登在网刊和微信中。那个滑稽的人是我吗?一瞬间,对这个世界,感到彻骨陌生。

也有令人惊喜的陌生。进出小区的大门,全身警服的保安绅士般地向你微笑问候。此刻,突然觉得,自己也在不经意中变成绅士。

鸽　棚

公园里人气最旺的一角，有数不清的鸽子在啄食，飞翔。

鸽子们住在鸽棚。童话似的一个竹制的楼阁，像一座精致的别墅。真实的童话，每天在这里上演。

广场是中心，鸽子是主角。白天，主角们在这里演出，报酬是美餐，总有人毫不吝啬地供给。许许多多年轻的父母，或者老人，带着小孩子来到这里。孩子们一边喂着鸽子，一边与鸽子神秘对话，任凭鸽子调皮地站在手上，或者肩头。互不猜疑，互不设防。

夜晚，公园里格外安静。在楼阁里，王子和公主们做着各自的美梦。

来到公园，总喜欢从鸽棚经过。看鸽子在窗口站立或飞出，听鸽子在空中搏动翅膀。

总是伫立许久。傻傻的，任它们一次次把我的思绪带回童年。

（选自《散文诗》，2016 年第 5 期）

徐敬亚

徐敬亚(1949—),吉林长春人。代表作有《崛起的诗群》《圭臬之死》《隐匿者之光》等。

一只杯子从桌上落下

非常轻盈,甚至可以说优美。它落下时姿态义无反顾。一个喝醉的大汉就是这样轻轻躺下,一朵蒲公英就是这样飞走。

是那枝刚买来的花与风合谋,不小心碰到了它。它顺势倾斜,像一个狡猾的将计就计者。最初的歪倒角度我看得一清二楚。它似乎愣了一下,左边立即翘起,只用透明屁股的尖端着地,在那屋里定格的一瞬,我飞一样伸出手,轻轻扶住了它。后面的一切便没有发生……

但是,我怎么能那么快,我怎么能阻挡得了命运。

此刻的命是一条弧线。

最初的飞,我只看清一至三帧静物定格的画面。它的头、脚已经彻底翻倒了,头发全部竖起。它把嘴里含着的水,泼水节一样吐出去了。那些水舍不得似的被撕扯成一小片一小片,像摊平了的水银。它的确是驾着水银翅膀飞走的,不是向上,而是向下,再下。

它就这样死去。死在花与风的合谋中,死在我的手伸出之前。

它本可以生病。它本可以苍老。从它出生的那一天起,它的生命便先天具有缓慢离去的资格。

一块发过高烧的普通石英石,有权利一天天平静变老……边缘慢慢粗糙……周身失去光泽……肚子上出现小小裂纹……主人含着热泪把它尊敬地放置到古董架上……

不,它是执意地。它知道它自己是玻璃,它知道是玻璃便必破碎。它只是巧妙地借助了一次偶然的误会。

它是带着我飞走的,像一位小心保留全部证据的警察或法医,它带着我十个指头的所有指纹飞走。它还带走了我温热的嘴唇,带走了年轻牙齿叮咚碰响的声音。沿着杯子透明的边缘,我的青春年少一圈圈回响着消失了……

一声清脆的响声,被我的文字全部删除。

我宁愿那响声不存在,宁愿它平安而轻松地越过了那条坚硬的地平线……它局促地回头看我,飞快转过身,飞快地收集起了全部碎片,意味深长地向我挥了挥手,然后向下飞行,向下,再向下……

想象一个自杀者被救活

他本以为带走了全部的秘密。他本来以为杀死自己就杀死了这个可怕的世界。

可惜椅子倒地的声音轻易地记录了一切。窃听者们眼前的指针仅仅微微摇晃了一下,人们立刻冲上楼……

像一只被寄向无限远方、又突然被退回来的包裹。他那具已经开始冷却的身体被放下，温度一点点不情愿地回家了。

他的世界慢慢明亮。

一张熟悉的脸在他眼前一闪，他又昏过去了……是那回家的大脑突然浮现出来的一幕，是一部美国电影《飞越苏联》……一位苏联将军俯下身，对一个从边境线被捕获回来的叛逃舞蹈家说："欢迎你回到伟大的祖国！"

（选自《青岛文学》，2017年第6期）

叶　梦

叶梦（1950—　），女，原名熊梦云，湖南益阳人。著有散文集《湘西寻梦》《灵魂的劫数》《遍地巫风》等，作品被多次选载，收入多种选集。

风里的女人

在一个陌生的城市，一条陌生的街道，黄昏的街灯闪闪忽忽。

长风卷起黄沙，铺天盖地而来，淹没了一切灯光，一切人影。

天地之间已是一片混沌，人与人之间皆被黄沙阻断。

大风里走来一个女人，谁也不认识这个女人，这女人是一个过客。

她在风里来来去去，谁也猜不透她的心思，谁也不知道她究竟要干什么。

这女人穿一套黑色的裙衫，她板着脸，一点都不招人怜爱。她睁着一双看不透的黑眼睛，困惑地在风中来去，长风撩起她长长的黑发，经幡一样在夜风中招摇。

人们匆匆在风里走过。

她的黑眼睛透过迷惑的黄沙，穿透一切建筑物的屏蔽，电波一样在风里扫描。

她既然有这种特异功能，谁知道她是不是一个专探人隐私的女巫?

她的黑眼睛穿透豪华的宴会厅,一切握手、干杯,一切拥抱、亲吻,一切媚笑、假笑,都被她那黑眼睛储存起来。谁知道她收藏这些派什么用场?

她的目光像一架全息摄影机,一切森严的没有灯光的门洞里的交易,它都能追踪拍到。她的目光又像一架小型的超声波的探头,能测出幽暗如迷宫的灵魂深处的丝丝缕缕的微波。

她的幽灵般的目光也曾出入于艺术家的沙龙,紫红色的丝幔下笼罩着温文尔雅的“艺术”的氛围。然而这个女人却不无恶毒地说,她在这儿嗅到了小菜市场的味道。

黑夜的风沙之中,谁也没有注意到这个黑衣女人,谁也没能识破她的勾当。

夜风撩起她黑色的长裙,哗啦啦黑旗一样飘忽,发出声声凄厉。长发如风中的野草。

她在风沙里吐出长长的一声喟叹。

天上开始下霜,风里开始有了磺胺软膏的味道。

(选自《散文选刊》,1990 年第 1 期)

园　静

园静(1952—　),女,原名董元静,原籍江苏江都,四川德阳人。著有散文诗集《远山也忧郁》《黑郁金香》《帘卷西风》等。

如此雨巷

是偶然还是必然呢？你,大步走过这诗中的祭地,如一株伟岸的桦木。

不,分明是远山的形象呵!

寂静。冥冥之中传来一个梦幻般的声响。低沉,但却那么有力,仿佛来自地底。

仿佛我已经走了几个世纪了。几个世纪,如一枝孤翎的忧郁。

不肯沉溺于浊世的浮云,一定要执着于那颗北辰的昭示吗?

命运之鞭,因此而驱策我踏入这空谷音弦。

一步,一步。以小人鱼走在刀尖的痛楚,谱写那结着愁怨的丁香的旋律……

任凭旋风将油纸伞吹上夜穹吧,嵌成一枚无眠的冷月。

我,甘愿步入这狭窄的清纯,就注定了要承受那苦雨纷纷如落英！尽管没有企盼的安谧……

走过十字架的丛林，前面就是忧郁的墓地。

是偶然还是必然呢？你，大步走过这诗中的祭地。

冥冥之中有个梦幻般的声响。低沉，仿佛来自地底。然而不可抗拒……

（选自《当代青年散文诗 15 家》，哈尔滨出版社，1991 年版）

林清玄

林清玄(1953—),中国台湾高雄人。著有散文集《迷路的云》《温一壶月光下酒》等。

乞丐的钵子

我把钱放在一个乞丐的钵子里时,有个好心人走过来对我说:“台北百分之九十九的乞丐都是假的,你当心他拿你的钱去花天酒地。”

我说:“只要做了乞丐就没有假的,因为他伸手要钱的时候,心情就是乞丐了。心情是乞丐的人,即使他四肢完好,孔武有力,家财万贯,他仍然是个乞丐,更值得同情、值得施舍。”

同样的,一个穷人只要有富有的心情,他就是一个富人了。

乡　音

我经常去一家小咖啡馆听一位山地少女弹琴唱歌,她有着黑而亮的眼睛,棕色健康的皮肤,长发像披在山上的阳光。我爱听她的歌,因为不论她唱什么,总有着浓郁的山地乡音,给人大地澎湃的感觉。

几年后，我很困难地在一家歌厅认出她来，她的皮肤白了，头发红了，身体丰满了，眼睛疲倦了，唱着几乎没有乡音的歌。

我是怎么认出她的呢？我不知道，可能是一种感觉吧！我知道的是，我再也不会去听她的歌了。

声音的灵魂

深夜里，坐在小屋里听音乐，是我最喜爱的事，音乐固然是美的，但只是看着唱片上旋转的唱针，就可以把人从时空中超拔出来。

那唱针一圈圈划着唱片，就好像是磨着音乐家细致的灵魂，他们只有一个灵魂，却在千百里外千万年外的时空被不同的人磨着，借着灵魂的苦磨，音乐洗涤了更多的灵魂。

灵魂真是个奇异的东西，愈磨愈清明。

（选自《中国散文诗90年》，河南文艺出版社，2008年版）

吕宗林

吕宗林(1953—),湖南衡阳人。著有散文诗集《活水》《花溪》等。

烤红薯

我拍打掉的不是记忆里的灰尘,不是行囊中的雪,不是山峰呈现的颜色。

我拍打,这烫手的香味,这遥远的苦涩,这勾引少年饥饿感的皱纹。

我拍打,如同这座城市固执地拍打古老的村庄。

火与土的距离。

(选自《花溪》,中国文史出版社)

林登豪

林登豪（1953— ），福建福清人。著有诗集《通过地平线》、散文诗集《边缘空间浓似酒》等。

城与书

躲进水泥垒起的书房，如跳入深潭。

我坐在桌前，只感到窗外有众多手臂在挥动，巨树般的手在召唤自己独守的房子。我岿然不动，拥有天生的着魔。

在太阳的散射光中，我心平气静地与书本交谈，从低调到高调，吞吐量惊人，许多元素纷呈万象，一缕又一缕的喜悦照亮自己的脸庞，许多思绪枕在哲人的臂上，抖擞精神，顺利地通过没有驼铃声的沙漠。

推窗，吸气，喧嚣挤进来了，呛了我的脑门。

急忙端起案头的茶杯，喝下的却是柳永的情绪，苏东坡的月色，李清照的寻寻觅觅的节奏，滔滔的言说四处流溢。巨石在水滴中洞穿，唯有文字筑成的伟岸，顽强地抗拒时间的锈蚀，在人世间的辞海中自如地游刃，觉醒的神性重放光芒。

关窗，是谁给了一种逃离感？

一本本残缺的线装书，似陶罐的一圈圈纹路，在不倦的眼神中荡起远古的泉水，虽然甲骨文漾着隐晦的光，哲人的手一触，失去的言语又归来了。在一册册的新书、旧书中，留下崭新的指纹，产生了盈盈的喜色。

雪白的桌灯折射商品经济的潮汐，我却看到某些精神的拯救者沉沦成精神的逃亡者，而我却把都市缩成书签。

（选自《散文诗世界》，2012 年第 11 期）

城市底片

城之胴体撩人心魄，每一簇肌体露出新泽，每一个细胞闪烁劲歌的音符。

立交桥奔驰都市的意识流，满天开放富有情感的云朵。

公园的亭阁，贴满情人的眼神。是谁正在轻声叙述种种艳遇，一只春燕衔走细节，嵌进通俗小说家笔下，一种情绪照亮近郊寂寞的房间。

大屏幕及时反馈各种经济信息，电子软件繁殖钞票，攻击大写的个性。

精装的语言，洞穿人生之门。

城市还在滋生长舌女人的流言蜚语。人行道上，贪婪的目光如子弹，扫射透明的神秘，丰富了一种诱惑。

一扇又一扇的门窗推开了，一种又一种的大胆设想交叉流动，重叠出许多精制的片段。

一座座高楼大厦数着霓虹灯，不停曝光出有风有雨有激情的时空。

一种热量，多姿的色彩，笼罩着许许多多的人。

城之经纬网

乘坐电梯，跃上高楼。

似身在云中的街市，我却无法呼吸到新鲜的空气。

摩天大楼与阳光角力，是谁正在挛缩抽搐？

闹市心中的郁闷谁先知？

视线上突然凸现——斗拱檐角的古迹生满菌斑，黄铜祭器依旧，已被四周的高楼大厦合围得喘不过气来。幸好宋代明代清代的铭文金石没有遗失！

傍晚，车过远郊，却难以见到虫鸣声里的疏疏月影。

岁月打磨城之经纬网。

坐在电脑前，有些人迷恋于电子游戏的夸张，有些人的键盘却敲出，一段又一段丢失灵魂的大街小巷。

我只好在都市的记忆中梦游，怀念值得自己牵挂的东西。

更多的人，只翻翻城之发展史。

（选自《边缘空间浓似酒》）

凌代坤

凌代坤(1953—)，笔名凌川。安徽铜陵人。著有诗集《南方水系》《世纪之旅》，散文诗集《在远方》，主编大型文学丛书诗歌卷《阳光岛》等。其诗歌等作品被选入多种选集。

小 巷

小巷窄窄的，像一个最瘦老人的脊梁。

小巷长长的，像一管箫，悠悠远远，栖栖惶惶。

小巷很潮湿，青苔经年鲜活，晒不干的往事，挑着竹竿依然星落天外。

小巷如果遇雨，会生出一株丁香般的情肠。

小巷深深，封火墙隔绝了市场的喧嚣。

小巷弯弯，似婉约派留下的一阕散曲闲章。

小巷在五月飘满栀子花香。

小巷在六月飘满红莲花香。

在八月，小巷里浮动着丹桂的暗香。

——一位卖花少年穿梭于小巷中。

他甜甜的叫卖声，顺着枝干一样的街道，散落在各家的庭院内，像一位使者，给蔽日浓荫送来了水分与阳光。

(选自《散文诗写作与欣赏》)

王慧骐

王慧骐(1954—　),生于扬州,祖籍江西上饶,现居南京。著有《月光下的金草帽》等散文诗集四部和《王慧骐与散文诗》(三卷本)。

散　步

月光被斑驳的枝影筛剪成一朵朵不规则的小白花,抛撒在铺砌着石板的小径上。

风找不到舞伴,只好独自蹲在远处,弹惆怅的吉他。

双脚划动着的船,漫无目标地或直线或曲线地缓缓滑行着。

……一会儿是山在起伏,一会儿是海在沉沦。

风暴从很远很远的森林里挟来蓝宝石一般扑朔迷离的童话集。

落日在一个极僻静的乡村的山冈上,舔一个十八岁少女的新坟和坟头上尚未熄灭的纸钱。

迪斯科和红红绿绿的闪光灯,大面积地释放青春和几分朦胧的骚动。

印象派画展。新潮时装展销。活鲫鱼又在涨价。办公室的报纸、浓茶和很有美感的烟圈。又有一个电影明星嫁给了外国人……

明天不会有雨，不会有雪。

满天的星星排列成一句大白话：明天又出红太阳。

1987 年 2 月 20 日夜

（选自《星火》，1988 年第 1 期）

那　日

那日有雪。那日的雪落在屋脊上，是一幅印象派的写意。

那日的风却出奇地行得缓慢，像拖着一车响铃的老马。

那日的午后，我们喝了一点威士忌，尔后在没有站牌的小站上握别。

有白信封似的雪抛下来，很快便覆去你黑皮靴踏出的花纹。

载你的车先去了。留下一个没有影子的长长的孤独。静静地站立着。

突然想起很多关于你的故事。

仿佛一叠相片，在不再晃动的水里，渐渐显得清晰。

几乎沉淀的日子，乱了顺序，涌向抢购记忆的窗口。

能让一切重新开始么？愧疚因那微量的酒而腾燃。

垂首致一束真诚的歉意给那已趋模糊的车辙。

哦，重要的是明天，明天你还会回来的。

是吗？只是不该忘却那日。那日有雪。

1988 年 1 月 17 日

（选自《海鸥》，1988 年第 6 期）

卖豆浆的姑娘

有一个人天天来这店铺里喝她烧的豆浆。

那人很年轻,看上去不到二十岁。

她特别爱看他喝豆浆时的那种贪婪,那种专注。

她发现他的上嘴唇上有颗黑痣,她觉得那颗黑痣假如长在她的嘴上,那才是标准的美人痣哩。

她不知道他注意了没有,她在他每天喝的那碗豆浆里搁了很多的糖。

她想他不是傻瓜,能品得出她的用心。

后来她听人讲了,那人就住在小镇的东头,原来他们还攀得上街坊哩。

不过她一直没找到机会同他说上点什么。

她瞧他白白净净的模样儿,猜他定是个装了不少墨水的人。

她不期望什么。她只是很专心地把豆浆烧好,她知道他每天会来,这也就足够了。

有一个冬天的早晨,很冷,大把大把的雪花儿从天上撒下来。

几个喝豆浆的老人谈论起昨晚上发生的一场车祸,说是一个年轻人被……

买豆浆的姑娘突然间感到眼皮直跳。

那一天的豆浆,不少人喝了叫苦……

(选自《中国散文诗90年》,河南文艺出版社,2008年版)

宋　虹

宋虹(1954—　),本名唐树文,笔名东方樵夫,吉林东丰人。著有散文诗集《微雨丁香》《带伤的月亮》,诗集《肖马者说》,散文集《中年觉悟》等。

溪仔老街

我来的时候,正下着蒙蒙细雨,若有若无的雨。老街的石板路,发着清幽的光。

高大的棕榈树椰子树,都静静地,在黑色的屋瓦上,书写着往昔。

也许是七百年前的一个清晨,万泉河的码头上,来了商船——穿着长衫的商人,一身短打的渔人,也许还有被贬的京官,也许还有远嫁而来的新娘,还有木材,还有食盐,还有布匹,还有珠宝……他们走上了石板路,街市在嘈杂声里,热闹着,点燃了人间烟火。而我似乎看见,孩子们光着脚板,奔跑在石板路上,清亮亮的叫声,如雨中的银铃……

七百年了,石头也磨得光滑。一株新鲜的喇叭花,在古老的院墙边,旁逸斜出。

这一刻的蒙蒙细雨啊,可是明朝的雨?清朝的雨?老街的石板路,正发着清幽的光。

(选自《青岛文学》,2016 年第 2 期)

朱锁成

朱锁成(1954—),常州金坛人,居上海。著有散文诗集《最后的倾诉》。作品被选入多种选本。

苏州河

苏州河,最让我心仪的是以地名命名的钢铁拱桥,华灯镶嵌的一串串金色项链。

摇过解放摇过苦难的瘦橹。

河岸的邮政大楼,从北向南的四川北路,拍过结婚证的照相馆。

高速旋转的钢铁星空,酒肆、茶楼、学校、仓库……苏州河有理由诉说一个城市的前世。

苏州河一度浑浊,白云在岸上搁浅。

河岸的风凌厉,一代人的青春从北京东路火车售票大厅瘦弱地拐向这里。

苏州河清澈了,开出秋天的涟漪。

每一棵树一直清澈下去,鱼骨自由地摆动,垂钓夕阳,摇响舞绸、脚踏的辽阔和车灯。

清爽的鸟鸣,呼吸与咳嗽……

北火车站

一个阴天，一个12月的阴天，你把我拉走，却不问归程。

那一刻，我们止疼，用中华烟拉近陌生，用糖果互相取暖。

在一个狭长的历史过道，我们集体失眠。

我们都习惯叫你北站，那样神圣和崇高。十几条锃亮的铁轨代表一个城市的门户。父亲从这里走进城市，母亲从这里来到远东最大的纺织车间，而我签署的是反义词。

泥泞的我往往选择黑夜逃脱。虽然一看见你，我就怦然心动，这就是我的城市，但我还是不想让瘦瘦的弄堂看到灰蓬蓬的旅行包、沾满泥迹的解放鞋。

我没有赶上幸福的泪涌。这也许是命。从此一个孤独的行李更加孤独，总在午夜、总在凌晨悄悄把你抵达，抵达了就悄悄下雨。

我知道，站在进口处的票钳是冰冷，也是无奈，一如我。

你是那个时代城市的脸，你负责检票与迎送，负责告别与重逢；至于寂寞与忧伤，你无法检测。

你也无法检测自己的命运。

不是吗？有一天，你也喑哑，你也失望和失落。

你也走进了词典，走进寂寞与冷落。

北火车站，虽然你冷冷的目光在我身上划过一道口子，我还是会记住你的高处，你的钢铁的蓝色顶棚，你的通宵明亮的灯火。

你走了，有一个更大的汹涌。

你走了，却没等我……

（选自《散文诗世界》，2015年第12期）

摆　渡

让心灵来一次摆渡，在这个快餐到处传递的城市，让钟摆慢慢地散步。

或许海风会站在夏日的船头，嬉笑的浪溅湿脸庞，冬日的凌厉生割皮肤。

快是便捷，是时间的省略，是岁月的进步。

快是多条腿的鸡翅，是膨化的薯片，是出售太多的添加剂？

阳光下，有谁还能分辨出连锁速食餐厅每一份交易都是真诚。

路再宽也宽不过暴涨的车流，桥再高也高不过尖叫的车速。

爱情还是堵车。

不要过多使用支架，让血液自然流畅，心灵来一次摆渡。

就像小时候手持的六分钱筹码，六分钱就能让春天来回摆渡。

不会占用我们很多，五分钟就能给心灵一次沐浴。

当城市升温，也许胸腔更需涌进渡口，让一节父亲粗糙的缆绳拽紧彼岸，让矢志不移的乳汁缓缓地、缓缓地从身体流过……

（选自《散文诗》，2016年9月号）

杜　帝

杜帝(1955—　),本名宋文华,山东青岛人。著有诗集《夜的碎片》《红舞鞋》,散文集《绿岛的沉没》《梦荒集》《阁楼天象》《子非鱼》,小说集《明天继续有雨》《纪实与虚构》等。

灵魂里的手

真该静静地听会儿音乐。

屋子里没有别人打扰,你躺在长长的沙发上,只开一盏微弱的台灯。这时,音乐像水一样漫延开来,把你浸透。你缓缓地畅游,思绪却急速地震荡、旋转,难以自抑。

音乐是灵魂里的一只手,她轻轻地抚摸你。音乐不同于电视节目,不同于其他艺术。她仿佛无所不在,就藏在你的心的深处,就是你的血液,你的骨骼,你的仰俯呼吸。想到目前几乎垄断一切视、听觉艺术的电视屏幕,与音乐相比,电视太表面,太喧杂,太哗众取宠,像个轻浮而不可信的商人。

我劝自己,要多多地抽出时间沉到音乐当中。那纯洁、神圣、流畅的声音,是万能的上帝送来的,是混沌初开的日华月霁,是人类良知、道德、智慧的媒体,是你最可信赖的无话不谈的朋友。

听萨克斯管，如见一个魁伟的男人走在夕阳下的海边，边走边唱。那略带嘶哑的、忧伤的歌声传向很远很远。

浑厚而低沉，仿佛一颗心在呜咽。男人的哀伤，别有一番动人处。

弦乐、小提琴响起来了。尖细流畅的旋律如同女人在唱歌剧。

雄浑的萨克斯此时更加动人。

（选自《青岛广播电视报》）

方　舟

方舟（1955—2016），本名方喜利，山东乳山人。著有诗集《最初的感觉》，散文诗集《游在城市边角的鱼》《午夜的长廊》《穿过酒杯之中的醉》，儿童诗集《蒲公英》等。

城市的鱼

海在澎澎湃湃，高潮迭起。一声一声，海在诱惑。

城市的鱼，不知是何年何月、何方的氏族，游进这城市里，也融进这城市里。

城市在哪天开始了喧哗，又在哪天长起了摩天大楼？

我想起板车。我想起洼里的草房。我想起饥饿的眼睛和一双双伸出的手。

鱼们整日环游在街角路口，或者伏在深深的小巷，紧紧贴着城市的底面。

快车道上游过，高架桥上飙过。楼群与楼群之间，阳台的对峙。忧郁的窗口，蝴蝶兰欲飞。

你是源自何方游来？江河抑或是湖泊。自以为鲜亮的没有沟渠之泥腥气。游动之姿，美若T型台上款款的猫步，风雅如斯。挥手和回眸之间，就雕塑出一个绝妙的造型。

是盘中之餐？是缸中之游？只要美丽了些许，就被自己陶醉了。

幽蓝的海，诱惑的海。

我亦是其中的一尾，三十年的泳姿，变得越游越慢，越游越费劲了。

那种轻松击水吞吐云泽之感都消失了。

猫的目光，逼视我欲速的脚步更加迟滞。总想有一片自由的海，或者僻静的沟渠让我游去。回归是一个遥远的梦想。

是我不适应城市，还是城市不适应我。

有几尾鱼纷纷游向山林、水浒、乡间的僻壤。一族逃离繁华的鱼。

变异的城市，水和气体都异味了。背叛是一种幻想。只是历经三十年的进化过程，呼吸的腮和摇摆的鳍依旧适应沟渠之水乎？

城市的鱼习惯了在网络里游，在楼与楼的堆垒里游，习惯了车的拥挤和等待。鱼在车里听破锣破鼓听破水龙头急急般漏水，将自己淋个满身湿透，然后再听一个嘶哑的声音，在娓娓地诉说。

幽幽蓝蓝，澎澎湃湃，多么诱人的海呵。

城市里有一种饥饿的鱼，红了眼的鱼，自港口车站涌进。

然后东窜西游，然后在大桥路边和破烂的房檐下，呼吸着城市，搅动着烟尘，争抢着被城里鱼不齿的残渣剩屑。

这种精神诱使城里的鱼，也纷纷游向美国的海，日本的海，澳洲的海，也像饥饿的鱼一样，搅得异国有了些许 China 的鱼腥味。

水和水的连接，鱼和鱼的沟通。

致使那些蓝眼睛、高鼻子的西洋鱼，那些与我们相似的东洋鱼，都游来了。

就连一只野生的猫，也跑进城市了，它日日伏在我的大门旁窥视，慢慢学会索取。我知道，它相中的是我们这群肥胖一族，何日变成盘中餐呢？它也许这样想。

不过，昨日我蓦然发现，慵懒的猫，肥若一只海豚，也艰难地游荡在城市的滩头了。

我想，那些饥饿的鱼呢？

那些异国水域的鱼呢？

与我一样，生活了三十年五十年一百年的鱼呢？鱼呵鱼，游过五千年的鱼，倚在一堵颓墙下睡着了。

海还在澎澎湃湃，海还在诱惑。

（选自《游在城市边角的鱼》）

咖啡物语

临海之窗，昏昏欲睡的灯盏，银勺搅动一杯咖啡。

壶里滚动的涛声，浓浓。

帘外浮动的涛声，切切。

苦矣，黑矣。加奶，加糖。

有些许的白，些许的甜骤然降临了。

吧里的人，手握一杯咖啡，各自品着自己的心事。

豆不在釜中，豆在磨中哭泣。吧里的人，没有听见豆的陈诉，豆的乞求。

“煮豆燃豆萁”是中国的恶习，饮咖啡者从不需燃咖啡之豆萁，再煮咖啡。

那是手足相向的残忍之举，仁者不屑于此道也。

石磨还在身边悠悠地转，豆还在磨中哭泣。咖啡之乡也是这般地磨啊磨，磨出一壶浓香浓香的咖啡物语吗？

人说自石器时代，磨就开始转了，直到今天。

中国的磨，磨过五谷杂粮，又在磨异国的咖啡。

磨出了他乡的习俗，他乡的风情。就像经磨经泡，经受多苦多难的非洲。

那一粒黑色的豆呵！

吧里的人说这是纯正的咖啡。

中国磨磨出的齑粉，是否也有了些中国的味。

加奶，加糖。是否又改变了些许的味。

再来一杯，一杯无糖无奶的新磨咖啡。

苦矣。苦矣。

吧里的人，在相对无语。

吧里的咖啡，在切切细语。

茶有茶道，那是一种至上的境界，被一袭唐装，被一双葱玉般的手，携饮者们登临高处一望。

咖啡也有咖啡之道吗？就叫咖道吧。

我渴望一双葱玉般的手，携我也在一步一步，走向绝妙的佳处。即使“高处不胜寒”，我还有烫人的咖啡，一杯在握。

浓浓的咖啡还在煮。

滚滚的咖啡还在语。

浓浓又淡淡，苦苦又甜甜，滚烫滚烫的咖啡。今夜，你灼伤了我的唇。

（选自《游在城市边角的鱼》）

王剑冰

王剑冰(1956—),河北唐山人。著有《苍茫》《蓝色的回响》《有缘伴你》《绝版的周庄》《喧嚣中的足迹》《普者黑的灵魂》《王剑冰精短散文》,诗集《日月贝》《欢乐在孤独的那边》,文学理论集《散文时代》和长篇小说《卡格博雪峰》等。

心灵的出发

为什么人们会一次次从城市出发,乐此不疲地去寻找一片安宁、一片养眼、一片可以打开自身的地方?那或可就是一种逃避。

在你抵达这样的地方并为之陶醉的时候,你会觉得是无尽的愉悦与享受,还带有着某种解脱。哪怕是一时的。

远离喧嚣,远离忧烦,远离是是非非、恩恩怨怨,你的面前是一片净土,圣洁的水,圣洁的山,圣洁的树,和单纯得没有什么欲望的人。这个时候你会觉得你很渺小,官场很渺小,金钱很渺小。尽管你会归去,回到人间烟火的地方,但你还是会一次次出发。

尤其那些热爱文学的人,热爱美学的人,热爱光学的人,这些人更有着单纯的一面,可爱的一面。

人生是短暂的,时间显得宝贵,但还是要出发。

那是他们知晓，收获的不尽是文字的东西，色彩的东西，影像的东西，更多的透彻与轻松，在今后的生命中。

周庄的雪

一

雪覆盖了周庄。

雪落下的时候，周庄还在梦里，雪不想惊动周庄，在晚间完成了这次行动。

雪同周庄一样，不是太爱张扬，自顾自地干着自己的事。

其实，从北方来的雪，并不是太适应南方的环境，它是被风领来的。

初开始在阔大的湖面上跑，跑了半天也没跑出个结果，寻到周庄算是找到了感觉，就直接地进入了周庄的梦境。

雪生来就好像是干着一种覆盖的事情，只有覆盖才能说明白身的意义。雪在南方的湖中很难找到这种意义，就像人，最终还是要在水中上岸，在一个一个的庄子里生根开花。

北方来的雪，对周庄表示出了少见的亲近。

初开始它们不知道如何进行第一步，顺着水进来的都没有成功。顺着桥进来的，一部分留在了桥上。最有成效的是顺着瓦进来的，一大片一大片相连的瓦给雪带来了便利，时候不大，它们就从天空召唤来更多的伙伴，将这些瓦覆盖了。

周庄立时就改变了形象。

而后，雪又深入到了桥头巷尾、小路的拐角、船篷乃至船舱，雪的作品终于完成了。

周庄醒来时才发现了这种魔景，雪的水乡另有了一副独特的着装。

二

孩子们跑出来。

跑得最快的摔出了好远，跑得最慢的也趴在了雪地上，笑声由此而起。

老婆婆不敢出来走，扶着门框笑。

狗从身边钻出，雪地上起了一簇簇梅花瓣。

一只顶着雪帽子的船划动了，主人并没有拂去那雪，任由白色的小船撑过白色的小桥，轻轻地划出白色的村庄。

更多的门咿呀咿呀地响起来，即使是平时不常走出屋子的人们也要看看这雪。

全福寺的大钟猛然间响起，金色的声音将树上的雪一层层震散了，扑扑簌簌落了一层的水面，而后迅疾地消失得无影无踪。

雪赋予周庄吉祥，屋檐下的红灯笼显得格外的红。

雪虽然覆盖了周庄，却没有覆盖住这里、那里冉冉飘升的万三蹄髈的芳香，没有覆盖住阿婆茶楼里吴侬软语中夹杂的阵阵笑声。

游人在这种氛围里走进来，来看银装素裹的周庄，来和周庄同赏这北方来的雪。

周庄真是诱人。在自己踩在青石板上空灵的足音中，会听到自己的心像小鹿跳。

说一声，春节就要到了。

（选自《光明日报》，2017 年 1 月 13 日）

曹 雷

曹雷(1956—),四川南充人。著有散文诗集和诗集《山野的红桑果》《涉过忘川》《抚摸钟声》《溪踪》《纸上光辉》《时间的低语》《正在醒》等。

星星巷纪事(节选)

之一

谁也没有觉察,这条曲折的枯枝上,黑夜的花朵,一个微笑就能把星光擦亮。谁能停下喧哗,随巷口拉响的二胡潜回雨水充沛的故乡?谁能躲开物质的光芒,对拐角处闪现的身影,轻轻说出珍藏的牵挂?

闭上眼睛,依然可以发现:越来越熟悉的面容上,是越来越陌生的目光。从巷口到巷尾,从白昼到子夜,摩擦着的影子,捂着种种疼痛,回到久已疏远的怀念里,热泪盈眶。

把暮色折叠进书页,看一些纸张把日子埋葬,有鸟声,衔着三两句精粹的语句越窗而逃,那匆忙的背影,使我想起背壳上有着美丽斑点的一只甲虫,抱住夏天不愿离去的哀怨神情,成为深巷里唯一令人心颤的隐秘。

是巷口这处宅院每天重复的内容,跟整个城市的日常风景大致雷同。偶尔从高楼顶端漏下的月光碎片，这少有的亮色，是阅读的重重喘息，也是写作的浅浅涟漪。

夜晚，肯定有惊醒后的手指在摸索行走，那些瞪着眼睛的路灯，细数着清晰的脚步并一一熄灭。

之三

用一个下午的心情，为你挑选不同款式的春天，怀揣一头母鹿的晃动，有一种蓄谋，已经在昨天出发。阿佳，你看还有什么心事，能重过这一地破碎的阳光斑点，又有什么轻盈能高过这升起的一天蔚蓝。喂养我们眼睛的粮食，是不是还在槐花掩映的池塘底处，小心讲述生长着的童年。

你说，那只绿壳瓢虫的腿上，还挎着一篮花的香气。放下这种阅读，以后的日子多么像溃不成军的语句，再也找不到合适的标题统领。阿佳，当这一切就要提前结束，那些晃动的鹿角，会不会拱破过早放弃的秘密，从打翻的陶罐里溢出芬芳的忧郁，对以后的写作给以应声云集的打扰。

把这些暖色的安慰，一一填进空洞的眼眶，不要在一滴泪水中，修筑哭泣的广场，广场的天空下，不会有回家的方向。阿佳，自己才是自己的伤口呵，在灯红酒绿的场所，你总用内心的忧伤去共鸣别人的乡愁，却在停电的夜晚，向我索要可以收藏的句子，对暗处的肿胀做一次周到的热敷。

有时你真是幻影中一只艳俗的口红，让这片街区彻底晕眩；有时你又是南风里一绺饱满的稻穗，给这条小巷吹送着清新。阿佳，是时候了，我们走吧，去拆除栏杆的北湖晾晒潮湿的心绪，去看一座城市怎样把躲进春天的那只母鹿认养。

（选自散文诗集《时间的低语》，敦煌文艺出版社，2014 年版）

涪江路一直往西

倒在人行道上的高楼阴影，压住了行色匆匆的生活气息；拐角处一声接一声的气喘，应和着城市日常跳动的心律；灰蒙蒙的天色中有灰蒙蒙的心绪在低头游移。暖色灯光的茶坊窗口，透露的熟悉或陌生的表情后面，冷笑着遮遮掩掩的玄妙动机。

眼神失意的女子起身离座，沿涪江路一直往西。路尽头是四季分明的西山，可以找到俯视的角度，窥破躲躲闪闪的世态诡秘。

涪江路一直往西，穿插其间的十字路口暗藏了陷阱；有多少青春落红一路洒落，不声不响就像消失水面的雨滴。斑马线上的爱和失落一样地来来去去，红绿灯眨眼就交换了掉落路面的不同话题。路两旁楼与楼挤压出来的场景，缩印着都市应有尽有的沉浮和悲喜。

容身人流的女子倦态踯躅，沧海一粟又怎能引人注意？路尽头是默默无语的西山，可以找到一处安静的角落，在寺庙晚钟声里稍做休息。

这个城市的这条路没有太多的弯曲，一直往西穿透全部的伤害和灾情。再柔软的纸巾也擦不掉额头最初的衰老，再柔和的霓虹也安慰不了眼角最初的黯淡。云淡风轻说不完咖啡旧事，觥筹交错饮不干虚情假意。一段触手可及的距离也能用完人的一生，一条路也能看尽整个都市的风俗。

去意已决的女子如梦初醒，把握了一段由枯萎再次美丽的过程。路尽头是风情依然的西山，可以找到旧时的路径，去山顶笑看流水落花和天高云低。

（选自散文诗集《纸上光辉》，大众文艺出版社，2009 年版）

何敬君

何敬君(1957—　),山东即墨人,现居青岛。著有散文诗集《从五月到五月》《逝水年华》《谛听:阳光走过大地》,诗集《沉默的帆》,散文集《我们改变了什么》。

与但丁不期而遇

那个上午以及后来的许多时光,都在那条小巷行,
如诗歌在词语里徘徊,树叶在飘落的地方踟蹰。

阳光穿过促狭的楼缝,斜斜地照着你的墙壁,照着墙上你小小的简朴的塑像。

你现在整天沉默着,不露光芒的眼睛斜斜地看着小巷里的行人。

奔往圣母百花大教堂的观光者有几人驻足与你匆匆对视?

佛罗伦萨这座美丽的城市驱逐了你的肉体。你不曾归来,至今还寂寞在拉韦纳的墓地。

你的灵魂无数次穿梭往来,在无边的苍穹下宣示爱情与自由与至善至美的真谛。

佛罗伦萨因你而骄傲。佛罗伦萨因你而流失了坚硬的元素。

与你偶遇让我仓皇无措，记忆的河流邈远依稀。

我甚至没有摆好照相留念的姿势。

你用区区三层脚手架就撑起了中世纪这座沉重宏伟的工厂，

但对于我你总是像一个陌生者，在前面很远很高的地方，

蜿蜒的阿尔诺河上水鸟追逐浮光，重建过的旧桥还在原处。

我在你故居的门口逡巡。你的马车在天堂隆隆行驶。

我没能长久停下旅游的脚步，携一身尘埃赶往另一个景点，

那里的阳光围困着神话凝固的雕塑。

如今，你和你的故居在我的影集里，一段时光斜斜地搭起云梯。

我攀缘而上，回望那没有鲜花与草坪的陋巷，仿佛触摸天空的某处。

（选自《亦远亦近》，河南文艺出版社，2016 年版）

在条条道路上四处张望

……天气晴好。

时有白云游过，如夜里翩跹的联想或隐喻。

我跟昨日一样，在早晨的道路上四处张望。

天天走过的道路很熟悉:树,花坛,建筑物,有时温和有时阴郁。

天天走过的道路很陌生:相互交叉着四面八方延伸,不知终究通往哪里。

每一条路上都有人奔走,比海潮更加汹涌更加匆促。

我在条条道路上四处张望,

所有行人都似曾相识,有几个好像昨晚刚在酒馆相遇喝过扎啤,

但没有谁对我招呼,人们的眼睛一会儿看天一会儿看地。

没有人知道我内心的张望,我不能送出微笑或平淡的致意。

……一片阴影从路面浮过,

不知哪里刚下过雨,是否淋湿了上学的孩子?

(选自《亦远亦近》,河南文艺出版社,2016 年版)

城市生活一日

一

早晨来了,梦走了。

我看见了一片光亮,却看不见太阳在哪儿笑我。

洗一个热水澡,脸面刮得净光,换上一件衬衣,镜子里的我精神抖擞。

两肩之上的头颅如超市里的周转筐,它在夜里已被清空,等待装进新的物什。我扛着这只空荡荡的筐子,出门去。

二

挤进一辆公共汽车。车厢里的人前胸挨着后背后背挨着前胸,脑袋与脑袋总能保持礼貌而机警的距离。多数面孔无数次见过,但我谁也不认识。

或者钻进一辆的士。跟司机说一声目的地便不再有半句言语,同车的两个人各想各的心事。

路,还是昨天和前天走的路,也是去年和前年走的路:上坡,下坡,红灯;左拐弯,右拐弯,穿过桥洞;交通拥阻,车辆前行如蛆蠕。

左边:广玉兰已笑开春意,法桐树还在睡梦里,还有几株从乡下迁来的苦楝树,好像刚刚进城的民工,迷惑地打着盹儿。

右边:那条污水沟已被盖上,那片建筑工地正在清理,两个新建居民小区开始入住,那都是别人的家,里面也不会有我的朋友。

三

路上的大部分时间我都在沉思。

脑子里有时候长出一垄垄麦苗,或者摇曳着一片芥菜花,它们似乎有些干渴,在风中哭喊着,它们需要喝水。

但我却经常不希望下雨。我是生活在城里的人,生活就是一周五天都要上班,休息日还需要一些户外活动。下雨会淋湿我的名牌衣服，会显得难堪，而且不卫生，会很郁闷。

我知道对于庄稼而言，我是多么残忍！而我还是一天天地残忍着。

四

旋转门将我收进一幢大楼。一同进来的都是我的同事，昨天下班时说过“再见”，今早依然相互点头、微笑或者握手，礼貌而客气。

电梯送我上三十二层。我工作的这幢大厦如其他大厦一样，像一个巨人漠然傲立，玻璃幕墙闪耀着拒人千里之外的气势。

进入办公室，我就居高临下了。单向透明的窗玻璃一尘不染，窗外飘过一朵云、飞过一只鸟，我都尽收眼底，窗外的人却看不见我的身姿。

这种隔着玻璃看风景而不被风景看到的感觉，让我无比惬意。

五

上班的时间我很繁忙，也总有时间继续做梦。

梦想有一条道路——我的道路——从身边浮出，如窗户下的高架桥，挺着身躯蜿蜒到远处。远处有一片绿草地、一片槐树林，槐花盛开着，蜜蜂缭绕着。那片树林不是很大也不是很深，足够我徜徉其间享受自己。

梦想自己身轻如燕，伸开双臂翱翔空中，细数地上如蚁的人群，忙碌的如何忙碌、消遣的如何消遣？弄明白他们从哪个村庄来又会到哪个村庄去？想知道他们每一个人怀揣的梦想。

梦想自己二百年抑或八百年以前就生活在这儿，每个人都认识我，我也认识他们，只是时间长了不串门也不写信，大家相互疏离了。想要跟每个人微笑、说说话、打打招呼。

梦想网络的天空能够下雨，我和乡亲们在不同的地址里种庄稼。

梦想里还有很多的梦想，但白天退到了我的身后。

六

夜晚降临，城市更加明亮灿烂。

迷茫的眼睛豁然睁开，七彩的灯火淌了出来；沉默的喉咙哗然张开，起伏的歌声涌了出来，每一扇窗户都忽闪着无底的妖冶。

我行走于每一条大街每一条小巷。

大街上的建筑比白天更加崇高而峻峨，灯火使它迷惘，夜色使它冷漠。我感受空前的拒绝。

小巷里到处人影绰绰，男人女人们低头匆匆而过，倏尔消逝于流溢的光色里。我找不到一个可以问路的人。

我好比一个丢失了的人，无法确认自己行走的方向。

看着这座城市，如同看着一个巨大的鱼缸。

我在另一个鱼缸里。

七

子夜如花绽放，我仍旧无处可去。

顶着自己的鱼缸归去，踟蹰着，归去。

让梦继续……

（选自《散文诗世界》，2007 年第 1 期）

沉　沙

沉沙(1957 年—　),本名姚汝津,河南汝南人。著有散文诗集《海的感觉》《鸟是鸟的梦》《宋庄,我的油画布》等。

带着一片云到香港

有一片云能够与我一起到香港,真是一件令人惬意的事情。

这片云是你们没见过的有生命的云,请你们不要对她品头论足。

她不穿衣服:赤裸裸!

我们人,最初也是赤裸裸,

为了美和尊严,谁不装扮自己?

但装扮的人类过了头。

在漂亮的正人君子的外壳下,有多少丑恶的灵魂被遮掩、被打扮成"天使"?

与我结伴而行的云没有任何装扮和遮掩。

因此,穿上人的衣裳的云不再是云。

夏马在时间的另一端说:沉沙,请你带一个一起来吧。

我想,要带就带一片云吧。

夏马没有规定我不能带一片云同往,我自做决定。

夏马,我和我的云从北京宋庄出发了。

每一片云都把整个地球当作一个村庄,我的云也是,天空既是她的起点,也是她的终点。

朱祖仁大夫,你在香港地铺的窗前正等候着我们吗?我知道你手里拿着刀子。

当然,你不是要杀好人,你是杀去好人身上的毒瘤和已经坏了的部分。人身上的毒瘤与恶习一样是割不尽的。

哈哈,朱大夫,你除了得到医患者为痛苦付出的银子,你什么也得不到。我的云会让你得到你没有得到的东西。她将为你带去一本蓝皮书:天空。

不管你打不打开,你都会读到太阳、星星以及无限的鸟的飞翔。

如果你打开,

你将会读到此生你读不到的。

不过,你能看见她吗?我担心你会太自负、自傲。

和我同行的云不是任何人都看得见的。

目光短浅的人看不见。

企图把岁月装在瓶子里的人看不见，

寻找不到自己在宇宙中的位置的人看不见。

把香港当作一条船的人能够看见，他和香港一起正驶向未来。

呵呵，那个老农能看见，他在土地上播种的种子刚刚露出生命的绿色，他就想把种子撒到云上面去。

我们的旅行开始了。我必须把自己装进T97次列车。我在窗口看见古燕赵遗留的东西一闪而过。我在窗口只看见黄河和长江很有限的水面，它们的气度和波澜壮阔我看不见。

与我结伴而行的云做到了：她看见了所有的东西。

她看见的黄河才叫黄河。

她看见的长江才叫长江。

她走在秦岭之上看见香港躲过了一次海啸和风暴，她还看见一个人把太平洋摊开，把它当作一个诗歌的圆桌。那个人像是秀实，他不仅向时代发出邀请，他还向历史发出邀请。他邀请了惠特曼和歌德；他邀请杜甫，杜甫不来，杜甫为生计奔忙。他没有邀请的海豚、金枪鱼不请自来，它们掀开海浪朝岸上观看，它们看到世界像一个大工厂。“为什么不能更人性化？”哈哈，它们比诗人更纯粹。

我缺少云的大视野和风度。因此，我要终生向她学习：让生命变轻，在生活中学会轻盈盈。

我已经两年没有看见香港了，它不会有本质的变化。它依然是那么美好，令世界神往。

夏马，我多想和你们生活在一起，这不是我所能决定的。

对与我结伴而来的云而言，这不是她的目的。她过的是轻飘飘的生活，她不喜欢尘世的尘土、香港的摩天大厦和垃圾，在她的眼里，这些都是大地的表面与肌理。

她不喜欢与嘈杂的世界为伍，她驮着很多小雨点奔跑，她会不惜生命代价地去寻找干旱地方的一棵即将长出思想嫩芽的小草。

对于饥渴的诗人，她也会给予你如许的激情。

我就是靠着她一路牵引我灵魂的目光，才跨越我过去的生命境界的。

我们刚刚跨过湖南和广东，即将到达九龙红磡火车站。

红磡火车站和维多利亚海一样张开她宽大的怀抱，想拥抱和我一起到达的云。

不可能！

红磡火车站和维多利亚海的怀抱其实很狭小，它只是我们祖国幅员辽阔的大地一个小小的角落。

红磡火车站和维多利亚海气度不凡，它们早就拥抱了全世界。以前我没发现，这次我会发现的。

我还会发现香港这片没有沙漠的沙漠更多的美和绿洲。

我通过朱祖仁的散文诗已经读到了香港生命的大美，但我更相信我自己的眼睛。我要保持我的语言的独立性。

与其赞美,我的诗更倾向于沉默。它已经沉默了两年,我希望它继续下去,直到有一天,爆发。

咳！你们将很快看不见我的云,已经有很多的云来迎接她,她将很快融进香港的云。你们谁能够认出她,她就会向谁问候并祝你虎年虎虎生威、如虎添翼!

我来到香港了,我从北京的冬天来到了香港的夏天。我看见鲜红的紫荆花对着我和天上的云嬉笑。

我们心领神会。

我看紫荆花,紫荆花也看着我,我们不分主客。

如果你们不反对,现在我就把我也融进香港。谢谢!

2010 年 3 月 5 日至 6 日北京—香港

(选自《散文诗作家》,2010 年第 1 期)

我可否把我的一颗心交给常州

从北京走到常州,所有的思考并不比从宋庄工厂路走到庄稼地多出半筐。

从北京走到常州,同从宋庄工厂路走到庄稼地一样,都没有走出同一个屋檐:蓝天。

人在常州,最让人感动的是玉兰花。如剑出鞘的玉兰树挺立在运河岸边，她把一朵朵争奇斗艳的玉兰花交给了常州。

争奇斗艳，一朵朵白色的玉兰花就是一颗颗赤子之心啊，不加任何粉饰和装扮。

我来到常州很多天了，我不知道如何把我的一颗心交给常州。

在运河边上与月亮对饮，我只是一个过客，我不可能把我的一生交给常州，但我可以把我的心交给她。

常州，季札避王而来时，这里是一片蛮荒之地。

他是第一个将自己的心交出来的人。

“江海寄余生，小舟从此逝。”将自己的生命托付给常州的苏东坡，我相信他同样把自己的一颗心也交给了这里。

我默默地来了，带来的是一颗心。

我默默地走了，带走了一座城的大美：无声、无形、无影。

（选自《宋庄，我的油画布》，现代出版社，2016 年版）

迟智勇

迟智勇(1957—),笔名(网名)崂山道人,山东青岛人。散文诗作品散见国内各类报刊和诗文选集。

临街的咖啡小屋

靠窗坐着,眼前这杯咖啡如同进了搅拌机。

记忆是过时的拷贝,思想是停滞的钟摆,在这个秋意渐深的午后。

一对情侣点起了蜡烛,心曲添进了咖啡里。

生活是一种意象。

临街的咖啡小屋。咖啡色的外墙,粗大的黑体"咖啡空间"穿着黄衣,纤细的英文咖啡品名在其周围伴舞。

美术博物馆。一片赭红色的院墙,顶着黄色的瓦当,衬托着绿色犄角和瓦片的宫廷屋顶、线条和色彩勾勒的现代派画展的海报。

它们隔街相视,默默无语,唯有车辆川流不息……

忽然有了喝茶的想法。一杯咖啡,一杯香茗,或者,一杯香茗,一杯咖啡,在一个店里。

靠墙坐着,合上了醉酒的李白和吸大麻的波德莱尔。

秋阳把法国梧桐阔大的叶子带到柏油路面,绘成了印象派的图画……

（选自《白天鹅诗歌奖获奖诗人作品选萃》）

海泊人家

早晨，一抹阳光在河床里流淌。

无雨的季节。雪还没有来。没有水。没有沙滩。也无所谓岸。

城中河，只为泄洪而存在。

也许，在山里待得太久了、太累了，顺着低洼之地蜿蜒而来，像一条蟒带，缠于城市的腰上。

入海口，一群海鸥落于污泥。

你真的是这座城市的蛇缠腰吗？

多少年，流淌着城市的垃圾，只有山洪，才能荡涤污浊。

斗转星移，两边的房屋长高了，人流如织。

大理石的河堤，木桥，景观，清澈的水潺潺。

芳草宜人，垂柳依依，木栈道散发着森林的气息。

入夜，十里长堤，不夜的彩带……

（选自《散文诗世界》，2011 年第 2 期）

秦 华

秦华(1958—),本名唐玲,祖籍四川,现居上海。著有散文诗集《春天的玉兰》,诗歌集《生活的诗意》。担任《世界散文诗人大辞海》主编。

深秋的月光地铁

人流潮涌,脚步结识地平线。月光的平台,在喧嚣中迸发激情,急急地追赶时间。跳动的硬币,置换里程的累计给生活的圆进行分解。

时光游走,在入口和出口的地方张开它的贪婪,吞噬逃避阳光的砝码,把潮汐涌泄。

那些舒展焦急情绪的秋风,正演奏着无法捕捉苍茫的黯淡,抖落一地秋叶,没有悲壮,没有宣誓,轻轻一挥手向夏的热烈一一作别。

穿越青春的隧道,远去。告别一盏盏无法刺透秘密的光线,转移,轨道是它忠诚的伴侣,相依相偎,亲密的知己。吻声近了,又近了,开启心泵震荡灵魂。擦面而过的冷色秋波,谁人能解?

深秋在城市的怀抱珍藏希望,留驻永恒和美丽,抚慰忐忑的张望,孕育一个又一个鲜为人知的故事。

那些高低流淌的深邃,翻动着喘息的热浪,江南城市的温度依旧不能消遣。许是等待下一班提速的热恋出现，许是放弃秋实的硕果出现。

欢快的哨声正撩拨瞬间的深思，秒针、时间，正点列车的目光直逼前方，洞察秋毫。等待足迹提速，保持自然界最初的完美姿势。

月光地铁，衣香鬓影，如梦如痴。以一枚黄花的姿态开在秋声里。菊香、蟹肥，霜露挑战，月光的盟友集结。

魂牵梦绕，直径夺步车厢，凝结星辰。

在清秋的鹊桥上，一张浪漫的地图展开。丝丝缕缕，交织着月光的通行线。走入深秋，迎接中秋的团圆夜。

时速、加速度，城市的节奏在跳跃、在上升，在不断承受秋的质量，像竹子拔节。

地面上的阳光正端详整个城市，蔑视着地下幽幽的月光。傲慢、端庄，不愿向天边倾斜。

是爱情提速了吗？

爱情是无法提速的，它正在沉思，它正在睡眠。也许它正在翻动一张当天的报纸或杂志，不让时间轻易地在指间枯竭。

韬晦在钢筋水泥间运营，韬晦在思维之间鱼跃。

那根城市的肋骨支撑着，负担着，挑起月光。冲过摇晃的阻力，隔离地面上的热闹与喧嚣。

季节与它无关。

一组没有终点的情感轨道，正行驶着一列有着终点的月光地铁。

思念坠入心田，深根植被，将台风撕裂的月光霓衫弥合。雨声之上，希望至上，追逐下一个梦寐以求的春天。驶向深秋远方的是，那些不被侵蚀的月光地铁。

（选自《风铃》，2007 年 2 月创刊号）

家，握住城市的繁华

上海千百个经典正与浦江映辉，百万座建筑笼络着家庭，家正握住城市的繁华。

生活的脚步最先捕捉梦的盛开，晨鸽飞云。

曾经伸向对面阳台的竹竿已经收缩，新楼的距离扩大，人们的视野扩大。

家园的梦是美味佳肴，是一池绿水，花草树木倒映成趣。是庭前练身的倩影与眺望，是散步时多姿多彩的惬意与遐想。心灵与现实和谐，自然与环境和谐。

一座座高楼伸直了脖子，一条条轻轨扭动着神通。交织，网在天地间。我们的上海，我们的城市，我们的家园，变化惊喜，梦想成真。

幸福健康的上海大都市，东方美韵的根须盘绕，西方美意到这里延伸。

六十多年，从晨曦摇响倒马桶的铃声，从前赴后涌的自行车潮流，从石库门悠长的弄堂，从拥挤的棚户区，从……转变。

满目的亭台楼阁，满目的汽车穿流，规交网络成城市的脉搏。

地下、半空、隧桥高架，不断有新闻叠加。

上海经贸大厦看见高达 492 米的上海环球金融中心正与白云握手，设计高度为 632 米的上海中心大厦于 2014 年竣工。

城市发福，撑开了郊野的蕾丝裙。

城市舞蹈，一行行浅薄的文字无法诠释家的细节。

岁月拱起的脊梁，负载起坚强的体魄。

无法勾勒的城市变迁。

家握住城市的繁华。

（选自《一方热土》，《诗韵回荡北外滩》，2009 年 9 月
《2010 中国年度散文诗》，2010 年）

梦中回首

夜从梦中惊醒，挑亮光线，惺忪地回望。窗外一片迷茫，正悄悄挂在夜空。迷醉星星的眼睛，开始索想。昨天、今天、明天。

上弦月开始拉紧船舷，深深地吸一口气，轻浮在山岫，蓝蓝的波涛荡涤，心情是轻松还是沉重？不时地敲起边鼓。

画舫开启远游的动力，靠拢地球向西天斜航。

楼下孩儿的啼哭，划破夜的窗棂，震荡颇紧。摇篮曲抓不住孩儿抖动的身体，切开寂静的吟唱，折叠啼哭的波浪。哭啼声正惊醒爱的抚慰，以抵制黑的包围。也许奶瓶已扎结了黑的幕布，收敛了恐怖的所有思维，哭声嘎止。微笑抹去渐渐入睡的泪滴，像一阵轻烟远逝。

有需求，有给予，有满足。一切都在爱的抚慰中升级。

月光暗藏了许多想法，顿时图腾许多行动。睁大透视人间的明亮眼睛，扯一下变幻的身影，刺透那层层密集的云衣，撒一把银光在可以触摸的地方。

失眠的女子，将一缕忧伤抛向窗外，心情飘忽在空中无路奔跑。伤口的疼痛像一根根绣花针，密密地纳透心脏。

有什么可以比健康再无价的？

远方的墨绿开始淡化了情绪，把身边的一朵百合托起，轻轻漫漫，绽开摆动的裙边，泊来微淡的体香，迷住那些崇拜者。传送一道最美妙的词语，将希望与欢乐的灵感点燃。

出走城市的灵魂，脚步迈得那样艰难。

是执着的爱神牵住了衣襟？

是随意的轻风遗失了方向？

谁把情歌缠绕在长发间？

低诉的沉思，绊倒了多少无法解开的心结。透过月光在空旷的夜色中晃荡。

一个奇幻的仙境浮动起来。久远的遐想，久远的期盼，将轻松溶解进一个完全属于自己的世界。生活的酵母开始作用，膨胀我们思维与快乐的每一天。

眼睛与心灵充实了许多喜悦。

（选自《中国散文诗90年》，河南文艺出版社，2008年版）

陈都民

陈都民(1958—),青岛人。先后在《诗歌报》《黄河诗报》等几十家报刊发表散文诗。

晚　钟

都市的晚钟,是另一种时刻的开始。

另一种时刻是钟声铜质的悠扬也不能驾驭的喧腾;是灯的草原,燃放起红罂粟浓烈的香气,醉了的一个难以入眠的夜市。

当情侣灼热的臂弯挽走暮色,蓝丝绒柔软的垂幕上缀上第一颗音乐的星,钟声就幽幽响起……

夜色如钟声舒缓地震颤,把另一种节奏,弥漫于都市上空。不是小夜曲,缠绵进梦的呢喃;当风袭来,钟声就是吹不断的涛声,将夜潮上升进楼的孤岛,拍开舷窗,拧亮船的眼睛。

另一种时刻,旅人陌生的脚步里,也有白昼涉过浅滩的足音。

这里的星辰,也是太阳的族类,折射的光虽若冷静的俯视,却能点燃屋檐下孤独的灯盏。

都市的夜,企盼着如期而至的晚钟,去敲响所有的门。

老水手的故事

你的眼睛，是风暴劫后的港湾，安详而忧郁。

夕阳的旗语，打不动息止的风，在最后一艘沉船的往事里，翻找发黄的航海日志。

于是，船尾犁开的航线，渐渐显示每一条粗粝的额纹；鸥鸣的凄厉，唤起一种骄傲，在辽阔而深远的背景上，耸出你高大的身影。

走过平原，你是一座山。

古铜色的肌群如裸岩，历经凄风苦雨。

走向大海，走成一种船的姿势。

不拒绝浪的挑逗，用年轻的胸膛，博取截然不同的撞击。

把脊梁塑成桅杆，把手臂挺作橹楫。

探求最迅猛的风暴线，在切割漩涡的瞬间，开拓出属于你的最新海域。

波涛也沉溺不了的回忆，总有风声雨声；

一阵阵掀起黄昏的潮。

你深信蔚蓝的大海上有一条船镌刻着你的名字，镌刻着你永不苍老的希冀；

驶向晚霞。

（选自《青岛60年文学作品选·诗歌卷》，青岛出版社，2010年版）

刘俊科

刘俊科(1958—　),河北沧州人。著有诗集《心灵天空》,散文集《飘带岁月》,散文诗集《时·光》等。

阳光下的宁静

移动的阳光,让城市洋溢起明媚的表情。

而消受爬上后背的阳光,我需要一生的向往。甚至,我可能转过身来,在倒淌的时光里,追逐激情褪去后的安静的斜晖。

渐渐升起的蝉鸣是声音的旗帜,飘扬在银色的车顶。用喧嚣覆盖住喧嚣,在这座城市里,我们才拥有了一方安宁。

你终于开始抚摸太阳铿锵的光芒。我看到你指尖开放着阳光的花朵,烂漫而真切。

阳光随车轮移动,一脸柔情的海,风情万种,像奢华的舞台,等待背景音乐的到来。

我们的宁静,击碎了多少浮华的甜言蜜语。

留在心里的景色(节选)

半巷子的阳光,半巷子的阴凉。

半巷子前生，半巷子今世。

斑驳的石板像一块块岁月的补丁，为僧人垫起了信仰。

巷子如同峡谷，僧人像一艘船，满载着佛性，飘然而至。

远处的塔顶是明亮的召唤，那是僧人生命的帆，等待风从巷口吹来。

迎着太阳，把影子甩在身后。

阳光装满巷子之前，僧人独步在一明一暗中。

（选自《星星》，2015 年第 7 期）

皇　泯

皇泯(1958—　),原名冯明德,湖南益阳人。著有散文诗集《四重奏》《散文诗日记》《一种过程》等。

白玉,开了一个歌厅

白玉,开了一个歌厅。

有人来唱歌的时候,端茶倒水、调整音响……飞来飞去,像一串微笑的音符。客人笑了,她也笑了。

白玉是先生离开后开的歌厅。

没有人来唱歌的时候,她就唱"我想有一个家,不需要多大的地方……",唱到动情处,把她自己也唱进歌里去了。那一个个带点忧郁的音符,就像一只只淋湿了翅膀的小鸟,寻找阳光。

白玉开的歌厅叫澎湖湾。

澎湖湾,成了白玉和她的同学们聚会时停泊回忆的港湾。三十二年前打的水漂,三十二年后还涟漪在澎湖湾……

水走的路，人走不了

人和巷，是一条麻石小巷。麻石是路面，麻石下面是阴沟。

人在麻石上走动，不顶着太阳，也要顶着月亮，天黑，还要举着一路灯，以示光明。

水在阴沟里走动，长年累月不见光，情愿摸索着赶路。

人走过去了，又走回来；

水走过去了，再也不回头。

人的脚印就这么翻来覆去，把一条麻石小巷踩得一大把皱纹。

水则不留脚印，一路顺流地走向湖泊一江河一大海……

人走的路，水不走；

水走的路，人走不了。

（选自《人生档案》）

王亚平

王亚平(1959—)，山东青岛人，祖籍山东威海。著有散文集《悦耳的鸽哨》等。

另一群人

蝉，声嘶力竭想要撕裂酷暑的帐幔。蚂蚁早就躲进巢穴。

公交车粗笨的轮胎，在柏油路面沉闷滚动。车站空空荡荡，可它还是得继续命中注定地行走。

人行道旁，树荫之外，晒着些手捧餐盒的汉子。三三两两五颜六色的安全帽，反射出刺目白光，在根本没有风的正午起起伏伏。狼吞虎咽过后，有青烟缕缕，伴随孤单路人听不懂的方言，断续飘散。

刚刚还满的水杯，几近见底。歪倒的是塑料的，勉强不倒的是玻璃的。待会就蒸发掉的水滴，看不出是不是汗珠。反正支撑不了多久，没人理会。

毒太阳底下，他们或坐或歪，与海滩上戴墨镜做日光浴的似乎不共戴天。一边一种样式，互不相扰，各自安好。

他们的面色，即使这样肆无忌惮暴露于强光热风，也不见多么黝黑，甚至有些苍白。苍白如此刻空中奔波逃散的云。云知道跑不出多远却没停步，这群人没有丝毫挪动的意思。

尖细的电铃声一响，他们才伸伸懒腰，立直身子朝地铁工地步去。坑道口悬一蓝底白字标示牌：实名制通道。

白与黑

矮在高楼群里的那片空地，开发是早一天晚一天的事。

现在它还是一处停车场，生意极好。穿制服的看车人基本不窝在亭子里，一律趾高气扬，边走动边吆三喝四，把一些车主反衬得可怜兮兮。

看车亭极简，猫在棵老槐树旁边，衣衫褴褛，浑浑噩噩。墙上的挂钟时走时歇，不到交接班前后，无人搭理。

独自值夜班的，裹着军大衣枯坐亭中。好好的京戏，被廉价收音机唱得荒腔走板。电壶吱吱作响，吐出些许热气，试图缓解电暖炉的烦躁。

山已经变成一道黑幕，电视塔披挂的彩灯，十点过后准时入睡。

防滑链慢吞吞拍打着积雪路面，最后一班公交车空空荡荡，带走了一天的喧哗。

不知哪个配电箱跳了闸。看车亭昏迷片刻，应急灯挣扎着亮起，宣示存在感。那时，风雪交加。

雪，为轿车们盖上被子。看车人，把半杯温茶搂紧。

雪和人，一起静待天明。应付差事的挂钟，胡乱指向一个时刻。没有公鸡报晓。城市里只准养活小猫小狗或者沉默的金鱼热带鱼。城里人害怕声响。

早起的除雪车最先来到，早起的清扫工随后也来了。

推开透风撒气的塑钢门，看车人哆哆嗦嗦喊一声："老王，昨晚上停电，冻杀我了！"

老王停下扫把回一嗓子："俺正寻思着待会进去喝口热茶呢！"

（选自《青岛文学》）

王宏侠

王宏侠(1959—),女,青岛人。先后在《绿风》《鸭绿江》《山东文学》等刊发散文诗,并入选多种选本。

诗歌迷离

朝霞艳丽的时候,私家车在赶路,写字楼把她们揽在怀里,白炽灯斯文地坐在流年里,用细细的目光打量她们窄窄的肩、打量不紧不慢扭动的小蛮腰。云很白,灯很白,她们的回眸很撩人,写字楼因她们风姿绰约,职场因她们莺声燕语,她们的故事草长莺飞,春天的纹路很美,纸上的文字很丰润。她们浓缩了写字楼的精华,与满街挤满惊慌不定的人相比,她们吸食生活精华,骨骼一寸寸生长,她们是修炼的"白骨精"。她们的呼吸是我听到的所有沸腾,此起彼伏的霓虹灯都在诉说。

她们让花朵慢下来,让精神紧张与散漫,她们谙熟职场尺寸像轻轻的狐,手上的笔旋转着,一边游刃有余地驰骋职场,一边优雅自如地娱乐自己。上帝眷顾她们,用菲拉格慕、巴宝莉、雅诗兰黛、香奈儿的香涂抹她们,她们新鲜又饱满,身影被春天剪辑得风韵十足,她们像一面镜子,照得春也慌张。

诗歌在这里花儿朵朵,馨香欲醉中低呢,温婉摇曳中舞蹈,不知是诗歌美丽了她们,还是她们使诗歌迷离。

时尚女

她身着修身长袖黑色连衣裙、韩版时尚红色羊绒衣，脚蹬细跟长筒靴，她俏丽玲珑、神灵活现。我坐在一堆丰盛的词汇里描述她，她的形象怎能诉诸七上八下的诗句。她是云朵醉过的语言任风布置，她的脸庞绚烂着诱惑。走出写字楼，她让人想象的是从屏幕走到眼前的窈窕，稚嫩白皙搅起三尺风浪，男人的眼神空前一致，剪下的细枝末节成一种拽不住的渴望。而女人们妒忌地看一眼便风云不散，她是时下最流行的模样，绝美的模样，掠走风，还给梦成仰慕的仙子。

（选自《大沽河》,2015 年第 2 期）

李松樟

李松樟(1959—)，黑龙江人，现居深圳。著有散文诗集《冷石》《寓言的核心》《愤怒的蝴蝶》《羽毛飞过青铜》《在时间深处相遇》及文集《珍藏伟大的面孔》等。

安静中惊觉齿间的寒冷

我们在火堆前小心翼翼地伸出双手取暖。

火焰通过指尖去寻找情感，却在抵达之前灼伤皮肤的信任。

我们的舞蹈和自言自语都仿佛是浓重黑夜里不被倾听的梦呓，持续的冬天。是啊，寒风中等待灵魂归来的雪人正做着怪相，它不敢让太阳强调存在的意义。

越来越多的人围聚火焰周围，等待大地苏醒。那是一个不断被推迟的时间。信使们一批一批地醉倒在半路的驿站。都市里的人们，拿出不可想象的耐心和火焰较力，争相拥挤着，彼此却不做内心的交流。火焰温暖不到的，是齿间的寒冷！

那是从未有过的处境，没有悲欢与荣辱，几乎已经接近了一个总是悄悄到来的词：崩溃！

黑夜里乱象丛生。街道空空荡荡，两边所有紧闭的窗口都成了哑然的隐喻。

即使她们如梦幻般匆匆走过，即使她们袒裸着美丽香艳的肩膀和胸脯，我们也无法感到世间日渐稀少的痛惜和爱情。

滴水莲之死

午后的桌上没有茶,我们全都口干舌燥了。滴水莲痛苦地挤出一滴液汁,谁也没有发现那叶子轻松后愉快地叹息一声。

窗外没有喧嚣,是一条无人的街。

谈的什么都记不得了。好像是有关挑战者号的,好像是有关今早报纸新闻:一位花甲老人跳楼自杀……

这午后没有意象可捕捉。窗台上驻足的黑蝴蝶飞走了,冰凉的水泥板上留下一小片湿湿的阴影,擦也擦不去。

没有力气汲水的滴水莲,叶子被谈话人喷出的尼古丁香雾毒蚀。明天枯萎吧,我们不愿做涂炭生灵的嫌疑。

烟蒂是思想的垃圾。扫除时,别忘了捡拾那里面或许还有在燃烧的丝缕。然后,向全世界征集:谁能写一篇关于滴水莲死亡的消息?

皱　纹

面对面坐着,中间是一张方桌。我读你心上和脸上的皱纹。纵横零乱而深邃的龟裂,惊心动魄,我简直无法跨越!

你微笑,沉思,愤怒或悲哀时,那些皱纹都缜密地配合你,使你情感的魅力震慑或俘获我。我费力地读它们,从最初的一条,到最后的一条。我变成一条透明的蚯蚓,在里面逶迤爬行,寻找,像走入博大精深的迷宫的孩子,不曾涉世,茅塞顿开。我不禁有些害怕起来。有时，我感到自己爬行在一条条敏感柔韧且在寂寞里痛苦了许久的弦上了，我的微小的触动，都会激起一阵阵动人心魄的音乐。或纯正或浑浊或嘶哑的音乐，会使所有在场的人目瞪口呆，那音乐即使不十分动听，但听它的人绝不会轻易忘记。我相信。

于是我爬行得更加小心翼翼了。你微笑地望我。是嘉许我对它们的理解么？我很想告诉你：一路上，你看到许多风景，那些荒凉的风景起起伏伏，阳光在上面停留不住。没有树林，没有向日葵，自然也不会有鸟，不会有蝴蝶。我爬行得很累，很饥渴，形单影只。但，总像有一种磁力般无法抗拒的诱惑，使我不断地向深处爬去，不断重新验证你经历的悸动、欢欣、沉沦与凄凉！我渐渐地不再透明，不再那么让人一看便知心肝胃胆的位置与存在状态，并以此而暗自惬意。虽然，我知道，无论作为蚯蚓，还是作为比蚯蚓高级百倍千倍万倍的人，我都在迅速地悲惨地堕落着。

……你仍然一语不发地坐着。当我重新觉得不再是蚯蚓，并将走出很远，险些找不到归路的思想被拉回到方桌这一面的时候，浑身蓦然打了一个剧烈的冷战！周围的人多得使我透不过气来，我感到人群中的寂寞比独处时的寂寞更加难以忍受。

我不知该感谢还是诅咒你的皱纹，使我这一刻的明醒与解读你之后身心的双重劳瘁。我们该走了。我们要的两杯咖啡，服务员小姐还没有送来。

（选自《当代青年散文诗人15家》，哈尔滨出版社，1991年版）

商　震

商震（1960—　），辽宁营口人。著有诗集《大漠孤烟》与长篇纪实《写给上帝的白皮书》等。作品被多种选本选载。

卡夫卡咖啡厅

咖啡厅内安静，咖啡的香气也变得清冷。寥寥的几个客人都很肃穆，像墙上卡夫卡的画像。咖啡厅里卡夫卡的画像比客人多。这里是布拉格的中心广场，周边有许多咖啡厅，只有这家客流稀疏。

布拉格的市民都能讲一些卡夫卡的故事，就是不愿意到卡夫卡身边来喝咖啡。

喝咖啡是件轻松的事，卡夫卡的一生实在是不轻松。

伏尔塔瓦河

我对这条河充满敌意。

我家乡的辽河，不比这条河窄，不比这条河短，甚至比这条河清澈，可这条河是世界级的河。

这条河的两岸，走过米兰·昆德拉、卡夫卡、塞弗尔特、克里玛，斯美塔那还为这条河谱写了同名交响乐。好的音乐是氧气，哪里都需要。

音乐里的伏尔塔瓦河，不是这条具体的河。在布拉格，我听到这首交响曲时，想的是辽河；在国内听，想的才是伏尔塔瓦河。

这条河边，发生过几次闻名世界的战争。侵略，反侵略，政权更迭再更迭。这条河的历史比辽河复杂。

我的敌意，有一部分来自对复杂的厌倦。

母 语

在布拉格，耳边听到的是德语、法语、捷克语，偶尔也会听到英语，很难听到汉语。听不到汉语，找不到人说汉语，我是一个孤儿。

看到一家餐厅，用汉字写着“中华饭店”，我走了进去。老板和服务员都是欧洲人，都不会说汉语。老板看我像中国人，就向后厨喊了一嗓子。

一个厨师穿着工装和我说汉语，他是中国台湾人。他说：“我不会烧东北菜。”我说：“只要是中国菜，你烧啥我都爱吃。”他狡黠地看了一眼老板，说：“你要是不饿，咱俩再说一会儿中国话吧。”

（选自《散文诗》，2017年第4期）

王明伦

王明伦(1960—),山东青岛人。著有诗歌散文集《琴屿海风》等。

新　潮

都市是遥远的。那股滚滚的潮,几经辗转,才涌到这里。

岩石荒芜了,叶绿素吞噬着垦荒者的遗迹。蝴蝶的翅膀悄然缩回,化为僵硬的蛹苦苦等待,终又在风中重新飞升。森林。土地。果树。承包者的手中,效益暴涨到最大限度。

一万年太久,连坚硬的花岗岩,也会被风镂空。生命,只不过是火花的一闪。变革,新颖与陈腐形成湍急的旋涡。

早晨,长街的斑斓叠印进田野单调的底片。丰满的时间已被切割成破碎的半圆。生物钟开始失灵。缀满上海双狮宝石花的手臂在铁大门前匆匆划过,电铃以尖锐的目光,扫描着节奏明快的脚步。

化工厂食品厂举着粗壮的雪茄,吞吐。黑色的云,将霞光分成了许多层次。阳光与雨露似明净的空气,已写进历史。

黄昏,摩托车蝙蝠似的旋飞。隐居的退休工人重新登上拥挤的班车。

噪音使石街变得热闹起来。小吃店瓜子摊修车铺的叮当声,灌制着打击乐的唱片。

青春在更新，爱情在更新。脚手架上，白石灰蘸着洁净的阳光涂抹。旅游的参观的订货的涌来了。

金属的信息树，披满了阳光的叶。

（选自《中国当代优秀散文诗精选》）

那时候

哦，那时候，正是春天。

天宇无垠，心的风筝在高高飘飞。远方，柏油路框起的城市风景图中，博物馆古钟楼梳着飞檐斗拱的发髻，在那儿反思。

吮吸着芬芳的阳光奶，我与你一同去寻找那片梦中的芳草地。

黄昏，群蝉开辟出绿色世界中又一闹市。鸽子的梦里，也会有秋雨萧萧。而月亮的飞碟，正带着异星球的神秘飘升。

谁家窗口，飘出《爱的罗曼史》？

最初的秋风，是从促织娘的薄翼扇起的吗？（积雨云降落到电视塔上，信息被禁锢了）

潮湿的林间，飞蛾与虫豸一同光临。青春的苦楝树开始干枯。枸杞子浸透了北国的相思。黄色的橙色的红色的叶子在飘。风，以颤抖的手去捡拾发霉的卡片。

于是，面对茫茫的远山，我遐思：

荒野的云，该贮满玫瑰色的歌吧？风化岩一点点碎裂的时候，苹果林落满了洁白的雪。

我们将相会于冬天吗？

走出星光淋湿的荒野，去拥抱犁下溶解的新绿。

（选自《中国散文诗大系（山东卷）》）

陈东东

陈东东(1961—),上海人。第三代诗人代表,著有诗集《即景与杂说》《解禁书》《下扬州》《海神的一夜》《明净的部分》等,以及散文随笔集等多部。

城市之春

正当春天,在黑暗的末班电车里我突然忆及了相似的一夜。蓝色火焰的伟大典籍引领谁横贯。

月下的空城?

孤儿院的亡灵如一架梯子,升向高处,危险又僵硬。那瞎了眼的伪先知自一管烟囱进入了火炉。

碎语,这不分季候反复绽开的石榴,它虚假的珍珠又为谁闪耀革命之光?

在黑暗的末班电车里,我返回的心情超出了速度,直抵相似的春天的子宫。陵园空旷。诗歌和雪线。谁的大红袍抖开黎明?谁在热爱中孕育了石头和新鲜的死亡?

(选自《黄河诗报》,1996 年第 3 期)

落　日

西区总是早一点陈旧。在那里，黄昏打午睡梦醒时算起，寂静谱写的下午被删除。一轮落日，提升几座花园的幽冥，把池畔的象棋手融入余晖，它下滑的形象，欲停留在亿万分裂的窗前。

——半透明的玻璃有夕光的记忆力？

而繁复的楼道间，或纠结了黑暗的陌生的弄堂里，那递送晚报的绿衣人晕眩。他又看到，落日要令他一辈子生锈。

他的上面，有寻常的奇景，半空中自焚的金马车成灰。

钢　琴

钢琴从深处昂起头颅，激越中喷射喧哗的银杏。它身体内部，一扇闸门关闭逼排出多大的洪水，而一支乐队已连同黑夜被消化和吸收。

——每当我写下钢琴，我就想到这比拟：它在音乐里就像巨鲸在海的光芒里，它是那悦耳却令鱼类真正胆寒的伟大海盗，每一首协奏曲都会成为它吞食乐队的辉煌罪证。钢琴也可以是鸟中的大鹏，垂天之翼超出了鸣声婉转的一族的想象。

而当它如同利刃，“割开春天的禁令”（《月亮》），或者它传达出一颗灵魂的全部豪情，钢琴又会是人中的龙凤，以烈火为肺腑的英雄，和进入太阳的夸父，在十根纤指之下，钢琴，它也会是一种狐媚，一个梦想中的美人。

（选自《中国诗歌年鉴》，1995 卷）

方文竹

方文竹(1961—)，安徽怀宁人。著有散文诗集《深夜的耳朵》《美人香草》等。

他被什么东西绊住了

一个向往，像春天的小草一样遍地生长，他被绊住了。

他刚进城。接着是老婆，儿子，小姨子，三舅，大表哥，小姑妈，同村小木匠大贵，泉冲村的苗叔，中学同学李小松……

他略懂一点文化，他被什么东西绊住了。

他对乡亲们说，他喂养的东西，反过来撕咬他。

他真的被绊住了。

裙带关系。烈性酒。白肉价格。冰凉的白日梦。心头小兽。子女入托转学。街头小报的惹眼标题。月光中的一个念头。能赚一大笔的工程。拖欠的工钱。流行词语。半情人。

睁大双眼：金子与银子有了区别。血与雪的模糊。

他被什么东西绊住了，他带着他的村庄坐上了泥泞中的时代快车。

命运的齿轮，转个不停。

正当他阔步向前的时候，他又被绊住了：他介绍来的同村的苦妞，昨夜自投护城河。

金黄的秋季。他不想被什么东西绊住，就像他渴望所有上架的玫瑰，一起凋零。

李云乡住九楼

李云乡住九楼，顶层。

十几年的朋友了。李云乡还是住在那一幢，九层。我们每次走到油茶小区16幢下面，就朝顶层喊："李云乡——"

李云乡推开窗户，探出半个脑袋，像一颗成熟的无花果，晃荡。

李云乡住九楼。

夜间的天空像一口大黑锅。我们找他，总是看见一轮圆月伏在李云乡的楼顶，这时我们就要回去了。月亮也在找他。月亮这样的白，像一个古怪的念头。

——李云乡是我们中间唯一一位不写诗的朋友。

夜深。李云乡的一缕灯光撕开了黑幕的一道裂缝。

"李云乡！你的温州大伯，温州的富豪大伯来找你！"

久不回应。久之，窗户打开了，一张妖艳的脸，一个年轻漂亮时髦的女人。一会儿,窗门又关上了。

第二天,我们看到:一条半暗的小巷,温州大伯和那个女人手挽着手。

一次在李云乡家,众友大醉。李云乡喃喃自语:“我住在这里,看到云朵像穷人的女儿在奔跑。天高地远,飘飘然,像大海中的船。”

李云乡住九楼,顶层,顶着无边的虚空。

最近一次,李云乡悄悄地对我说:“我住的这一层,蝴蝶飞不上来。”

一个人睡在楼梯上,反复睡。

像一只蜜蜂叮住花蕊。

一次夜深回家。黑暗中,我无意间踢了这个人一脚。他只是轻轻地哼了一声,接着睡在他的楼梯上。小区保安也无法将他赶走。在黑暗的怀抱里——

他像一堆粘在一起的碎片,开始散落。

他愿作火爆的生活中的小插图,或花絮。

一个人睡在楼梯上,一日复一日,上下楼的居民习惯了,人们也懒得去猜——

生活中跌断的翅膀,或贫穷的秩序。

“那么多的人坐在云朵上。我只是一个过客,随便你拿出刀子将我削成任何模样。”

一个人睡在楼梯上，他疯，他癫——

体内的幼兽，深藏不露。

（选自散文诗集《隐身人之歌》，大众文艺出版社）

亚　楠

亚楠(1961—　),本名王亚楠。祖籍浙江,出生于新疆伊犁。著有散文诗集多部。

南宁的风

那季节,南国的花开得正艳。

清凉的风在眉宇间摩挲,宛若一只只蝴蝶,花丛的感觉历久弥新。

我来到这里,聆听阳光,嫩叶的声音如此鲜亮。没有人告诉我,这些鸟叫什么名字,正如此刻的我,也不想告诉你邕江有多么美。

沿着江堤行走,思绪切入另一个画面。高楼栉风沐雨,川流不息的目光,总是在某一个雨季,将自己的隐秘捂得更紧。

夜幕下,霓虹灯夸张的脸如变形金刚。视线之外,尽是流光溢彩。

江水悠悠撑起一座城市。许多树都开花了,在南宁,我想象春天——那时候,我就是一棵枝繁叶茂的树……

初春的伊宁街头

寒风依旧逞威，春雪阵阵袭来。季节仿佛病态的老叟，失衡的心律让这个春天变得喜怒无常。

我知道，骤然降临的寒潮，可以侵袭弱小的生命，也会把襁褓中的花朵，顷刻间毁灭。看吧，一场春雪突袭，这春天的困兽，它们张牙舞爪，肆虐逞凶。

在我们这座边城，那个夜晚，大街小巷，所有草木陡然改变了花期。

不知道全球变暖会给伊犁带来什么，季节更替，本是大自然最寻常的事情。可是，今年的春天确实来得很晚。盛夏正在延长，天山高处的冰雪纷纷逃亡。

这是不是我们人类自己种植的苦果？

而此刻，一棵年轻的桃树，伫立在伊宁街头。瑟瑟的风掠过她的眉宇，冰凉的阳光把满树花香缓缓照亮。

哦，是用自己的火焰燃烧生命的激情吗？

此刻，这些花朵目光淡定，楚楚动人。在这座西域小城，严寒渐渐褪去，遍地花香，已经成为一种温暖的记忆。

（选自散文诗集《南方北方》，河南文艺出版社出版，2012 年版）

街头老艺人

那一年，在伊宁市街头，我听到了纯正的俄罗斯民歌。

冬日的午后，阳光充裕。忽然，手风琴的旋律从不远处传来，仿佛一缕来自俄罗斯旷野的风，那么悠扬，那么激动人心。

刹那间，这声音淹没了城市的喧嚣，就像一个浪驱赶着另一个浪。我不知道，在这城市的一隅，还有多少人会被感动？

循声望去，只见一个老艺人正痴情地演奏着。他双目微闭，神情专注，就像炉火纯青的大师，完全沉浸在音符的王国里。

没有任何言语，就这么一曲又一曲地尽情表演。偶尔，老艺人也会停下来，望一望远处的人潮，静静地把苍凉和忧伤缓慢托起……

不知道老人属于哪个民族，也不知道他为何会在街头拉琴。是迫于生计，还是出于对俄罗斯民歌的热爱？

或许二者兼有吧。此刻，美的旋律正在大地上萦绕、激荡。啊，一颗孤独的灵魂，穿云破雾，澎湃而又安详。

（选自散文诗集《在天边》，北京燕山出版社，2014 年版）

灵　焚

灵焚(1961—　),本名林美茂,福建人。留日归国哲学博士,现居北京。著有散文诗集《情人》《灵焚的散文诗》)、《女神》等。

谁能回到一株植物

一

生活在都市,喝茶让我们亲近一株植物的生态,品尝先人们关于文化的梦想。

茶楼雅座,或许可以让一片茶叶打开三月花瓣的云雾,释放清明指间的雨滴。

曾经的疏影深浅,春江月明,以及星垂平野的行吟……那些淡定、空漠、苍茫的情怀,此时都挂在墙上,作为一幅幅营造饮茶环境的风景。

那些司空见惯的门铃与消夜的霓虹,能否让人联想当年鸡声茅店中遗留的旅愁?商业时代茶楼的烛光,企图让人们与古人共赏一杯水的韵味,体会一株植物里的烟雨。

然而,在玻璃和水泥的人境结庐,心再远,也远不过采菊东篱时的那一座朝夕相处的南山;梦再近,也回不到西窗共度的那一夜烛光。

山，还在悠然的南边，那个采菊的人最终并不能回到一朵菊花；而一场夜雨即使如期来临，把窗前廊下的秋池涨满，那朵烛光，能够照到的还是两颗心跳动的距离。

饮茶，那些玛瑙色、翡翠色的茶香里，能够沉静下来的，除了一曲江南丝竹。

除了让心，回到一株植物的生态，体会一滴水的舞蹈，怎样从泥土抵达阳光。

二

那么，回到植物吧！如何才能回到植物？

都市的植物不是阳光的营养喂大的。给予些许的灯光，在一夜之间一颗种子可以从胚芽长到餐桌，走完瘦瘦嫩嫩的一生。

在都市，风的皱褶不再搬动泥土的清香，阳光透过重重玻璃才能勉强触摸到植物的肌肤。都市的功能在于把时间拉直成为街道，在速度和效率中直奔生命的主题。

植物，一旦成为都市的居民，首先被改变的就是作为植物的生态。那么，在我们回到植物之前，首先需要让植物回到植物。

人们可以亲近茶，可以在每一片绿色的肉体坚守着对于土地的乡愁。让茶，在水的路途中回到植物，为一切被文字叮咬过的躯体洗刷油墨的黑色齿痕。

而进出茶楼的人们，即使逐渐长成了都市里走动的植物，他们也只能通过目光相互授粉，在大风的夜里完成种子们的做爱。

三

回归自然成为时间里逆向辗转的梦。

远离城市，重新点起那些废旧的油灯，找回那些失散的炊烟，让日子复活鸡犬相闻的村落。甚至再从村落回到半坡的陶片，回到河姆渡的水边。

然后，再回到哪里呢？

母亲的子宫？蛋壳里完整的天空？

也许那才是生命最自然的生态。

然而割断脐带与啄破蛋壳属于生命的必然过程，从洞穴走进村庄，从村庄走向都市难道不是人类生命的路途？

拓荒者的篝火不仅仅为了取暖而点燃，他们相信，那些篝火将使子孙们的夜色不再因为禽兽的饥饿而战栗。

城市，曾经是祖先们梦境抵达过的家园呀！

四

作为先人的子孙，我们不要人云亦云地如何拒绝城市，我们要在这里安家、劳作、繁衍我们的子孙。即使只能用最多的时间工作，只能用最少的时间生活。

我们虽然始终没有忘记回到一株植物的思考，但也要知道，一旦走进城市，即使植物，也已经慢慢适应了城市的生态。

城市里有许多车站，我们在那里送别离去的，而更多的时候正在迎接源源不断地到来。来到城市的人有几个愿意离去？而居住城市的人却总在奢谈乡村，追捧风雅。

既然来到了城市，我们已经无法回到出走过的乡村了。我们最多只能在心灵里建造一座乡村，在那里种植一些树林，疏通几条河流。当现实需要的时候，偶尔到茶楼坐坐。但不要指望茶楼可以远离尘嚣，其实茶楼拥有更多的人文。

茶楼里并没有人们所谓的可以回归的自然。

如果某一天，我们在茶楼已经整整坐了一个下午，那也绝对不能逃离烦躁的日常。我们一定是在那里等人，纵然在观赏茶色的舞蹈中似乎拥有了静静的时光。

然而，在时间的末梢上，往事早已踮起了脚尖，昂起了不平静的某种期待。

回到植物，我们真的能够回到一株植物的生态?

（选自散文诗集《女神》）

曲全胜

曲全胜(1961—),青岛崂山人。著有诗歌、散文诗、散文随笔集《遥远的情愫》《红山谷》《倾听海韵》《笔墨语林》《而立集》《船梦:散文诗三百章》等。

清晨,街上驶过一辆马车

清晨,街上驶过一辆无篷马车,清脆而轻快。

闪光的轮子,飞旋着黎明的光点。夜色,被细长的辙印,拖成瘦瘦的往昔。

马蹄敲叩醒来的土地。

柏油路上,洒水车扇形刚劲地排笔,在撰写着白昼的序文。

我仿佛看到,在经过一个浓烟密雾的长夜之后,黎明里,时代的骏马,正飞扬着四蹄,蓬松起苍劲的长风,沿着坎坷与光明的大路,昂首长啸,摇响太阳般亘古铮鸣的红铃铛。

记忆外滩

江南石砌的长堤,和男人女人的胸部一样高。

黄浦江的水声从长堤漫上来打湿了外滩的霓虹。外滩的情话从长堤流下去跌痛了黄浦江水的容颜。

夜幕下，上海滩的外滩比白天多了些流淌的光束，多了些江上货轮、客轮舷窗的灯盏。

少男少女摆成夜幕下外滩的人墙。

黄浦江岸上，一颗颗醒着的心事的篝火，在燃烧。

外滩。

夜上海，黄浦江上一条江水和情话凝结的堤岸。

等　待

等你，在五层楼下面。

炊烟，翻过那道矮墙，抖动着涟漪般的雾霭，压抑、纠缠着黄昏。

我的思绪（在流动）。

那群背着书包放学的孩子，嘴里叼着脆灵灵的歌子，手里提着鲜奶的洁白。

哦（真幸福）。

等你，使我回到了童年。

不知那是谁家，真的把吊兰吊了起来，整整绿了一窗。

哦（真有意思）。

夕阳,只照了楼的一角,真让人失望。爱晒夕阳的人,往往失去辉煌的机会。

是啊,岁月里的日子,也总是这样。失去的太多,太多……

哦(我真傻)。

等你,使我学会了忍耐。

(选自《二月春风》,中国文联出版社,2017 年版)

姜言博

姜言博(1961—)，山东平度人。著有诗集《青春和爱情》《第二支歌》，散文诗集《第二只眼睛》《双桅船》等。

瓦 刀

瓦刀在城市的脊梁上舞蹈，水泥和砂石为之伴舞。
土地拔节的声音美如天籁之音，成为城市史上美妙的舞曲。

高楼在瓦刀下茁壮成长，城市在瓦刀下日渐丰满。
瓦刀，城市的舞蹈王子。

瓦刀的舞蹈终究会有一天走进后城市时代。
我不敢想象瓦刀未来的命运。回归乡村？城市的舞曲能合拍瓦刀的舞步？

月光下的路

路被月光照耀得丰满了许多，宽了，且更长了。
月光下的路典雅如大家闺秀。身姿宽畅，舒展出几分娇羞。

有风拂过路的霓裳，与我的脚步一起轻轻地交响。

走在月光下的路上，脚板感受到宁静的庄严，心灵瞬间升华为贵族。

想起阳光下的拥挤与嘈杂。

穿行于城市的街道，高贵而平和的灵魂被推搡得摇摇晃晃。即使躲向路边，心依旧被挤得趔趔趄趄。

让开，退出竞争，我慢慢地前行。

前方亮起了红灯。

月光下的路畅通无阻，没有人与我抢行。

世界虽大，此时属于我一个人。而我的心平静如水，脚步踏在平静的水面上缓缓而行。

前方，一路绿灯。

（选自《双桅船》，团结出版社，2017 年版）

张泽雄

张泽雄(1962—),湖北天门人,现居十堰。作品入选《湖北百年新诗选》《60年长江文艺诗歌选》《中国年度诗选》《中国年度散文诗选》等多种选本,著有诗集《黎明之水》等。

迷失的时间(选章)

序篇:沉湎于时间之隙

我们被时间定义,又被时间驱使、迷失。万物的意义都被时间注解、释放。

十堰古称郧阳,它位于秦巴之间的一个地理褶皱,时间在这里一再凹陷、折叠。耸峙的武当,穿城而过的汉水,绵延浩荡的秦风楚韵,仍然难掩其沧桑、疲倦。

打开。山坡坳峁,坝湾水湄,仍有白垩纪的风吹拂,仍有人类先祖升起的炊烟。在郧阳,曾经无数恐龙的骨骼堆积在龙骨坡上,成窝的恐龙蛋垒在猪圈牛栏里;在郧阳,我们人类的先祖,在此留下头骨与牙齿以及众多的石器、灰坑和瓦缶。它们仿佛时间之外的证词,包括它们的陨落和消失,一再证实时间留下的踪迹。

对地域文化的深度挖掘和思考,让我们沉湎于时间之隙,找到它的截面和光斑，才有可能窥见它隐匿的真相，找到存在和生命的意义，才有可能接近它纵深的美与价值。

十堰博物馆

在北京路，人类的一只眼睛，水汪汪地，盯着一个城市的日出和日落。

博物馆，用一个造型，就交出了身份。从高处俯瞰，这只眼睛，在钢筋水泥的支撑下，仍然水灵妩媚。

一只眼睛需要多大的辽阔，才可以抵达黑暗和时光的边沿，才可以洞穿一个城市的秘密，才可以漫过自己。

闭合之间——两条太极鱼，陷入八卦阵，抱紧，又分开。

月亮回到湖心。

打开天空一样浩荡的水域，翻来覆去地繁衍，一个城市的魂魄就散在一汪清水里……

秘密，最早从石头里醒来。

在青龙山，在梅铺，在白龙洞。这些被目光照亮的地方，一块小石头都会价值连城。

用这些石头奠基，博物馆会像黑陶一样朴实，像美玉一样奢侈，像青铜一样豪迈。

邑：湮没的城

邑——湮没的城。

坍塌的墙垣，灰尘中的瓦砾、陶片，流徙的内心，一堆喑哑的时光废墟。

擦去镜中衰老的容颜，我看见时间的另一个轮廓，看见一丛青草的修辞夹在典籍里，与它押韵。

一盏灯，传递的影像，在于它的方向性和灰度，在于掌灯之人。一块石头，它的重和隐忍，在于它失去空虚。

采诗人搜集的脚印，还在民间行走。曾经的檐雨，躲过今宵，那只旧燕仍在衔泥。黍、野菌、山核桃，还有桫椤、蒺藜、毛竹笋……

关关雎鸠。柳枝上的月晕，垛口漏掉的光线、暗影，晚风扶起一阵空旷，岁月卷走半坡风雅。诗歌怀中的绣球，还有在河之洲，君子和伐檀者，一起在一颗砾石上采集夜露。

草丛间，鹧鸪啼清怨，杜鹃血。一页竹简翻旧事，两壶蓼酒醉扶归。

邑，草和石头的隐语，所有声音，都收集在手指上。词场。墨汁和刻刀。笔。云朵赶着牲畜。溪水和羽毛汇集。剩下的声音。飞翔的栅栏。

经卷里的册页将我们打开。

山高水远，城邑梦寐，登基的夕阳是升起的假象，我们深陷其中。时光缝缀了它们，再释放、埋葬，仿佛一座桥，被词语停止呼吸。

（选自《散文诗》，2017 年第 10 期）

郝子奇

郝子奇(1962—),河南林县人。著有散文诗集《寂寞的风景》《悲情城市》《河南散文诗九家》等。

车站广场,拉弦的老人

把沉默的故乡,放在破旧的弦上,

一个老人,让家乡在喧嚣的车站广场,醒来。仿佛,要呼喊在城市奔波的孩子。而老人自己什么也不说。

(说什么呢? 城市什么也不听。)

广场上,故乡是最匆忙的过客,

那些披着故乡的人,被城市收容,或者,

被城市送走。

心是无法收容的。

这些跳动的心,带着麦梢的锋芒,带着老屋瓦片上的残蓝,带着向阳的山坡上一片棒棒草的摇曳,带着村边池塘里刚刚露出水面的小青蛙的鼓躁,

或者一只蛐蛐刚刚打开的翅膀上的摩擦,

这些跳动的音符，在车站广场上散开。

像老人弦上颤动的声音，很快，被城市的风，带走。

而老人，不走。仿佛要堵住一些风暴。

城市的风正呼啸而来。弦上的声音，在呼啸中很低很低。

那些匆忙的人，像是被大风吹乱的小鸟，匆忙地散开。任弦音如泣，来不及，在老人那个被故乡磨损的旧碗里，丢下几个硬币。

喧嚣中，那些虫子的语言

城市是裸露的，
藏不住一只虫子惊慌的语言。

那不是脚手架上高楼的拔节，
不是奔跑的车流的速度，
不是酒吧里电吉他的嘶哑，
不是……

夜色藏不住的萤火，点点。
草丛埋不住的瓜藤，爬爬。
露水含不住的炊烟，飘飘。
是不是这些的叙述？那些虫子的话，

很碎，很轻。

粤南语。四川语。河南话。东北话。陕西腔……还有一些不好听懂的方言，都来自乡下。

城市是喧嚣的，听不到这些虫子低微的说话。

那些没成熟的苹果

那些苹果，
还带着成长的梦呓。
很茫然地，沦落在少女的果摊，等待出卖。

少女也是一只苹果，
脸上还成长着青涩，
只是，被都市抹上了一层彩妆，
（红红的口红，还没有遮严泥土的色泽。）

那些苹果，还没有成熟的苹果，
要去哪里？
灯光辉煌的夜宴，
物欲拥挤的超市，
晦暗隐欲的酒吧，
路边被烧烤熏出泪水的大排档，
要不，就在一座豪门别墅的茶几上衰老着……

（已经离开的枝头，挂不住回归了。

失去枝头，并没有得到鲜花，仍然在路上漂泊。）

少女拿着这些苹果，看着它们怀露羞涩，正一点点被咬伤，或者，提走。

叹息一声。就像看着自己在辉煌的灯下，瘦瘦的影子，被奔跑的灯光剪成碎片。

夜色正从高高的楼群滑落，把自己的碎，提走，

无声无息。

（选自《散文诗》，2013 年第 9 期）

晓　弦

晓弦(1962—　),原名俞华良,浙江绍兴人。著有散文诗集《仁庄纪事》《麻雀喊春》《初夏的感觉》等。

另一种第三者

晚上八点,我在城市大街上走着。

顷刻间,发现自己成了木偶。我的灵魂被一股神奇的力量所牵引,使两道本来平行的轨迹,交汇于一座爬满老藤的木屋。

寒暄和微笑端上后,主人拣了颗黑痣做话题,我开始变成她手里怯怯的咖啡。后来,又变成他嘴边点燃的卷烟。

烟雾中,我脸上生出岁月之苔藓,长出黑色蝙蝠之哀鸣。

惊诧间,我告别墙上的挂钟,发现过去的好时光,在茶色台板玻璃里长出翅膀。

在钟摆的暗示下,我的灵魂生动如欲望,破门而逃。

(选自《中国诗歌》,2014 年 5 月号)

楼梯口的黄昏

我下来的时候，你正拾级而上。

往日脸上堆起的熟稔的微笑，在黄昏袅绕出的青烟之背景里，陡地塌方……

神秘，一如你随意丢弃的烟蒂。

公寓楼梯拐弯处，那盏暧昧的白炽灯，在做无声的暗示。

（选自《散文诗》，2009 年 4 月号）

三色堇

三色堇(1962—),女,本名郑萍,山东人,现居西安。著有诗集《南方的痕迹》《三色堇诗选》《背光而动》,散文诗集《悸动》等。

灯火阑珊夜长安

今夜,盛世大唐,金子般的闪耀让天空触目,让山川溢出心堤。满目的灯火,阑珊的风情,花好月圆的盛况空前。

这里不是童话,这是热烈奔放的长安,宏大的韵味与大唐的钟声敲响夜色,敲响时光。

古城墙上那形态各异的灯盏,红的,黄的,蓝的,紫的,高的,底的,远的,近的……众多的灼灼美好缠绕在一起,似乎在叙说着十三朝古都那精彩的光阴。面对满城灿烂的灯火,我不再认为这是宿命的相遇,它定是久违的乡情,是前世的造化,是今生的溯源。

一座城成为思想的历史,它一定有着特定的使命,这些闪耀的灯火曾点燃了多少凯旋的君王和安逸的子民,点燃了多少“犹恐相逢是梦中”,满城尽是赏灯人的盛景。

时光安好的长安,正在盛装矗立。

如今，只有在长安，你才能找到盛唐的繁华与欢歌，你才会问："不知天上宫阙，今夕是何年？"

（选自《星星·散文诗》，2016 年第 6 期）

取道盛唐

每到夜晚，漫步在西安南门那灰色的宽敞的古道上，走在青砖灰瓦的城墙上，俨然是一个人的帝国。

当我与友人走在寂静的城墙上，猎猎飘动的旌旗，高高悬挂的红灯笼，连月光也照耀得那么好，你的思绪很容易回到千年之前，恍惚穿越时空，回到那久远的时代。

那些外表灿烂、内心温和的红灯笼，像被心跳蓦然惊醒的花朵，在体内慢慢绽放着，燃烧着，炙烤着疲倦的灵魂……我又一次触摸到夜色里那束照耀的光。相信了这个世界所有的美好。

是的，我只为了那些深处的美而来，青砖的石瓦，深灰的墙体，排列有序的红灯笼，蛟龙一样涌动着腰身，我无须受礼，就会将所有的敬仰拿出来，将风顾不上的修辞，在它的苍茫里铺排雪的寂静与栾树叶的清香。其实我只有眷眷的心情，虔诚地从季节里靠近六百年前的古城墙。我发现一段历史的厚度，恰好就是这座城墙的厚度。

所有的爱都将取道盛唐。我曾经多次为它写下赞美的诗句："多年后，我庆幸落脚的长安，依然有璀璨的灯火照亮心境……"

时间深处的美

当你走在德国古老的主题街道上，遭遇那些哥特式的建筑，虚幻般的城堡，梦幻般的乡居别墅随处可见，浪漫再次隐现出城市的骨骼，仿佛置身于童话的国度之中。

当暮色来临，金色的光线便从那些尖塔及街上的屋顶中倾泻而出，你会霎时感受到德国最伟大的音乐家巴赫的《勃兰登堡协奏曲》的魅力所在。而我们正被巴赫所创造的无比灿烂的音乐世界所包围着，这些童话般的建筑常常闪烁着最为迷人的光芒。

"甘美的宁静啊，

来吧，来到我的内心！"

这里的每一座山都是可以抵达的，每一条河流都是可以亲近的。

当风吹着阿尔卑斯山的丛林，让人目眩的明净，圣洁得一尘不染。那沁人心脾的湖水，摄人心魂的绿，美得让人绝望的蓝直抵心境。此时，如果你路过这里，想必会如斯般惊艳，惊艳于一丛秋花的隐忍，惊艳于一树茂盛的交响，惊艳于一池湖水的秀美。

那清澈的蓝一遍遍洗浴着心灵，我甚至听到了一声声鸟鸣，正在划开水面，让那些绝尘的蓝冲刷着每一位远行的旅人，让那些放不下的俗念瞬间寂灭。

岁月在此把时间留下，而那些奔泻而来的美令人窒息……

生命就在苍茫的旷野中，真实而坦然地存在着。它妩媚着万物的生灵，没有哪个生命能配得上这神圣的宁静。

令人沉醉的并非都是美酒，岁月珍藏的却一定是时间深处的美。

（选自《散文诗》，2012 年第 17 期）

梁　真

梁真(1962—　),江苏海门人,出生于青岛。著有长篇小说《秋老虎》等。

浴后的少女

浴后的少女站在小楼的窗口。

纱帘拂动,想随风一起飘向远海。

远海,瓦片般的蓝波,发出阵阵碎裂之声。

浴后的少女长发拂动,她的发丝间缀有水珠。水珠闪烁,似小小的神秘果。

海与窗口之间是一条平静的路。路两旁是相望的站牌。这个钟点电车空寂地往返。

这个钟点没有高潮。

浴后的少女耳畔仿佛一片寂静,甚至一片空白。她的心这时在十四排岸浪以外的远海游动。

远海,发出阵阵碎裂之声。

上午的音乐

那天我和女友想去郊外，却见空中沉重的云，不是伞所能撑住的。

屋子暗淡下来，这是一天内第二个夜了。女友打开壁灯说：听音乐吧。

一阵静默后，来自匈牙利的钢琴曲便从理查德的十指缓缓流满了屋子。

我一直坐在靠窗的藤椅上，这时，突然感到有双手解开我胸前那排硬纽扣，并伸进我的体内，竟像伸进水中那么随意。

这不是女友的那双手。

有一阵子，我完全酥软了，或者说是完全僵死过去，只有眼泪，如同一滴滴幼小的生命降生下来……

那双神奇的手，在我的心之暗室按响了全部隐秘的开关。

一切磨难、痛苦、忧郁，骤然明亮。

而所有这些，为什么此刻会使我如此平静地看待？我也无法说清，为什么唯有它才会冲开我那堵塞已久的泪腺……

这以后，每次当我重听那支钢琴曲，都把手伸给女友，就像那天上午，让她握住我的心情，让她感到那双手在我的体内，留下清晰的指纹。

卡夫卡在布拉格

布拉格的空气中繁殖着细菌，天边堆满大朵大朵的毒蘑。雷雨到来之前，卡夫卡走在通往城堡的弯路上。

天空始终摆出倾泻暴雨的阵势，乌云像父亲的脸色，压得卡夫卡喘不过气来。他觉察出，这座城市的食物正在变霉、腐烂。

卡夫卡绝食了。但他如何才能拒绝空气？

1917 年夏，卡夫卡冷得发抖，呼吸时无意中看到吞进吐出的病菌。他夜晚开始发烧，嘴里说着胡话和箴言。他咯血，地上的血迹中迅速钻出一株新鲜的毒蘑。

半个多世纪后，我的肺部出现几个空洞，阴暗、边缘模糊。我染上了和卡夫卡同样的病：肺结核。不同的是，卡夫卡病逝了，我活了下来。

（选自《当代青年散文诗人 15 家》，哈尔滨出版社，1991 年版）

封期任

封期任（1963— ），贵州省贞丰县人。著有散文诗集《苦楝花开》等。

把秋光读瘦

站在秋天的门楣，任冰凉的雨水打湿风与秋叶的缠绵。

任那一缕菊香把瘦削的日子喂肥。

饱满的稻穗，从村庄出发，蜗居在城市的一角。

手握的茶杯渐次变冷，萦绕的茗香，始终绕不过脚手架上亮开的怀想。

霓虹、迪厅和啸叫的摇滚乐，跨不过目光的小河。

在这样的秋天，这样的秋夜，家乡的童谣，总在季节的深处，不合时宜地响起。

灯火阑珊处，父亲的旱烟味把穿梭的人群染黄。

我随性地抓一把多情的风，打听回家的路——

父亲和那条流浪狗，可否把秋光读瘦，把时光读长？

莫名的隐痛

在秋天。我用冒烟圈的手指,弹落菊上的雨滴。

任雨水浸润的菊香,馥郁大地裸露的胸肌,和那些冰冷的脚手架。

很多愁绪,以及对旧时光的念想,都在远逝的蝉鸣中,浓烈渐次。

我随潮水般的人群,远离被连根拔起的村庄,从城市的窗户下擦身而过。

所有的面孔,似曾相识,却又很陌生。

所有的声音,似曾听闻,却又像竖琴上摆动的琴弦,却弹奏不出故乡曾经悠扬的鸽哨。

家乡的童谣,与打麦场上的歌声。

早已被迪厅的啸叫声掩埋了。

整个秋天,就是那么无趣。

整个城市的秋天,就像一只破碎的玻璃杯,那些锋利的碎片,把陌生的人群割痛,却割不疼陌生的街道。

城市里的很多地方,依然渐次盛开着被移植和嫁接的格桑花、栀子花,但却开不出故乡的味道。

特立独行的灵魂,渴望,那一只掠空而过的鸟儿,在摩天接踵的楼宇里,还原出那些草那些花那些树,以及那条河流曾经的欢唱。

这一切,许是我曾经的心跳或莫名的隐痛。

隐喻的忧伤

秋天的雨水,总是那么冰凉,就像母亲守望的眸子,流淌的河流。

这些雨水,凉透我的心绪,和那些牵挂的诗句,每一个文字隐喻的忧伤,在黄昏,

湿了那片飘落的意境。

窗前摆放的菊,顺应而开,开得清新、优雅,却怎么也开不出故乡的味道。

只随同摇曳的枝丫,摇晃着喑哑的蝉鸣,渐次地颤抖着丰腴的行囊。

我在这样的黄昏中按时醒来,朝着母亲眺望的方向,用云,用雾,用飞翔的草籽,用孟郊的诗句,垫高我的身子。

生怕那些飘落的秋叶,把我和低矮的村庄一起掩埋。

(选自散文诗集《舞蹈的灵魂》)

李　浔

李浔(1963—　)，浙江湖州人。著有诗集《独步爱情》《又见江南》等9部。

义桥码头

京杭大运河自隋朝至今，你在一条鱼的背上，从杭州游向北京。

运河上的天空从来都是蓝色的，橹声是婉约的，水花是天真的，同船过渡的人都吴语侬软，都有一个青枝绿叶的故乡。

两岸都是我要的风景，桑林、稻田、村庄，我在船上看见的全是有根的风景。从这岸到那岸，那只熟悉春水的鸭子和吴越方言一起，再一次把往事领到运河岸边，领到了倒影里，和云一起飘向京城的运河。

义桥码头，粮盐丝茶的码头。在义桥，方言堆砌的堤岸边，是通向镇子的小路。老街上的糯米团子、鱼干、荷叶包裹的腊肉醒目在春天的屋檐下，那些米糕、片儿川、西湖莼菜和醋鱼，那些西湖彩绸伞、王星记扇子、张小泉剪刀、蚕丝被、龙井茶、桂花糖，让乾隆皇帝忘了回京的时辰。

老街上，穿着蓝花布衫的绣花妹子，用毛竹扁担挑着春笋的男人，让义桥的小调都有了倒影。

义桥码头，春天很厚了，你可以看见什么是含蓄的美景，什么是不用浇灌就能茁壮成长的意境。那些比荠菜更绿的背影，逐渐把你引入江南的深处，水鸟一直牢记了它的来历，在运河边飞翔，一直和紫云英一起聆听晨雾中醒来的蚕歌。

船在靠岸，又在离岸。京杭大运河里流动着有深度的倒影。运河上，那个背上刺了精忠报国的人，那个背着包准备进京赶考的少年，那对为爱私奔的才子佳人……1300 年的河埠，河水仍然记得这些倒影。

燕子来了很久，春只能挂在江南。

运河两岸，像谷一样让人牵肠挂肚的雨，在老屋的屋檐上明亮地滴落下来，它们让人想起水稻刚出种的嫩芽。1300 年，谷雨的雨水，额头的汗珠，就这样浇灌着一个青枝绿叶的义桥。

杭州香积寺

风吹袈裟，香积寺里的那棵菩提树绿得不问年代。

手心向上，诵经的梵音清爽光滑，是你的一块净土。

木鱼声声，慈云朵朵。

香积寺，人和佛都在菩提树下，观洁白的云，听鸟鸣发芽。香积寺，门始终开着，让大圣紧那罗王菩萨的福祉，宋真宗手书的“香积”随着清风远行，在来来往往的京杭大运河上留下祈福的浪花。

大运河，在香积寺边游向蛙鸣落地的远方，那里是种水稻和麦子的村庄，是养蚕和捕鱼的人家。运河第一寺，运河头支香。

苏南和浙北的善男信女，沿着运河顺流而上，进奉头支香祈求福祉。

天蓝得干干净净，人心干干净净。

大运河的倒影中，橹声和蚕歌响起时，去年的燕子，今年飞得更低更轻，追随着香烟上升，上升。

木鱼声声，慈云朵朵。

香积寺，法师在蒲团上留下静静的影子，手心向上，托起了你的一块净土。

木鱼声声，无欲在路上。现在，让香积寺那些香绕过我的肩头，在靠近心的地方，开出莲花。

拱宸桥

杭州，一个在运河倒影中成长的城市，一个在桥上感动世界的城市。桥，像吴越方言一样，它的倒影轻盈甚至圆满。

拱宸桥，让想象有了起伏，让鱼可以弯弯曲曲做梦，让我们看见对岸有着长辫的采桑、采茶、采菱的村姑。

拱宸桥，押韵的石桥台阶上，可以听见千年的橹声，一针一针绣出河岸边青苔等待的落款。或许还有那个叫小白菜的女子，她的水袖舞得和运河同样婉约。

春雨中，拱宸桥桥堍的撑伞的人，让春有了声音，让过桥相亲的人，比断桥上的许诺更抒情，让龙井茶上市的那一天，谁也拦不住天会变蓝。

在拱宸桥上，看见京杭大运河两岸有着千年的田歌。春天还很薄，谷雨来了，荠菜在田埂上等待腰还很细的春天。运河边的路很长，仿佛是那本老家谱，一行一行地描述，只有逗号却没有尽头的秘密。

风在吹我，呼唤在吹我，往事在吹我。我们都在桥的两岸多少年了，老石桥、老村庄、老风俗。饱满的种子、清丽的田歌，圆满的石桥、透明的倒影。

如果说，长江黄河是中国的东西走向脉络，那么京杭大运河就是打通了中国的南北走向的经脉。大运河由此让中国的经络通畅。

有了拱宸桥的运河，像戴了戒指的女人一样，显露出成熟丰满的气息。

千百年来，拱宸桥，从这岸到那岸，运河两岸由此有走不完的故乡。

（选自《散文诗》，2015 年第 1 期）

纪洪平

纪洪平(1963—),笔名天抒,吉林人。著有诗集《这座城市,有个爱我的女人》,散文集《低檐下的浮云》,以及小说集等。作品被选入多种选本。

火车,我的远方

我走进候车大厅里,立即被各种方向不明的旅客弄昏了头。刚才在入口验明的身份证,证明了我真实存在,火车票也确认了方向,但我还是陷入一种莫名恍惚的状态,不知要离开的是故乡还是异乡。仿佛每个车站,都似曾相识,只有远方在不动声色地等待。

为了让一颗心安静下来,我迅速找到一个座位,然后打开时间,品味一分一秒的寂寞。如果时间能像胶皮糖,随意抻长或者捏短,那一定是人世间最甜美的东西。可这个时候,时间显得格外坚硬,没有一丝一毫妥协的意思,我只好把百无聊赖的目光,放在一个女孩儿的身上。她不是特别美,她只是格外沉静。焦躁不安的情绪在到处泛滥,广播喇叭一直提醒旅客及时检票,电子大屏上,不断闪烁变幻的车次,一批又一批旅客骤然聚集在不同的站台口。一些急匆匆的身影,犹如展开的巨大翅膀,不时从身边飞过,恨不得给时间拔下一根毛来。而她,似一座雕像,挺直了身子依然一动不动。

她很年轻，怎么就这样有定力呢？原来，她穿的白衬衫很白，不能跟任何人擦碰；另外，她的头型很漂亮，很精心盘起来的，随便乱动就可能散乱；再看，她的目光清澈，没有被周围的纷乱污染……她是回家，还是去远方？家里有父母的等待，还是情人的期盼？远方有一个绚烂的梦想，还是一个触手可及的工作？一切都不用太过担心，这样稳重的女孩儿，会把自己放在一个非常合适的角度，让苛刻的时间随便挑剔，然后平安地走过岁月……

她安之若素，我的思绪乱云飞渡。

（选自《散文诗世界》，2016 年第 7 期）

向天笑

向天笑（1963—　），湖北大冶人。已出版诗集和散文诗集 11 部。

擦玻璃的人

擦玻璃的人命悬一线，抬头看去像蝙蝠一样，爬在高大的玻璃幕墙上，其实更像一个提线木偶。

擦玻璃的人没有恐惧，站在悬空的跳板上像站在独木桥上，他没有心思看别处的风景，但站楼下的人把他当作高高在上的风景。

高压水枪冲洗过后的玻璃，似乎像他孤寂时一样，泪流满面。

他来去自如，上下左右不停地擦洗，不让玻璃幕墙给灰尘留下一点死角。

他感觉自己是高空中的一块抹布，拼命擦洗听不见里面声音的真空玻璃，像擦洗总隔了一层又一层玻璃的城市，只是这座城市用一根绳索套住了他……

（选自《长江文艺》，2015 年第 12 期）

在心内阁独自喝茶

在寂静的一角，我一个人喝一杯茶。

首先，是绿叶一枚枚地竖起，像靓丽的少女，在舞蹈。

滚烫的开水竟然是她最后的舞台。

坐在心内阁茶楼里，我没动，心在痛。是观众，还是一个角色，无法分辨，只是我分明看见她坐在我的对面，一口茶没喝，一句话没说，悄然离去。

茶水喝干了，绿叶们倒下了，再灌水，再重新站起，少女成了妇人，东倒西歪，衣着不整，像我此时的萎靡。

我坐着不动，茶水从绿变黄变清，直至变成一杯白开水，时光也不早了，是该我离去的时候了。

（选自《向天笑短诗精选》）

君燕美容厅

君与燕，两个从乡下来的女子，打扮了不少的城里人，在别人的脸上打造自己的生活，在自己的脸上隐瞒过去。

隔着一层玻璃、隔着一层浆粉，我看见一个个有钱的女人，把一张脸看得比什么都重要。

女人把脸并不当脸，只是当作自留地，不停地耕耘。

移花接木的事情，总是时有发生。茶座的对面总不是自己的老公，漂亮的脸孔是为别人装修。

（选自《鹿鸣》，2014 年第 5 期）

崔均鸣

崔均鸣(1965—),山东莱阳人。1985 年开始文学创作,主要从事散文诗创作。著有诗集《蓝色季风》《城市良心》《世纪末约会》。散文诗作品曾被选入国内多种选本。

城市高架桥(选章)

三　风度

高架桥上,你是驾车人。

车在走。她在走。你与她的娇娇女也在走。你们是一辆车子里的人,在这个城市的车流里演绎着一出标准的幸福模式。

这可能是你常常忽略的一种风度。紧握方向盘,一个家庭的命运便无形地操控在你的手中了。加油！你常常在心中鼓励着自己。为了这个生命联合体的前途与未来,你需要不停地优选着前进的方向。

其实,她也很不轻松。在她的怀里紧抱着你们的小女,一任母性的光芒四溢而出。她的沉默,像这早晨的阳光,陪你一道上路。

走啊,走!

你很幸福，也很快乐。

你很辛苦，也很累。

但是，你必须得走下去。这是社会给你设定下的角色，必须担当，也必须胜任。甚至，你得哼着城市流行小调，嘴角挂着自然的笑容。

——人们说，这才是你的标准风度。

四　弯度

你必须拐弯了。

在身体的某个侧面，你得承受着一定的压力，稳稳地把握住方向，防止出现颠覆性事故。车在路上，身不由己。你只能顺其自然，而不要梦想把所有的路抻直。

车中的音乐也在转弯。滑音一个接着一个，貌似优雅和时尚。那种雄性贲张的打击乐已经失去了金属的质地，软绵绵的，好像一个小白脸的呻吟。

在反光镜模糊的脸上，我看到了车轮转动的影子。

许多琐碎的灰尘在飞。

这可能是一个早春的路上。

高架桥在这里转弯，分岔。一路向左，一路向右。不左不右正中间，则是桥的尽头。醒目的路标，站立在路旁，沉默而威严。你只能选择弯道，然后继续你的行程。在你的身后，同样是尾随而来的转弯车。一辆一辆，又一辆！想到这些，你也许应该感到一丝丝宽慰。

毕竟，你不是孤单的行路人。

五　陡度

你不能总是在桥上行走。

你不能总是体验风驰电掣般的感觉。

你必须下桥，必须！

这也是你必须经历的人生陡度。那种坠落而下的风姿，恰如一枚泛黄的叶片，飘飘摇摇，自有一番潇洒的情趣。

从桥上到桥下，是一个短暂的过程。突然之间，你便汇入到了这热热闹闹的市声中去了。桥下有车，有人，也有树。那些动与不动着的风景都盎然焕发着勃勃的生机。

红灯绿灯。走走停停。你得按照另外一种规则生活。

细细打量每一位匆匆过客，你嗅到了一种久违的气息。

这种感觉，会让你踏实。

（选自《散文诗》《伊犁晚报·散文诗页》，2008 年）

莫 独

莫独(1965—),哈尼族,云南绿春人。著有《守望村庄》《雕刻大地》等15种。

拜谒闻一多旧居

一支烟斗,一把胡子,一副逼视前方的眼神。
把这一刻定格。把一生定格。

此时,听不到风声。空气,似乎凝固在1938年的夏天。
时光晃荡。这段夜幕,披挂在一个民族林立的手臂上飘忽。
红烛的灯晕,穿透临湖的一扇木窗,映照南湖的一面水域。

这个九月的下午,烈阳散漫在哥胪士洋行红色的老瓦片上,
沿着幽暗的楼廊,我走进你的居室。
木椅空空。书,置在案上。
你的礼帽和藤杖静静地挂在门前的壁架上。

哦!我错过了与你在狭窄的楼道上擦肩而过的机会。我知道你没有走远,你一定是很难得地到楼下的一杯清茶前小坐。

先生,岁月老去。湖畔,法国葡萄酒的香艳里梧桐叶翻飞的

浪漫年华早已模糊。依然清晰的，是你不可褪色的浩然正气。

在哥胪士酒店喝酒

天寒。拳头大的高脚酒杯，呆呆地，盛满了还在酣睡的话题。

视觉渐渐暗淡。沿着脚下原模原样的踏石板，希腊人哥胪士兄弟的背影，早已走出小巷的视野。

风，在门口的南湖上跑来跑去。

透过被叫醒的话语，我看到 1938 年的秋天。气温降了下来，水鸟湿润的啼鸣擦拭着南湖舒展的面颊。长衫轻轻拂动，轻轻拂动中国现代文化史上浓墨重彩的某页，一群西南联大文法学院的大师，用诗歌的泪水浸洗南湖的恋歌。再往前走得更远些，黄墙红瓦的屋檐下，法兰西的浪漫，不知轻重地从蒙某作家的某篇当代散文里一闪而过。

外面，天早已黑透。上岸的风跟随服务生的脚步蹿进屋来。

酒又满上。今夜，冰冷的二锅头，还想把谁的热情提速。

听风楼的记忆

静穆、默然，把现实的砖石，一一搬到生活的后台。南湖比现在朴实多了，她就在前面，就在现在的位置。

那些夜晚，缥缈的乐曲隐约在湖面的芦苇丛间游弋。

临窗的女生。谁的叹息比轻风还轻盈，轻易把一栋楼命名。

风来过后，还是风。远方的家书，迟迟抵达不了湖畔这扇循规蹈矩的门扉。

经年了。

抬头而望：楼，还在，还在听风。

风，已经可以省略。甚至于踯躅的脚步，甚至于廊头无可销蚀的笑容。

这一刻，听风楼只在意命运的一粼记忆。

（选自散文诗集《在蒙自》，云南人民出版社，2013 年版）

喻子涵

喻子涵(1965—),本名喻健,土家族,贵州沿河人。著有散文诗集《孤独的太阳》《汉字意象》《独立苍茫》《雨天作文》等。

墙

翻越,一步一步,一层一层,翻越一座座由他人设定被自己推翻,由自己设定被自己推翻的高耸的墙。

所有注视你的鸟在惊恐中向四个方向飞去,留下铁屐在墙上翻越的印迹。

然而,翻越仍在翻越中,足印仍在足印中。墙的功能即是如此。

不能飞行,飞行是另外的形式和状态;也不能有穿墙术,如果翻越成了一门技艺,墙也就无意义。再高再大,只要随意穿过,也就没有趣味和价值。

生命的存在离不开一种趣味,墙也如此。

墙的存在,是由闭塞和恐惧、向往和痛苦,以及翻越的过程和种种想法混凝而成的,它横亘在你心中,不由你目睹,不由你接触。

当你翻越,它就显出高大阴森,层层起伏。当你躺在墙脚下,疲惫不堪，准备放弃一切，十分宁静和坦然时，墙也就消失。

你听见墙外世界的召唤了？生命在这一瞬间激奋起来，你的翻越便又开始。

对于你，翻越永远在翻越中，只要有翻越，墙就永远与你同在。

在城里赶路

和命运开玩笑，人生也就好笑起来。

是大街在延伸，还是脚步往前走？是日子匆忙，还是你匆忙呢？

此刻，你就沿着一条大街在这座城市赶路。

和所有与你一样的人一样，沉默着，从一条街匆匆穿向另一条街，专注地思考、算计和搜寻着什么。

或许迟早该补这一课：进城就得赶路。

或许本不该进城。如果大家都这样，补课就该是城里人了。

但此时，你就得穿过大街小巷在城里匆匆赶路。

赶路是什么？就是让城市选择和包装。

人是鬼，鬼是人，男是女，女是男，红红绿绿，稀奇古怪——你有这种感觉了是不是？

你说是的，那你的路就快接近目标。

你的感觉只是觉得好笑，甚至反感和抱怨，活得很累很累很紧张，那你的路就还远着呢！

仔细观赏，个个都是美人，买的买，卖的卖，大包小包，提进提出。城里还真有些味道,只是不敢看他们的包里装的是什么。

你沮丧着发现了问题是不是?从商店走出去是大街,与车子擦肩而过,走进来又是商店。清晨就这样走着,已是正午了还是这样。

你全然不知已到了什么地方。若干个大十字和小十字堆在脑海里。

你干脆这样埋头赶下去,还是向人问一问路呢?

未开口,那人已经说话了:进城赶路就是这样。

如果天黑了呢?

那人说:既然赶路,还怕天黑?城市没有天黑的时候。

你似乎突然明白:城市没有路,你也没有脚,只有光阴把你摆在一个地方尽情算计。

(选自散文诗集《孤独的太阳》,广西民族出版社,1993年版)

丹　菲

丹菲（1966—　），女，本名王桂红，山西人。著有散文诗集《温柔时看见你》《背面》等。

一个人坐着

有时，特别想到咖啡屋小坐，不是一个人，一个人怕承受不了那份静谧。暂时的，时光游离于生活之外，就像这枝孤独的玫瑰，令人产生亲近之感。

愿意和你共沐这柠檬黄的烛光，愿意让背景音乐的鱼游弋于我们的指尖和发梢。其实我只想这么坐几个小时。

你一直未来，你在另一个城市。

有时，我就特别想这样坐着，远距离看看生活，让心灵小憩。

这样简单的事情却这样为难，我的对面一直空空的。你正在另一个城市忙碌，像一只勤劳的小蜜蜂。

（选自《散文诗》，2004 年第 3 期）

Under the Moon①

——阳朔西街83号,一家洋人常光顾的咖啡屋

信步走到一家咖啡屋,在一只微黄的竹椅上小坐。抬头看,才知自己坐到了月亮下,Under the Moon。

一杯黑咖啡,一盘香蕉法饼,我认真地使一副刀叉诗意并优雅起来。

隐入著名的 west street②,陷入一群极普通的洋人中间,你寻不到平静,是散淡和恍惚。一切缓慢甚至停顿下来。从暮色苍茫直到夜色阑珊,一个人借助一瓶酒,抑或两杯咖啡,深入生命孤独。

月亮下,蜡烛金黄的火焰闪闪烁烁,音乐和玫瑰在人迷离时浮出来。想痛苦,彻底地痛苦。然后,相互成为风景,相互用身体的光芒抚慰。

多么感谢平实的生活紧紧跟随着我们,不时让虚妄、狂傲的灵魂变得小家碧玉起来。

(选自《大众诗歌》,2005 年第 1 期)

---

①Under the Moon 翻译作:在月光下。

②west street:阳朔西街。

郭文阁

郭文阁(1966—),祖籍青州。著有散文诗集《今天》等。

车站上的小偷

把每一辆车当成一个个口袋。

总想伸进手去。迅速地、闪电般插入。

左手开弓,右手抒情。

“这样的一双手干什么都好,干什么都能干好。”

把手又伸进去了。

被一个漂亮的女孩一双白嫩的手握住了。握得很紧。你的手装进了五指的栅栏里。

女孩握痛了你。瞬间你的脸沉下来,像天上正要下雨的那块云……

这一握,暖了袖口多年的香。

夏天扭腰了

打磨那些清朝的椅子,椅子坐着一动不动。

我用手抚摸风雨使它们疼的部位。我却蹲不下去了。

椅子看着我。只那么一会，腰便扭了。

我一下忘了是什么滋味，只觉得平静多了。

不用上楼下楼。不用打电话接客人。

只等着今夜春天的月亮坐在每把椅子上。齐刷刷的月光被我梳理。

一样的姿势，那么优美。

从来就是，站直了，别坐着。站直了，别蹲下。

我就是这样。还是用手轻轻打磨那些椅子，不一会有个声音在告诉我：

"站直了，别蹲下！"

我的腰顿时好了，扭了几下，与一片月光的晃动重叠在一起。笑了。

（选自《散文诗》，2008年第5期）

陈惠琼

陈惠琼(1967—　),广州西关人。著有散文诗集《西关写意》等。

不经意

站在早晨的阳光中看到西关老屋一点点矮下去,而我一点点长高。

喜欢唱着流行曲“顺流、逆流”在大门口出出进进,咿呀的木“趟栊”声响至今朝,脚印在梯级形的“趟栊”前那块大麻石板上布满浅浅深深……

鸟儿昂着头在青绿的瓦片上叫喊,日子不经意转到这年,天台雨后终见彩虹,晾干的记忆不时在百忙中若隐若现。习惯一切顺其自然,海关大钟楼的钟声听到时已响过,有的,错过就错过……

凹凸的麻石板砌成重复的长方形延伸我的家,门口花基上的九里香树的清香随长长辫子飘入阁楼。太阳的脸躲藏在满州湛蓝湛蓝的花窗后,星星像往常点亮了天井下渴望的眼睛,月亮常来常往,悄然地照着那一幅吉祥如意的剪纸,屋顶的天窗倒映历史的沧桑。

一觉醒来,百年青砖老屋的墙壁画上大大的圆圈“拆”字。

失去的和正在失去的如老屋墙灰，在生活中不经意地飞扬。命运经历了太多的不经意，或成功或失败。就有了在意，在意身边的人和事，在意拥有和放弃。在意岭南文化的老屋，“拆”不掉的是心中的家园。

在不经意中一点点长高。

（选自《广州日报》，1995 年 11 月 28 日）

麻石板·宝华新街

一条麻石板路·宝华新街，追赶，顺流云，往马路文昌南……

走。

夏日无穿鞋的脚踩热石板，冬日拖着木屐的脚敲打石板一天响过一天。

不忘童年麻石板上玩出发的游戏，听听伙伴足音，是否相同？

一天天感受麻石板的分量，一天天感受季节的分量。

麻石板上的欲望。

自由看太阳，自由看一条麻石板，西关大屋灯火在麻石板的宝华新街两边闪开。

麻石板路名字折出光芒，听过就擦亮。追逐，宝华新街至宝华市场，永远忙碌买菜一件事，这习惯的缠绕。市场拥挤的人……一群人头顶，一抹笑容。

一些欲望，一些缤纷的梦怀揣；

一些小食：及第粥、肠粉、马蹄糕；

一些特色：陈家祠、华南寺、沙面，与粤语接上头，与国语接下头。

广州西关旗帜下赶路正是理由……

玉佩装点激情，旗袍摇曳奇妙，拖着木屐碰触麻石板胸膛，偶尔惊醒复古的眼睛。

麻石板上一条竹竿横亘，晾晒花花绿绿的布衣，深深浅浅的彩云。

悠然，麻石板上国旗悸动，摇撼平常日子的盲目。鲜活的人从街头匆匆走过，一个一个，磨出麻石板光亮。

昨天咋度过。

眼睛也会随时漫过西关大屋的一个满洲花窗，又一个满洲花窗，到达“九里香”上方的窗上。

家的窗下，似“九里香”颜色的小猫正背着晾干的“九里香”花，一时幸福得眼眯成缝，带我走进真实的家——11号……

（选自《散文诗人报》，2010年）

11号·西关大屋

伏着“趟拢”的奇迹，伏着“趟拢”猜谜语，沉湎那条向马路的麻石板，打开11号大重黑木门。

一条越飘越长的麻石路，明确新鲜的去处，熟悉又陌生。

11号大屋藏匿，出生、读书、家务、上班循环。

红木家具的风景，木雕书柜的收藏，是奔流的活水。

屋的一隅，个人的欲望好容易填满。屋中没有被心墙隔成片段，话从屋的心流出，心在屋里无畏，头越抬越高。

爬上屋顶，专注宝华新街，像“九里香”一样看清自己生长之地。

广州长堤海关大钟楼的滴答声翻越阻拦远远飞到床前。一度曾经钟坏，时间不会坏，还听到单车铃声呢。

一夜蓄满了丰富，瓦顶上唱着流行歌，波澜起伏。心珍藏的东西无休止地消磨我，街道把我从一堆不断膨胀的书中拉出来。

11号与街有直接的牵引，街与马路直面世界。

四季不清晰的广州。秋，没有繁花缀满枝头的压痛，11号记忆的压痛。11号和平地与西关大屋挤一起，彼此高低。

时间经过11号，时间帮不了我，不该变的变迁。烧成灰烬的链条束缚不了一些沾脏过的手脚，让街的住户和我垂头丧气。

才知道我的脚印好像与广州西关的脚印一道，最终却走不到一起。

是偶然才不偶然……

珍爱的11号，井中打捞的水永远装进内心的桶；想你，匆匆步履放慢。

（选自《散文诗人报》，2010年，入选《2010中国年度散文诗》）

黄恩鹏

黄恩鹏(1967—),笔名黄老勰,满族,辽宁沈阳人。著有散文诗集《过故人庄》《发现文本》《到一朵云上找一座山》《撒尼秘境》等。

老商埠

一

面朝黄河,背依泰山。一边是曲阜孔子相佐,一边是邹县孟子相佑。

经三,纬二。东西十里,南北五里。北水大明泽黎民,南山千佛佑苍生。谋篇布局,神迹清晰。老地图,藏着秘籍。一些密码,被枯瘦的汉字遮掩。旷野寒凉,兵燹劫掠,未曾改变地理的关爱。从曲水亭那边走来的少年,散曲一阕,诉尽乡愁。从贡院走出的书生,带着线装书,到闻善茶楼或北洋大戏院,听一场京戏、五音、柳琴、上装吕剧或山东梆子。戏楼开场,粉黛登台。风尘仆仆的人,把交织悲喜的杂曲小令,唱出了高高低低折折弯弯的路径。

舟船。马车。典当铺。洋行。盐铺。米飧灶火。农事稼穑。来往穿梭、忙忙碌碌的民间生活……远近闻名的齐鲁老商埠,从1904 年,悄然开始。

二

瑞蚨祥，锦绣美天下。宏济堂，良药济苍生。邮务管理局，鱼传尺素，鸿雁传书。经三路 48 号小广寒电影博物馆，时光斑驳，覆满了记忆的霜迹。

塔尖柱圆，楼阁庭院。秦砖汉瓦，春秋瀚墨。

给泉城划出一个唯美商域，让云和风辨认。泉水绕城，非凡卓然。水在城里，城依水生。水是众生的大悲咒，风花雪月不可或缺。烹茶煮食者，以水为宗教，与世无争，一生淡然。

蜜蜂忙碌着，蝴蝶游离着，知了鸣叫着，游鱼穿梭着。百花洲的白鹅，孵育了一代又一代。历下亭来来往往的飞鸟，风里栽花，雨里种树，过着惬意的好日子。

老商埠，城内城外，草木以坚韧的筋骨，举起一片干净的天空。

三

琴棋书画诗酒花，柴米油盐酱醋茶。

青铜大鼎，石头泉井。黎民百姓与达官贵人，有着同样的祝福。

天地大剧场，秘密通道一直存在。怀抱金匮的人，命里修行，守护祖传的老宅。淡淡锦瑟，浅浅清流，一生足够。踏着湿漉漉的三寸青石板，在细雨中凝望空寂。谁的双手接住了暗香，浅渡彼岸？我与那些灵魂相距半个厘米。随便哪位老人，都保留着传统的底片。

100 年、800 年与 2600 年。城可坍塌，泉井永在。活在围墙里的骏马徒有速度和力量，亦无法与旷莽大风中的劲草相提并论。

俯瞰大地，老济南老商埠，被一杆硕大狼毫尽情狂书。

四

遇到叶老汉时，他正从芙蓉街那边取水回来。他带我来到老宅。祖传的石屋，上下隔层，墙厚 60 厘米，冬暖夏凉。打开庭院，水香扑面。百年了，风吹不透，雨冲不走，雷打不动。

善德明亮，众生匍匐。

燕喜堂、赵家干饭铺、草草包子铺、便宜坊、聚丰德，并不高大的洋楼，菜品闻名遐迩：荷叶稣鱼、嫩藕米糕、奶香蒲菜、清汤燕菜、蒲菜饺子、甜沫油旋……

经年的泉水是永恒的赞美诗。

山河安稳，万物娴静，绕树三匝的鸦鸟和嬉戏藩柴的燕雀，月光下自由吟哦。

五

有位皇帝巡游到此，在大明湖边薅了一棵苇子，听见"吱儿"声响。皇帝感慨说：这植物，生在泥里、长在水中。薅拔它，节节能发出响声。它自由自在，但遭到伤害，也会喊痛。此痛，此声，乃民声也。皇帝当即赐名：济南。

济之悲悯、之仁怀、之包容、之豁达，遍及古籍典册。

济，喻义深邃的好汉字。悬壶济世，普度众生；拯人危厄，救民困苦。

六

泉井。石头。草。花。树。上帝赐福万物。一百年前老城，与老商埠相得益彰。

龙凤麟龟，四灵吉祥。青龙白虎朱雀玄武，四兽守家。三足蟾玲珑，招财有道；青铜狮厚重，护财不失。檐脊下镇宅貔貅，院门两侧挡凶阻煞抱鼓石雕，庭堂墙根除魔驱邪泰山石敢当，柱梁檩椽一条红绸拴着避祸纳福敞口葫芦。图腾在侧，灵魂安顿。写着汉隶的典籍、挂墙角的金丝楠算盘、供厅堂的神位、老祖宗画像，成为不可复制的时光版本。

高墙府邸，寻常巷陌。小毛驴驮着酒瓮、黍谷稻麦、蜜饯果脯、红枣和烟叶，蹄声敲打青石路，时隐时现。流年旧了，思念新了。我的血缘和基因，是栖于彼岸的蝴蝶、游弋湖塘的红鱼，牵引盛大的族谱，栩栩飞动。我在一株4600年的古槐下，采摘一片树叶辨认籍贯。

七

一截青砖老墙。8米高。墙顶长满杂树。仰视，天庭葱郁。这座建于明洪武三年的大明湖南岸钟楼高台，据说当年大钟鸣响时，宫商角徵羽，褫夺所有嘈杂。绵绵诗意，呼唤百泉。

府学文庙、广智院、万竹园、升阳观、都城隍庙、历下亭、铁公祠，听见了。

躬耕陇亩的人、拈花听水的人、夜晚把一弯明月抱在怀里入睡的人，听见了。

老商埠，听见了。出水莲打坐，功德无量，福泽烝民。架座铁釜，以先天五行为薪柴，取玉液万滴为药引，摘星子千粒烹煮，医治人间百疾。72 座泉池，阳光是取之不尽的金银珠宝。“它们在光芒下大声地说着光芒”。

八

三里之城，七里之邦。慈水辽阔，明月天籁。百年大观园、经纬路商圈、泉城路商圈、洪家楼商圈。天主教堂、老书店、皇家照相馆、亨得利钟表店、德华银行……

灵魂是一行归雁，状如微雨，俏似清风。老火车站。那位老设计师来了。看不到鸟儿轻轻腾跳就能跃上尖顶的锥形小楼，听不到丝缕鸣响就能攀上云端的钟鸣。巍峨庞大的现代化楼盘，替代了巴洛克式的老洋房。故乡、异乡，相似、陌生。生命寂寞，乡愁孤单。

毁坏原初然后移花接木的不是历史；跑赢速度然后竭泽而渔的不是文明。

迷惘的人，从存在的过往中辨认珍稀气味，看虚拟的现实里活在别处的自己。

那位双眼噙满泪水的异域老人，夜深人静，对着天边疏落的星月，发出一声长叹。

九

香椿萌芽。蔷薇摇曳。石榴花开。水草漂浮。垂柳吐绿。紫槐盈枝。梧桐绽开了粉白的花蕾，水杉拱出了细密的叶子，枫树在空中投掷飞镖状的种子。夜色阑珊，赤臂的车夫和买花的公子、门廊下避雨的小伙计、厅堂里着旗袍的女人。一盏白炽灯，萤火虫般闪烁。

稼轩祠和漱玉祠，荷香顺着文字的纹络，送来了一生豪放、半世婉约。

鱼在在藻，依于其蒲。刚柔相济的老济南人，周游了一圈世界后，又回到了青石老街。那些被粉饰了的自然主义、浪漫主义和超现实主义，不如老城老街老宅院里的一座池井。

世界污浊，内心的莲干净。以纯净的品质呵护，定有纯净的品质回馈。而钳制我们肉体、精神和意志的芜杂少了，才有纯净的、轻盈的、自由的、幸福的、安详的民生可言。

十

一座老城的魅力，在于它有珍藏的秘密。亦是水与人相互以精神灌溉的秘密。

水，总在最低处。把姿态放低、离水近些，梦就清晰了。

忽略石头的坚硬吧，我们向水鞠躬。

故事远了，记忆近了。远了近了的老城老街老商埠，是前人也是今人的梦想。

我愿与你一道,驾清风,乘轻舟,沿护城河,踏澄澈的波流,不停游走。

(选自《中国财经报》,2017 年 8 月 12 日)

苏　扬

苏扬（1967—　），女，本名韩芝萍，江苏扬州人。著有散文诗集《青鸟》和《苏醒的波澜》等。

墙

喧嚣的朝代，喧嚣的荣誉，喧嚣的战场。

化为灰烬的，是战鼓，是令牌。

巍峨耸立的，波澜不惊的，忍辱负重的，淡漠功名的，是墙。

斑驳的墙，岁月的墙，战争的墙，像故乡的墙。

从六里十三步扩张到九里十三步。

从土夯辉煌到砖砌。

王朝与庙堂，前赴后继。

春秋战国的人，说了2600年之乎者也，火焰没有熄灭，墙，没有屈膝。

那些隐遁于烽烟的灵魂，身体叠成了森严屏障。

从泥土里挖出来的石器已载入史册，隋朝的断壁残垣，向明朝的青砖交接了广府古城的权杖。

凹凸不平的马道，早已骨骼风湿，城墙下长满了苔藓，但气势更加雄伟。

有瓮城的埋伏么？墙，肃穆不语。

墙，忠诚地保守着暮色里的秘密，阻止飞鹰的管窥。

水

最浩渺的是水。

最宽厚的也是水。

水，匍匐在低处，一有风吹草动，便迅速聚合。

水，流淌着温柔的母性，紧紧围绕着城墙，将她喜爱的物种揽在怀里。

四万六千多亩的洼淀，不给侵犯者披肩，只渡鸟雀的歌唱。

荷花从天上铺到水面，芦苇从湿地伸到天上。

身体里的山河，妖娆万顷。

四门桥，四根流光溢彩的飘带，像美女灵动的眼波，也像绽放在水上的花朵，接待着四面八方的来客，目光坦诚、谦逊。

阅透世相的弘济桥是智慧的长者。

他洞察着水的流向和城外风云，时刻保持警醒。

只有你满脸惊诧，迷失在玉宇琼楼、碧水风荷的“仙郡”，忆故乡。

（选自《诗选刊》，2016年第7期）

赵宏兴

赵宏兴(1967—　),笔名红杏,安徽合肥人。著有诗集《身体周围的光》,散文诗集《刃的叙说》,以及小说、散文等十余部。

北　窗

北窗可以打开了。

清爽的风吹进来,再没有了寒意。

打开的北窗,宽大的,与外面少了一层玻璃的阻碍,世界似乎更加接近了。我把孩子喊来,和她一起把手臂从窗户中伸出去,孩子张望着问我是什么意思,我说你摸到了什么?她说什么也没摸到,我说我摸到了春天。

楼群还是去冬的样子,但楼群上的许多窗户也打开了,从这里望过去,黑洞洞的深处,偶尔可以看到屋子里活动的淡淡的人影。

狗的叫声,更加清晰,包括尾音里的一声呜咽。

夜晚,一架飞机从天空飞过,它闪着红色的灯、黄色的灯,像一支正在演出的小夜曲。

打开,再找找身体里还有什么被关闭着。

应该要全部打开了。

窗户下，最小的一棵树，也打开了所有的枝头。

（选自《黑夜中的美人》，河南文艺出版社，2011 年版）

空调里的风

空调把热量过滤完了，把清凉的风吹在我的身上，外面骄阳似火，而我的体肤上却有着深深的凉意。就这样一墙之隔，屋内屋外却是两重的天了。

空调在呜呜地响着，这时的风是经过加工的，而不是自然界里的风——这是工业化的时代，风也能够加工，如果不是亲身体会，上帝听了也会发笑的。现在，我对空调这种机器忽然有了重新认识，它悬挂在我的屋外，把季节更换，让我在炎夏里过着冬季，在冬季里过着夏季。它已不再是一个铁的东西，而是一条背叛了生活的变色龙，它能在你需要的时候变化出你喜欢的东西，让你忘掉季节，忘掉日程，它的存在是一个寓言。

屋外的风是大自然里的风，在乡村，在这种热风里可以听见秧苗的拔节声，可以看到枝头的果实一天比一天红起来，可以看到庄稼地里农人除草的身影……

我居住的房子在城市里面，过去站在我家六楼的阳台上向外看去，还能看到一片庄稼地，后来这片土地被雨后春笋般的高楼占据满了。报纸上说，这个城市比某某年代扩大了一倍等等，随着城市向外扩张得越大，我离庄稼和土地也就越来越远，而现在我坐在空调的风中，抒发对土地的怀念，这是不堪入目的矫情。

现在，清爽的风从空调的嘴里吹出来，就像从一个人的口中吹出来一样，带着献殷勤的味道。身处其中，我感到愉快过后有一点茫然，这样的风为“汗滴禾下土”的农人吹着是最适宜的，而我却是一个闲人。

——空调的风里有一只手，它把我对土地的记忆，正一点点地掏去，使我像一只陶罐变得空洞起来。

（选自《窗间人独立》，合肥工业大学出版社，2009 年版）

守夜者札记（节选）

我在楼宇的缝隙里，守候升起的月亮。

我过去等待过许多东西，它们在时光中，慢慢发黑衰老，唯有月亮还是白银的模样和少年的面庞。

我在地面上寻找一条能与月亮同行的道路，让我和它在同一个时间相逢，在同一个时间消失。

黑暗越来越浑浊，因为城市里的下水道朝里面排放着污水，人们白天忙碌，夜晚需要休息，没人来关心这事。

黑暗的深处开始缺氧，许多游动的鱼开始跃出，挤在公共汽车里，成了一盒盒沙丁鱼罐头。

有一位没挤进来，它在岸上唱歌——美人鱼，因为她的白马王子还在黑暗的海里。

窗外又响起哐当哐当的声音，这是楼下收废品的小贩，在往卡车上装货，他每过一段时间，就要趁着夜色把这些铁拉走。

我知道这不是废铁，这是被替代下来的黑暗，它们会在高温里，融化成夺目的溶液，在另一个模具里，被铸成新的形状。

（选自《黑夜中的美人》，河南文艺出版社，2011 年版）

郭召磊

郭召磊(1967—),青岛人。1986年开始发表文学作品。作品散见于《星星·散文诗》《散文诗》《青岛文学》,以及多种选本等。

遥远的城市

一

阔大的被子,覆盖着遥远的城市。

远远看去,遥远的城市很温暖,城市的肌肤上覆盖着厚厚的棉絮。

城市林立的楼群搅和着漫天密织的风雪以及风雪透过来的月光,照在我的西窗,诱惑着我。

披衣,下床。

去领略久违的月光。

虽然月光降临时分伴随着漫天的风雪,但有月光强似没有月光。

二

这时,自怨自艾和漫不经心都很要命,野梅花与香茅草尚且听天由命。

三

走出屋子的时候，我遥遥关注那座温暖的城市，看着她的目光朗照着我的前程。

四

其实，遥远的城市并不遥远。

其实，她就在我的那部德制莱卡相机的底片里。

在我的心里。

酿造成梦！

五

万一实现了呢？

那梦……

（选自《小拇指》）

选　择

黑夜是一群骚动的精灵。

穿过一种淅淅沥沥的氛围，你用异样的目光包围我，用一柄花伞，撑来几片黄叶，撑来秋天的底色正浓。

这黄叶载得动心底的积尘吗?

片片黄熟的心情,坠落在瘦菊飘香的阶前。

苹果树与风奏成多重和声,越窗而入,载来一种不可抗拒的成熟。

卸满小屋。

这是我临近成熟的时刻。

这是我今生最危险的时刻。

在这秋深雨重的夜晚,我向着成熟下坠。

目光与目光的低语。

咖啡很浓,灯光如水,柔柔如你的瞳孔。

我像你季节里熟落的果实,再也不能满怀孩童的纯真,走进初耕的季节。

逆行于你的目光,我内心的痛楚,真实而深刻。开窗仰视夜空,昨日星辰变成今日迷惑。

到底是我去选择季节,还是让季节选择我?

风推门开。

夜像飞动的鸟,铺天盖地涌来,涌来满杯苦香的惜别和惆怅。

满枝雨水的果树下面,星辰浓重的心情点点滴落,你无言的芳馨点点滴落,打湿走过的小路,打湿了一个久久伫立的名字。

究竟该向伊人告别,还是向季节告别?

我茫然无措。

(选自《青岛60年文学作品选·诗歌卷》,青岛出版社,2010年版)

刘赞科

刘赞科(1968—),山东青岛人。著有散文诗集《走失的脚印》《时光花朵》(与人合著),作品被选入多种选本。

后海5号

午后的什刹海仰面躺在寒冬的后背上,被风揪起朵朵冷烟花,未曾释放却已弥漫天地。

后海5号酒吧蜷缩在岸边,嘴巴紧闭。喧嚣褪去,落单的蛙丧失聒噪。

空荡荡的吧堂里,穿梭着一支空荡荡的英文歌,里面像有一个故事,嘶哑而虚幻。

瓦上猫从玻璃屋顶掠过我的头顶,影子诡异。听见却无法穿越,看见却不能进入。

一群人从我的玻璃窗外掠过,像一群错过季节的大雁,惶惑不安却又无可奈何,任由风声鹤唳从他们身后掠过。

咖啡杯空了之后,残渣如血。夕阳从黄昏的头顶掠过。夜色迎上来,要做谁的摆渡人?

我转过身,让心意从这水面掠过。不知道自己还敢不敢起飞?

(选自《青岛文学》)

老　屋

没人住的屋子，只是一堆泥沙，几株残废的树，几缕断了气的烟。

没人住的屋子，是一只笼子，是黑暗的穴。

我回不去的老屋，住在城市的梦里。

祖父在世时说，老屋是村子唯一的瓦屋，老屋与村子的名字同行，确定着四邻的位置和道路的方向。

如今家燕何去？钥匙何在？

那盏老灯，照不亮美丽的喇叭花。黑黑的棱子窗，大口大口吞吐着往事么？

锁锈无语。想拂去尘埃，考察岁月。想知道当年的猫，怎么上屋。风，怎么揭瓦。

蜘蛛在所有角落，布置着老屋，编织忠诚之网。

后来，老屋拆掉了，和门前的树、门后的故事一起，被大楼夷为平地。

我回不去的老屋，如同深秋的叶，凋零山村。山村也拆掉了，长出一片城市花。

我留下的一块青砖，上面有很好看的花蝴蝶，夜夜飞入我的梦，振动翅膀，

低低盘旋着。

（选自《走失的脚印》，中国海洋大学出版社，2014 年版）

宋晓杰

宋晓杰(1968—),女,辽宁盘锦人。著有长篇小说《在城市背面呼吸》,散文集《雪落无声》《我是谁的粉玫瑰》,诗集《纯净的落英》《味道》,散文诗集《以沉静以叹息》等十余部。

车 站

归来。抑或离去。

总是与欢天喜地有关,总是与离愁别绪有关。而你宽宥地包容、释怀,宠辱不惊。

灯光柔软着,铁轨坚硬着。

是什么像墨竹一样疏朗而密致地呈现,不可言说?

慢慢地氤氲……

最热闹的处所,生长着最深的孤独;

最敏锐的内心,隐匿着最真的伤痛!

谁将远远地兼程?

一样的情节,或许将是不一样的结局;

一样的起点,却是不一样的征程。

人们在共同的期许中,想着各自的心事,互不相容。

忽然地散去。

脚步和心情沉重或者轻松，并不妨碍被贴上相同的标签，像一个个无依无靠的漂流瓶，在时光的河流之上，闪动。

空了。腾出的，不仅仅是寸步难移的椅子，及时而喑哑的喉咙……

苍茫四野，退位给一声高一声低的虫鸣。

犹如昨夜的戏台，破译最离奇的演义，散尽最叱咤的雷声。

月光，那寡淡无味的叹息，断断续续洒了一地。

（选自《早班火车》，中国书籍出版社）

让我们继续演戏

好吧，让我们继续演戏，高兴或者生气，隐藏起真实的悲喜，也许还要加上些过头儿的手势，配合着肢体。

好吧，让我们尖叫、呼哨、喝彩，微微骚动，为峭拔的高潮不再重现，部分或全部观众站起身来，忘情地狂欢，或者愤怒地唾弃。

——无与伦比的巨大内耗、沦陷、消弭！

让我们继续演戏，既是导演，又是主角；

让我们继续演戏，既演给别人，又演给自己。

当终于落幕，关闭了滥情的音乐，关闭了声嘶力竭的叫嚣，关闭了虚拟的凄风苦雨，丝绦、花絮、残枝败叶、废话、眼泪……散了一地。

清场。为下一个轮回！

而下一个，依然是分毫不差的旧事重提，以至于换来换去的广告牌，都没了什么新鲜的热情和记忆。

可是，那场戏还在津津有味地上演着。不知魏晋。

有一天，人们迟疑着不肯走进剧场，而是仰着头站在入口的台阶上——原来，有一个疯子三更半夜爬上顶楼，在不断改换片名的广告牌上，正用狂草一遍又一遍地写着：让我们继续演戏！让我们继续演戏！！ 让我们继续演戏！！！

那时候，他大张的嘴巴里空空如也，没有一个字，但是，满身满脸都是油漆，鲜红欲滴……

（选自《三亚文艺》，2015 年第 3 期）

后半夜，火车穿城而过

几乎很少有人能够听到它的鸣叫，很少有人在它的鸣叫声中醒来，再乱七八糟地想点什么。

城市的睡眠深重，在后半夜，狂欢的眼幕刚刚闭合，亦喜亦悲的心刚刚平歇，像退了猛火的炉温，刚好保留着火种而不至于熄灭。

没有人在意火车是否穿城而过，况且，在瞌睡的后半夜。

唯有我，踏浪而来，目送灯火通明的火车，孤单单地把黑夜瞬息划破。

铁桥颤抖，火车旖旎着，滑软的腰身远去了，像制造悲剧的蛇，是千百年来暗夜里苦苦的折磨。

不是每个人都能甜蜜而痛楚地爱过，不是每个人都能从某个忽然崩裂的断层干净利落地逃脱。

紧贴着床板，紧贴着那条流淌的河，听波涛翻滚，潮涌潮落。

我是夜的游魂，是一只善于低空潜行的鸟，爱上铿锵的调子、有力的撞击，爱上陌生的事物和长长的颠簸。

每隔一段时间，我就会慌乱、郁闷，那么就是说，需要更大的慌乱和郁闷去冲撞、去排解——我该坐一次火车了！

火车是止痛片。火车是创可贴。

假如平常的日子是旱地里淤滞的行船，那么，远游的日子就是心荡神怡的火车。

穿城而过的火车是一道伤口，还是一条拉链都没什么关系，关键是，它为什么要在后半夜穿城而过？还要让我一个人每天钟一样准时地醒着？

（选自《早班火车》，中国书籍出版社）

孙方杰

孙方杰(1968—),山东寿光人。著有诗集《我热爱我的诗歌》《逐渐临近的别离》《钢铁是怎样炼成的》《半生罪半生爱》《路过这十年》等。

钢铁之旅

一

师傅,世界因钢铁而在一瞬间变得芳馨而美丽,和着阳光的气息,给大地铺上了一层石榴花的嫣红。

师傅,有人说你是一头在大漠里行走的骆驼,在钢铁厂一片空旷的沙土上跋涉,用自己深深的足迹,丈量劳动与汗水的距离。一步一个脚印,在深深的足洼里,植上一株葱茏。于是,在你的身后留下了一片郁葱的绿洲。

尽管你在钢铁的庭院里居住了很久,疲倦也曾蹙在额前,可你的眼睛始终盯着通红的炉火,仿佛盯着被太阳映红的半穹云霞,那就是你的归宿吗?

二

师傅,自从你钻出那片沙沙的玉米地,弹掉裤脚上的最后一块泥巴，命运的风就注定在你平展的额头上刻下一道带火的皱纹。

可是，那个时候，你不相信命运。师傅啊，你——决——不——相——信！

是的，你不相信种子会有假的，只有不去耕耘的人，才永远守候着一堆秕谷；你不相信大漠里没有生命，只要至诚地呼唤雨露，就会有收获的喜悦。

三

或许是因为你的信念和毅力激起了风的嫉妒，成群的铁矿石摆起了一副不相容的面孔，企图吞没你燃烧着的激情，阻挡你原本很艰辛的步履。

师傅，再过了这个沙丘或许就是沙漠的尽头了，那边有燃烧的云朵，灿烂的星斗，汹涌的大海，和你想过上的富足生活。

于是，你说，我们炼钢的人，就要有钢铁一般的胸膛，再艰辛的日子也要挺住。

四

那天早上，你从命运的跌倒处又一次爬了起来，暖暖的炉火与你撞了个满怀。于是，你一把揪住了这个美好的日子，继续奏响了你每天都吹奏的岁月的古琴。

琴声悠扬。年轻美妙的曲调从炼钢炉里悠悠传出，钢花是跳动的音符，钢筋是铮铮的琴弦。师傅啊，你说你要终其一生把自已炼成一块坚硬的钢铁，我知道，这就是你与生俱来的生命之重。

在钢铁的庭院里

一

在钢铁的庭院里，我像一个幽灵，迅速地疾走。我要找寻什么？昨天的失落？明天的希冀？情歌的根，抑或是一只乌鸦的嘴唇？

风呼呼地刮着，吹得我站立不稳，踉踉跄跄的步伐里，有没有一丝铿锵的成分。

钢厂的事物忽明忽暗，刺激着我的神经，使我觉得不知道身在何处。若不是熔炉里喷溅而出的钢渣闪着红色的光，若不是师傅们那一声声热血沸腾的号子震动着楼宇，我惴惴而动的心怀，很容易在这个纷乱的年代里迷失。

在钢铁的庭院里，我像一个幽灵。游荡。徘徊。找寻。然而，很多东西已经找不到了，渐渐地远离了我们，消失得了无痕迹。很多事物在我们的记忆里，镌刻上了一道很轻的划痕。布票，粮票，煤票，肉票，诚信，至亲的兄弟姐妹……在时代的熔炉里已经化为灰烬。随之而来的新鲜的事物，让我更加迷离。万元户，洗头房，诈骗，官倒，假冒伪劣，豆腐渣工程，腐败大案，环境污染，黑恶势力，警匪勾结……新鲜的事物接踵而来，令人目不暇接。我来不及向旧的事物挥手告别，那么多新的事物也不容我说一声欢迎，就都成了不速之客。在这个路口，我站了很久，离去的和到来的，在我的身边匆匆地走来走去，不肯停留。它们有的早已经相识，不经意地打着招呼，而更多的都很陌生，陌生得有些毛骨悚然。

有时候，我只好在钢铁的庭院里跪下来，跪在一块通红的钢锭上。在日出之前，我一定要找一个安身的地方隐藏起来，隐藏下来的还有我的澎湃的久久不肯安定下来的心。啊，流逝的不再存在，到来的带着一股难闻的花香。

在钢铁的庭院里，我像一个幽灵。而一个幽灵的心灵，已经无法找到一根支撑的钢钉。

（选自《钢铁是怎样炼成的》）

王舒漫

王舒漫(1968—),女,笔名蕙兰于心,文学博士,寓居上海。著有散文集《心岸》,散文诗集《耕云播月》等。

纯粹的星期六,我对一朵野百合充满敬意
——与诗友 D 姐相约静安区的咖啡馆

梧桐树在风中晃动,它们预示一场寒雨的来临,这潇潇的雨不断呜咽,但 D 姐一早给我电话,相约 5 号地铁口,不见不散……

雨,天空的眼睛,刚才还昏暗一片,穿过城市的一隅,由雨到雨,现在出现了鲜亮。一群人在雨中穿梭,他们看不见我,可我依稀听见雨滴,以及喧闹的都市缝隙中,盛开的一朵野百合!

那时,我们缩小的脚步,走进深色的森林、高原、山谷的近处,雪地和忧郁的旷野,我们选择静坐,把思想凝固在光辉的瞬息,我想说,悲伤不会延伸到未来,人在雨中才能觉悟伞的珍贵,不要让黑暗沉没世界,忘掉冰霜侵蚀过的每一寸肌理。让纯粹的伟大在快乐中旋转,我们读着动态的诗韵,用温暖宽慰彼此,聊着浪漫而苍茫的人生……

此刻,智慧的雨散落人间,风,勇敢地吹着,我忽然想要收藏这梦里的野百合。

女士！你们的拿铁……

一位奶声奶气的服务生喊道。

城市的荒原，我们在雨水里奔跑

城市的荒原，谁在狂欢？

雾霾的空气，我们在雨水里奔跑……

子夜，我怀着试炼的心境，对准蓝色火焰，将自己一片片撕碎。心，走出森林，肉体可以沿着苍茫离去，孤独在疼痛中安然分解……寒冬可以是欢畅的，泥土，黝黑，凝聚成发亮的点好让灵魂生出脚趾向下渗透，安静超越于安静，积雪的山脉，有一层血红色的火光，没有神谕，我们用一种手势对话，欲想起飞的形态，或借助三组词语，欲想完美地复活！

看啦，蓬勃的思想在子夜吱吱地燃烧，雨落在山前，孩子们的哭声渐远……我相信，只有淬炼，才能剥离伪善与作威的肉体，焚烧像阳光一样欢乐，还原清新而自由的魂灵。淌过雨幕……

（选自散文诗集《耕云播月》）

史　枫

史枫(1969—　),女,原名史凤英,山西太原人。著有诗集《时光深处》,散文集《记忆里开花》,散文诗合集《林中对吟》。

昭余古城

一

千年光阴,将美的丰泽,抛洒肥沃大地。

祁氏宗人,世代相传,用双手举过头顶,接天沐雨,缔造一方神奇。

在朝晖的晕染下,昭余古城在细碎的光阴里,似不施粉黛的佳人。

用古朴的青砖碧瓦,石雕砖刻,彰显自己的华美,和在时光深处的处变不惊。

清守禀赋,不与艳俗争宠,在斜阳下,缓慢地行走。将民生百态,陈列在古城的街道上,叙说一座古城的过往、今生。

我无法说出,昭余古城的每一个细节。

传统的手艺人,卖菜的黑皮肤老人,以及在街头素描的美术少年。各种生活图景,在古朴的小城,温暖地述说一种缓慢的节奏。

鳞次栉比的古朴店面，都姿态各样地在微风中表达一种古意的蕴含。

无不在倾诉，它们经历的旧时光，可以与泛黄的书籍媲美。

二

游走，就是丈量、抚视和体味。

穿行昭余古城幽长的小巷，清幽是它们的品格。

仿佛走在明清的旧时光里，古朴的座座民居在蓝天下静谧地安放。

随处可见造型典雅的门楼，精致的石雕砖刻，以及建筑规整的砖瓦高墙。它们用安静的姿势展示，用无言的表情叙说。

那一砖一瓦的排列，定有种敬畏的心灵在操守。仰视苍生和对接天地之灵的眼睛。

回眸现世，人心浮躁，怎能与先古的秉性相比？

此时，一株枣树，带着青红不一的颜色，探出院墙。

我在遐想，院墙之内，有怎样的烟火？是否像明清古意的建筑，有着蕴藉的隽永悠长。

青龙古镇

黄昏已近，但也阻止不了我的脚步。走进你，你美的身姿仍然在余晖中俏立。

青灰的建筑，让你有了古朴的情怀。怀抱一方山水，生出典雅的谈吐。

我在你均匀的呼吸中，打量那些石雕碑刻和飞檐的气度。

仿佛看到你昔日的容颜，在时光的变迁中，保持了雍容华贵的品相。

你在不疾不徐中陈设已断壁的城墙，就像在战乱的烟火中，不卑颜屈膝。

我提着内心的灯火和流水，与你攀谈，谈到阳曲小镇的变迁，谈到一方水土的甘甜。

古镇街上，老电影的铺子还没有打烊。那些用古老发声的机器，一套套拍电影的旧服装，都让我恍惚。

回到从前。坐在同样用旧的岁月里，回忆没有生锈的故事。

在这个即将消失的黄昏，我们同样把对方镀上橙色的余晖。

你不嫌弃我的弱小，我仰慕你的古老，我们一起拥抱，回味一段隽永的时光。

（选自《青岛文学》，2016 年第 7 期）

北　塔

北塔(1969—　),原名徐伟锋,江苏吴江人。著有诗集、传记等多种。

什刹海

一

我最喜欢在夏日的薄暮时分,一个人沿着什刹海的河堤,一路走去。夕阳已经西下,晚霞都已快褪尽,但黑暗还没有蜂拥而至。天空中似乎是满满的,但又好像是空空的。

什刹海的夏天织满了蝙蝠的翅膀,冬天缀满了乌鸦的歌声。垂柳宛如刚刚出嫁的少妇,浸润在丰腴的晚风中,腰肢和秀发款款摆动,糅合着万般风情,让你有跑上去拥抱她、亲吻她的冲动。

水面已经变成灰色,但那是介乎绿色和黑色之间的一种颜色。微波兴起,有如柔和的裙裾,被小桨轻轻撩拨。这时,你如果就在那小舟上,跟可人儿四目相对,或跟挚友酒来话往,一边听着琵琶女的浅吟低唱,一边欣赏那一圈圈慢慢荡开去的涟漪、那缓缓跃入水中的灯光。微风拂面时,你就恍若进入了仙境。

二

我在那儿,被明月追过多少债,被清风剪过多少情?

我的船到了桥头,却还没有一个笔直的方向,你还没有做好上船的准备。你在桥的最顶端张望,像七仙女盼望着牛郎。我的船将要穿过桥孔,被笛声推动,还要与波浪缠绵一通;然后,才回到码头,与夜色拥抱。

你上岸了,我的橹还在划动;它想继续,它想远行,载着你,载着月光。

三

如果你想迷失自己,你可以跟任何一盏霓虹灯手握手,走进任何一个酒吧。我只贪恋午后阳光下胡同口的一碗大麦茶。

而我们的黄昏只配被蝙蝠的舞蹈收留。树枝抽芽,并不是要让你欣赏鲜花——如果你不在杂乱的影子中踯躅到天亮!

只有汉白玉栏杆是可靠的,你倚着我,不如倚着它,但是我比它温暖一千倍,我甚至可以先暖了它,再让它来暖你——如果你还是感到寒冷,我宁愿我的梦被冻进冰窟窿。

今夜,只要还有一杯酒,我就能陪伴冰凉的石头,坚持到破晓。

四

在喧嚣的尽头，一本书被打开；在寂静的起点，一面镜子被打碎。

你的容颜被一股尾气拐走。我在众星归隐之后，读着什刹海，读着生活的碎片。

咖啡的香味从画舫的舷窗里冲出来，一只蜻蜓在摇晃的荷叶上蓄势待飞。

为了让小鱼儿在湖里畅游，我们必须合力阻止蚊子们叮破这平静的水面。

我的憧憬已经严重萎缩，已经容不下一只蝴蝶。

我应该放歌，但蝉已经从树顶滑下，即将进入泥土，去完成一次蜕变。

五

什刹海的波纹粘住了野鸭的羽毛。为了来到这里，它曾飞越千万里，却被涟漪圈到这里，又圈到那里。它将被圈到哪里?

子夜之后它的一声嚎叫，让人想起乌鸦。为了保住自己的巢，乌鸦必须发出煞风景的声音；为了得到一个岛，野鸭必须模仿乌鸦。

六

散场了，散场了。

我说过，我们不能走得太多。明知走不了多远，还不如在桥头停住，等待一个红薯被慢慢烤熟。

音乐融化于水，就成为酒，时间一长，就成为烈酒；可惜，有幸沉醉的是那柄木浆，最终它将跟船一起被废弃、被忘记。

（选自《2009 中国年度散文诗》，漓江出版社，2010 年版）

陈旭明

陈旭明（1969— ），曾用笔名鸣铎、聂白、秀名。湖南桃江人。著有散文诗集《以诗说明》等。

城市之春

城市的春天变成了一件形似的赝品。

这是什么时候开始的事情。

美容院。人工湖。休闲山庄。金牙。隆乳。人造美女。网上聊天。伪钞。假新闻。包厢里的逢场作戏。窗帘后的同床异梦……

在我漂泊的城市，越来越不像自己的人，也越来越谙熟“包装”和“克隆”的真谛。他们在改变自己肉体的同时，从土里挖出了一句成语：

寸土寸金。

于是，我们走向一步之遥的对街，时不时要经过天桥形而上的广告牌，或者地下超市的门面。

以钢筋为骨骼。以水泥为皮肤。搅拌机里的鹅卵石，像胃口极佳的硬齿，夜以继日地吞噬土地。打桩机的噪音中，传来泥土的骨折声。日益硬化的城市，其高度已经上接青天。街道呈辐射状展开，广告牌比肩接踵，阳光掷地有声，而花朵，无处落地生根。穿街而过的风，荡起护肤霜味，泥土的清香，遥远如童年。

一幢幢高楼，把我的目光撞得生疼。

城市的春天，是园艺师的剪刀剪出来的。

花钱逛公园的人，笑容为什么闪烁塑料花的表情？

仍有三朵奔跑的芍药喊醒我。

马路一隅，几枝横斜的花影，穿过那句吟哦，环绕我手边的绝句。

几滴鸟啼，打湿我并不押韵的心情。

呵，花之韵。柳之枝。树之骨——在我的假寐里楚楚动人。

在城市待久了，我发现每年的情人节，爱情把欲雪的冬天制造成为神似的春天。

捡起一截枯柳枝，我抓住了春天的尾巴。

在老家，母亲早已把花籽撒进新耘过的土地。

在她背后，一盏梨花稳稳端住春天。

路过动物园

我不敢进去。

厚厚围墙，一张薄薄纸币就能摆平。

是的。其实我是不想。

人与人，隔着墙。隔着铁栏，所以它们是动物。

因为人不想看人，窥视的念头滋生时，希望对方最好没穿衣服。

动物没有衣服。偶尔大红大绿地招摇过市的，是待遇特殊的宠物。

没有衣服穿，动物才有理由模仿人类创造的魏晋风度。在旷野。在山冈。在大上。在水中。它们素面朝天，心无挂碍。奔跑。飞翔。交颈。做爱。打盹。眺望。温饱时像人一样温良恭俭让，饥饿后，才兽性大发。追。咬。撕。吞。吼。嗝。

自然界没有维和部队。

啸聚山林为匪。云游天下如仙。人的空间宽不过一扇窗户，股市狂跌，房价大涨，楼市大开发，其实难保一榻可眠。

而动物仰起头，天空像宽银幕一样。逐群而居，或独来独往，全由天性。可对一弯新月轻抒爱情。可为保卫领土大打出手。也可千里迁徙，只为一把春天的嫩草。

自由在身，自己才能导演自己。

为蜗居。为资源。山不再山。林不再林。

牢笼。陷阱。绳索。追踪器。一管猎枪，替人类代言。

野味是金字招牌。价格最离谱，酒过三巡菜过五味后，交错刀叉中，悲剧，居然演绎成芳香缭绕的人间喜剧。

人，有时也不慎成为它们的盘中餐，还原悲剧血淋淋的面目。

乱世产生征服者。经济时代做房东。人们筑深池，砌高墙，焊铁笼，垒假山，建展馆，一间集大成的集中营。活着，是一种更为形象的标本。

被食物引诱。遭鞭子驱逐。以表演取悦大众求生，表情如笑，灵魂在哭。

一张观赏券，是生存的募捐凭证。

我不愿进去。

神与物游，一张薄薄纸币买不到。

人为的看管，像完善的体制，让血性不再心驰荒野，从此衣食无虞，噤声闭目。

围栏外，其实我们并不自由，一生被欲望驯化、豢养。一些物种在灭绝，而我们保全肉身，却丢失了名字。

城市，是没有围墙的园子。

我们都是命运的人质。

谁能解开锁喉之手？

一粒声音的孤独

声音如灵狐。

红尾巴一闪。在丛林般闹市区。

最轻的一粒。内秀。震颤。眼里分别醒着一盏灯。

相信这是来自潮汐与蚌贝的一次奇遇。

秋风，老在路上。在晚风和喇叭的密谋中，色块聒噪，车流纷繁。

一支拉菲香气缭绕。高档会所。消费金卡熠熠。

许多身穿燕尾服的声音,是钢琴和枝形豪华吊灯的联姻。有人世雍容瑞象。

休闲广场,星光映白一地废话。

喧嚣,是语言制造的车祸。

一入夜,城市,藏进猫眼。

不在短信中。不在网速中。不在麦霸里。不在商品推销口号里。

不随火车站报时的钟声摇摆。

鹤鸣九皋,不现实。超级之声,太时尚。

坚持自己的小。坚守一生的净。

轻轻闪过——最静的一粒。只愿窗帏妥帖,书案光洁,新洒过的文竹盆景水珠滴答。

无言,更像内心的惊蛰。

最轻的一粒。把凌晨五点钟的月亮喊成腾腾焰火。

熹微穿透黎明,酷似灵魂翻书。

丛林……丛林……一层层地高,一圈圈地密。

云边,一曲鸽哨,一头栽进早起的隆隆搅拌机声里。

(选自《以诗说明》,湖南人民出版社,2012 年版)

天　涯

天涯（1969—　），女，本名沈珈如，原名沈淑波，浙江宁波人。著有散文诗集《无题的恋歌》《再见钟情》《只为你开花的树》《蓝色情人》等。

夜行遇暗香

夜，似水墨画渐渐在眼里洇开。

一匹暗藏花团的锦缎。美发店的小妹在门口热情拉客：本店今天免费设计发型。谨记天下没有免费的午餐，远远地走开，怕，温柔背后的陷阱。

服装店在清仓处理，过季的衣服像怨妇挤在一起，任挑剔的眼流离。曾经也有千娇百媚的鲜艳，昂贵的身价，可错过了那双宠爱自己的手，玫瑰变成了野草。

皮包店挂出转让的牌子，收入抵不过房租。怕熬不过严冬的北风，还是提前撤了吧，留一点荷包的暖抵御寒意。

玉器店已易主修装，不知道明天这里又会新开一家什么样的小店？黄金有价玉无价，世上又有多少识玉的人？

行人。匆促的。悠闲的。迷茫的。欢悦的。

小店。开了关。关了开。像花，一个季节一个季节地流行。

拐进小巷，把另一半喧闹扔在灯光的阴影里。

风掠过发梢，有暗香盈怀。停住脚步，与夜色里的甜蜜拥抱。

桂花熟了。一粒粒，微小的，不张扬的低眉。没提防那香，悄悄地，荡开，想抑，却怎么也抑不住。

在静夜的小巷，邂逅暗香。从此，连梦都被染上了芬芳。

突然的失语

站在红尘之外，看尘埃下的那一抹红。

语言，像断裂的水，突然干枯。

万物虚幻为影。虚幻的仅仅是现实的表象吗？第十一根手指，长在无骨的舌头，收放自如。

乡下的稻谷成熟了，是谁弯腰打开了丰收的门？镰刀的锋芒，让大地黯然失色。

七月的阳光刺穿飘浮空中的喜庆气球，缤纷的艳丽在顷刻间烟消云散。这多么像人间的富贵，转过背，不过是一抔黄土。

世上最好的镜子，也照不出灵魂的颜色。

今天，有人在无度地挥霍青春。晚上，却有人用脂粉掩饰岁月的皱纹。有多少人在追名逐利的奔波忙碌中日渐苍老？又有多少人寄情于山水，寻找快乐的人生真谛？

有人说他爱人人，男女早已不分。有人想人人爱她，变成大众情人。

眼睛不一定用来看，耳朵有时候不能听。报纸上天天有事故，生活中日日有故事。

一位老人在清晨遭遇车祸，他的怀里有一张买菜的清单。一个病人得知绝症的真相，就咽下苦苦支撑的那口气。一个男人说他已忘了情人的模样。一个女人幻想红杏出墙的浪漫刺激。一个孩子叹一口气说，他很浮躁。一个女孩在低头研究心理测试的题目，她说每个答案代表一种情感的态度。

站在城市高楼的某一个角落，仰望夜空。突然的失语，让我找不到文字铺就的路。

就这样沉默，直至变成一缕流浪的风……

罂粟花

黑夜。在城市灯红酒绿的唇间，罂粟花抛着柔媚的眼神，粉墨登场。

七彩发。蓝眼圈。黑嘴唇。透明的超短裙。一位进城的打工仔在粉红色的发廊里迷失了方向。

星级的宾馆里，罂粟花在某一个角落吐出销魂的信息，她们就是待价而沽的特殊商品，行情时起时落。

夜总会，一双双弹奏着肉欲的手指，涂满神秘的符号，等待一夜风流。

张开暧昧的风，裹住失色的灵魂。罂粟花的背后，一群衣冠楚楚的君子，在天亮之前找不到最后一块遮羞的红布。

露水醒来时，罂粟花的梦才刚刚开始。

春天来了，罂粟花憔悴的容颜上泛着金属的锈色。梦中的故乡已盛开姹紫嫣红的情怀。

城市的空气严重污染，美容院批量生产各种型号的美女，医院里某种修补术的生意出奇得火爆。

在罂粟花狂野的逼视下，淑女们戴着口罩惊慌失措地寻找突破的契机。

这时，天边传来今年第一声春雷……

（选自《只为你开花的树》，内蒙古人民出版社，2009 年版）

郑　锐

郑锐（1969—　），山东青岛人。20世纪90年代初开始散文诗创作，迄今已在各级各类报刊发表散文诗近百首，并有多首散文诗作品入选《中国散文诗大系》等选本。

都市小夜曲

无轨电车牵引出一座曲线柔美的立交桥。桥下车队如潮，湍流。

疑虑梦的风，破译出信息的密码。计算机的键盘跳动，弹唱这曲不眠夜歌的前奏。

霓虹灯闪烁。卡拉OK。露天舞池里漾起甜甜的温柔。

上海桑塔纳停泊在海天大酒店。

电梯攀缘。公关先生敲响巴伐利亚代表的客房。酒杯撞击，笑靥里诞生又一个合资企业。

月光倾泻。梦之波尔卡欢唱。

轮渡载你的视线进入经济开发区。

前湾码头一期工程。阿里山酒家。展示男低音力度的电厂轰鸣——夜的主旋律。

宁静的港湾。航船起碇，驶离十万吨泊位。集装箱上的印刷体清晰：中国制造。

夜之歌没有休止符：螺旋桨飞转，在无垠的黑蓝琴键上，伴奏这曲梦的都市交响曲。

（选自《中国散文诗大系·山东卷》，广西民族出版社，1992 年版）

都　市

原始的文明

女郎因她的发髻而新潮，可知那款式与她祖母的是否如出一辙？

永安大剧院正在上演非洲草裙舞，黑市的票价正在持续攀高。

敦煌壁画刻意模仿着现代派画师的作品。源流倒置吗？

一台子的杰克逊们正在较量着他们声带的大、长、粗。啤酒沫满头满脸……

新月下，只有一根琴弦的吉他与芦笛合奏一部叫作“跨世纪”的交响。

广告牌

古玩商店，朱红的大笔刷出阴云一团：新进出口转内销唐三彩，欲购从速。

出水的芙蓉含羞沐浴着三月的春光，祟房前人头攒动。可能“四十年禁片重映”这行注释比电影本身更加扣人心弦。

"新款耐克优惠酬宾,仅限兑换券!"侨汇商场门前,欲望的人群将惊叹号换成问号:人民币多少?

余晖把路人涂成金黄,颠簸着晃动向远方。广告牌上的女郎注视着匆匆的路人,含情脉脉,竟也不累。

城市在哮喘

城市长满鳞次栉比的摩天楼,又搭起一座座立交桥,据说这都是为了拓展生存空间。

巴士进站。人群蜂拥,像要把车挤碎,尽管昨晚还复习过那段"别挤了"。

夏日长焦距的海滩,人的汪洋在黄沙上浮动。近海,人们摩肩接踵,活像下饺子。

太阳晕眩,人也晕眩。

"无奈,无奈……"齐秦在声嘶力竭。

一群信鸽飞起,遮住几束紫外线。

依然透不过气——

城市在哮喘。

(选自《世界散文诗作家》,1992 年第 3 期)

牧　风

牧风(1970—　),藏族,原名赵凌宏,甘肃甘南人。著有散文诗集《记忆深处的甘南》《六个人的青藏》(与人合著)等。

羚城之书

羚群已迷失,迷失的精灵活在传说里。

望着远处静谧的米拉日巴佛阁,我默念诺言,只为完成一路咳血的鸟鸣。

寒雪与梦融为一体,在身体里抒发一群鸟的心声。

没有文字,没有暖神的火种。

滑过苍穹的小小鸟的合唱如莲盛开,单薄之躯在雪的喧嚣中鼓羽献辞,连诗人的沉吟都颤抖了。

羚之街区,沉睡的银庄,青藏的梦在一个洁净的城市展开。

月光的碎银洒满空旷的工地,照出打工者匆忙的背影。

创业者黝黑的额头,岁月正镌刻汗水的年轮。

鸟的影子跌落在年轻的羚城身上。

请赐予那纤弱的生命烈火的激情,那身躯会涂抹出一段幸福的霞光。

请赐予那纤弱的生命飞翔的力量,那翅膀将把暗夜的眼睛擦亮。

今夜，羚城披上大美的外衣，与我一道寻访灵魂的归宿。

（选自《星星·散文诗》，2015 年第 6 期）

羚城行吟

羚群已经远去。

草地上的海子已经消失，钢筋水泥的建筑抢占了自然生灵的位置。

身在羚城，再也聆听不到羚们天籁般的声音。

我很伤感，一个青藏腹地孤寂的行吟者，在甘南的草地上独自徘徊。

那条幽静的小巷，存留下多少打工者辛酸的记忆？

脚手架和焊条的蓝色火苗窒息了鲜活的草根。

鸟群张大嘴巴，却呼吸不到维系生命的氧。

大地绿色的绸缎，被冰冷的机器吞噬。

还我草原。还我草原。

一场噩梦中惊醒的我泪眼蒙眬。

（选自《散文诗世界》，2008 年第 8 期）

张晓润

张晓润(1970—)，陕西定边人。著有散文集《用葡萄照亮事物》。

在广场，我没有心爱之物

这夜晚的广场了得，好像白天的人都病着，只有到夜晚才得到了集体的治愈。

这个夏天，流水细弱，远方的禾苗收紧心脏。

天空，唯一的太阳，它独自欢乐，落不下伤心的眼泪。

城市里的人，把广场的夜晚当作了最好的光阴，好像这光阴贫贱，可以大把地利用和修整。

聒噪，是这个世界留给顽抗的人们最好的抵御，我却宁愿败下阵来，我祈人间寡淡，唯有鲜花宁静。

我在这里几度迷惘，不知这广场香气几度，让更多的人，如鱼一般，带着白膜和红斑涌向傍晚的海。

我经过这里，几度被重叠的脚印所羁绊。

脚印都是大小不一的石头吗？为什么举重若轻，好似岩礁隐于暗流的深处。

我尚未练就轻功，也不喜悬浮于这尘世之上。

如果熙攘过于病垢，我宁愿成为一个收取脚印的人，我宁愿褡裢破旧，而道路齐整。

我经过广场，希望我入篓的脚印，女子的，都有红绸的轻盈；男子的，都有秤砣的稳健。

而孩子的，都如动兔在草上的行走和咀嚼。

在广场，我没有心爱之物。我经过，只想成为一个收脚印的人。

每一次弯腰、捡拾，都努力让脚印与脚印撞出声响，以拖延耳朵生锈、骨头生锈。

（选自《散文诗》，2016 年第 7 期）

寂静的布匹

那年，寒流刚刚退去，我路过的春天，并不与我熟悉。

我回头，看见牛仔蓝里的棉线，有我喜欢的乖张和血气。

那时，每一道立起的花纹都是向爱的图案。

那时语言金贵，又怎么能舍生说到哀死？

当布匹先人老去，所有的纹路，都被时间掩埋。

骨骼还在，肉身还在，只是坚硬的箭镞，如猎器，损坏了豹子身上分明的花朵。

没有清泉的山林，忽地寂静了。

之后——

我站立，端正地摆弄鞋，如修补一副船帮。

鞋窠里的细沙，走马之间，成就了比书信还慢的缓慢。

我视这缓慢如路上的修行啊，等风吹过，我流泪的眼睛，已澄出飞鸟的走壁和行空。

之后——

布匹里的栅栏，我曾抚马的缰绳，踏草的脚蹬，跪倒在时间的咳声里。

我醒来，腕上的碎石，一如那些空腹的马齿。

我曾深情埋头的布匹啊，破碎难抵梦里的经幡。

原来，所有的匍匐，都不过是秋霜致下的一首离歌。

我迷恋的种子，洒向来日的春风，那牛仔蓝里棉质的河流啊，可是令我忧郁的绳索？

不是所有的疼痛，都有落地的声响。

你看，那寂静的布匹，它跑进时光的里弄，就再也回不到来日的粉线和剪刀。

（选自《诗选刊》，2016 年第 4 期）

雪　漪

雪漪(1970—　),女,内蒙古锡林浩特人。著有散文诗集《我的心对你说》《只有远方》等。

归　来

归来。

以等待一场雪的心情归来。

其实,终不是一个已经习惯远行的人。

一个庞大的城市,不只装着我的旧时光,也装着一份厚厚的存在。

二月的北京,终于拥抱了雪。虽然,雪飘的时候我不在身边,当我再次熟悉地面对亲切的洁白,久违的是内心最纯的爱。

春天,无论掠过多少驻扎过的遗憾,都是一场劫难。我只想清醒地走出二月,不带走任何一粒沾染落寞的尘埃。

我知道,不一定每一个陌生的人都是我的同胞。当太阳微笑地迎接,在人群中,我的行走不是流浪。

如果真正的心不能赌,那我就彻底认输。我这样想,或者那样想,都不影响我说出热爱。

这两个字的分量仍然停留在心上。

雪,都化去了。

时间尽情挥洒遗忘，我认真使用剩下的红尘，描绘我珍惜的江山。

悉尼星港赌城

豪华、诱惑、冷静。一座神秘无限的城。

像一面立体的镜子，只看谁阔绰。

你来，他走，人气只升不降，谁来都是为了抛砖引玉。诱惑都随感情压在这里，有些人，甚至把前生后世的命运也压在这里。老虎机还是虎视眈眈，它和人不同，无法兑现温柔。

无聊的不是时光，所有的钞票都是叛徒。

来这里抒情，思绪落花流水，一场豪赌，元气造成的内伤需要钞票来补偿。什么都没有了，玄机就藏在赌城身上。

疼痛的不是眼里的泪水，而是心上的伤口。

（选自《散文诗世界》，2007 年第 4 期）

卜寸丹

卜寸丹(1971—),女,湖南益阳人。著有散文诗集《物事》。

7 路车

我很疑惑,有些事物抱在胸口,却依然摇摇欲坠。

那个疲惫的老男人在座椅上睡着了。

他的头往左边歪斜着;他的双手放在腿上,右手空空的,左手握着二锅头。

车每摇晃一下,我都担心酒瓶会掉下来,我等着那破裂之声。

但它偏偏不会掉。

时间便在那令人绝望的假想中溜走。

我很小的时候,7 路车就穿过城市的这条中心街道。

我总是遇见各式各样的人。

他们在 7 路车里闲聊、沉默、望着窗外。

有人在秋风中流下泪来。

他们无声地相伴彼此一程。

没有什么事发生。

7 路车行驶着,仿佛和我的幸福毫无关系。

(选自《诗刊》,2017 年 5 期下半月刊)

机　械

所有光亮的东西上面都附着阴影。

那是镜子。

它看见一切:梦魇。心灵。开花的植物。

那是镜子。

所有的人瞬间局促于内。重叠的物事涌荡成波光。

那是镜子。

它们给你慰安,是单纯的。被剥离的。是轻的。也是迟滞的。

那是镜子。

人群熙攘。他们的四肢有如藤蔓纠缠在一起,组成庞大的根系。

那是镜子。

父亲对着所有的光亮张开手臂,奋力驱赶:你们是谁?谁闯进我的家门?

那是镜子。

哦,不,孩子,那不是镜子,那是雪藏的光斑。它们正伤害你和你的父亲。

父亲被巨大的工厂吞噬。他行走在车间、化验室、红砖垒砌的厂房。青灰的仪器,玻璃器皿,庞大的机器。

他成为里面的一个齿轮,一个零部件。转动,转动,转动。

父亲提取花粉，在杏、桃、枇杷等果实的核仁中发现氰苷。

他的心是热的，在机器的丛林，他爱上这些硬、冰凉、喧嚣。

父亲认识氰、氰化物，中毒后的尖叫、痉挛、死亡。

是的，我小时候经过氰化钠车间空旷的空地，看见很多硕大的罐子，刷着黑漆，罐子的一头画着一个白色的骷髅标识。

父亲通晓所有装置，熟悉那些或敞开或紧紧塞着瓶塞的溶液。

我怕他消失。你爱一件事物太深，你自己就会消失的。

他将热血洒在了这里，并诞生一个机械的时代。铁凛然不知。

父亲用一碗辣椒汤喂养他的孩子，在城中过着凉薄的生活，他的信念却是丰裕的。

这个世界太匮乏了，理想之光被遮蔽和消隐。世界正在沦陷。

父亲穿深蓝色劳动布的工作服，总是扣着风纪扣。

他是个异乡人。

父亲心细如发，像鸟一样敏感。

他是个年轻的诗人，但他从不写诗。

父亲对待邻家的孩子，陌生的孩子，都一样友善。

我知道，在大街上走，看到有孩子玩危险的游戏，他也会过去劝阻。

父亲在成人的世界里是孤独和胆怯的，与周围的一切格格不入。

我看见过他飞，在夜晚，星光照耀着他，他的喉咙里发出啸鸣，黑沉的翎羽张开，呼啸着，飓风一般，席卷苍宇；他偶尔停驻空中，像一团黑色的云。

他平日里，像池鱼，藏掖着翅羽。

父亲忙碌完一天，安然就寝。在睡梦中醒来，他会看到妻儿酣睡在他身边。

他洞悉沉默的黄金，生命的暗示。

父亲渐渐地少言寡语。

他的语言化而为莲。

父骑兽而行。御风而驰。执杖而威天下。闻香而晓世相。

父斫石，磨青铜以为镜。

父濯足于资水。栖止于洞庭之南的水湄与高树。与飞禽游鱼为友。以骨为笛，唱永生之歌。

父被清露之光映照。幻生众相。幻生秘境。幻而为人。

父熟谙预感、未知与惊恐，不惧生，亦不惧死。

父手捧时间的玫瑰，那沉沙之戟。

父手按箭镞，那命途，那生风方向。

父听夜鸟高颂，彼岸，烈焰高蹈。所有的仪式归于岑寂。

父洞晓机关，通灵之术，神的秘径。

父顺天而生，于莽莽荒原狩猎果腹，月凉如水，人兽隔火相望。

父冶炼器具，植种田禾，青青稼穑，垄垄黄土，人土终将同命于秋后。

父征战疆场，铁鸣如晦，正义被窃取，文明被囚禁，无知狂妄者开动战争的机器，正义、自由与道德亦随之远去。

这人世的欢场，没有人能分享你的悲苦，正如没有人能分享你的欢愉。

肉身放低，灵魂显现；灵魂出窍，肉身显现。

一个人的灵魂亦是他的肉身。一个人的肉身即是他的灵魂之相。

铁坚硬，锐利，变幻着喑哑的色调。冷即是它的温度。

铁是不可控的。我们正成为它身上的一个器官。灰暗的器官。

铁水奔流，浇铸一座座城池。想象如蛹成型。

铁器，机床，流水线，电梯，涡轮，脚手架，机械的装置，我们置身其中，血肉疏离。

我记得那个死后获得一把铁制匕首与黄金剑陪葬的埃及法老图特卡蒙。

只有博物馆，安静地陈列着陶罐，神兽纹铜镜，灵魂的祭器。那些绚丽的斑斓的生活被尘封、出土。爱恋与孤独从来不曾远离。

先祖走出山林。故土远离。

火焰过去，那只灰鸽子正在苏醒。我们一直为生活竭尽全力。

像爱和空气，我们离得如此之近。

父亲站在他的工厂，钢铁的工厂，锈迹斑驳的工厂，旧式的工厂，在苍茫的黄昏，充满神圣的幻象。

像北京的798，像风中消失的那么多的脸庞，谁通晓最后的隐秘？

生而为人，没有什么是可耻的。我们同处末路，是风暴中心两片脆弱相缠的叶子，是钢铁咬合的齿轮，是黑暗中的诗人，蘸着花枝写下悲伤的诗篇。

我们早已经失去土地，现在，我们又将失去温良之心，孩子。

（选自《星星·散文诗》，2015 年第 11 期）

香　奴

香奴(1971—　),本名韩春艳,生于内蒙古,现居珠海。著有《佛香》《不如怀念》《伶仃岛上》等。

早安,北京

我没见到雾霾,但据说它还存在。我没戴口罩,我也没戴手套。

南北走过,觉得你算得上温度适中。

第一次到北京,已经是1991年的事。阜外西口,是我记住的第一个站名,露园18号,一个四合院,两棵柿子树之间,晾满青春的衣裳。

后来的多年,我与你密切相关。

在北京,失去过亲人。

在北京,送别过朋友。

权衡过金钱和人性,放下过浮华和虚名,我的头高昂过,不屑世俗之争,我的头低垂过,注目这越来越多的纷忙的蚂蚁,更多的是平视,一张张类似雕塑的面孔。

早安,北京!

此刻我走向地铁，从此站消失，从彼站再现，多像与阳光的一场迷藏和趣谈，如果我不说，阳光不知道，地下的世界在早晨八点，拥挤得像无法散去的尘埃。

早安，北京！

真正的北京人仍然保持了二十世纪的闲适。

遛鸟，散步，打太极拳，从中年开始发胖，迈方步，京腔有条不紊，公园的露天广场上唱最流行的歌曲。

他们，出租了这座城。

早安，北京！

北京是他们的，也是我们的。

我将懒散地走一遍故地，白天去亚运村吃烤鱼，晚上到东安门夜市寻找温州鱼丸汤，我的最高理想是下辈子修成鱼，那才能四海为家。

早安，北京！

在这里，我恨过的都已不恨，我爱过的，仍然深爱。

但允许我预言，这些终将在人世消失，抵达海洋时，一生的记忆都成了坚硬的鳞片，以时间为序，排列整齐。

早安，北京！

故地莲花池

回到故地，是客。

关于冬日的莲花池，我知道的不比你多，只能剪接一些碧绿和粉红的片段，诉说眼前。

远离路人的莲蓬，都是幸存者，这个午后我也是幸存者，在严寒深处，作茧自缚的丝被抽断，我开始新的呼吸，新的苦难。

一切幸福的水鸟都叫鸳鸯；一切不肯封冻的局部都叫涟漪；红鲤如火企图把湖面点燃，开启一场盛大的仪式，夏日的傍晚，这里曾经歌舞升平。喧嚣因为寒冷而渐渐安静，爱情却一直不肯平息。

久别重逢的路上，我坚持用高跟鞋的方式与你汇合，脚踝的伤疼了一次又一次，疼一次，幸福一次。

洗去风尘，我用雏菊香皂的味道；而能照亮暮色的，我仅剩这艳若桃李的口红。

你走后，雾霾将卷土重来，全城陷落；你走后，湖心的莲子也将被全部收走，别问我遥远的荷花的消息，所有水，都结成了冰。

（选自《伶仃岛上》）

陈计会

陈计会(1971—),广东阳江人。著有散文诗集《岩层灯盏》等三部。

街　道

“每条街道,都指向城市的内心。”——城市的迷宫在一句话里展开,并不断分蘖出更多的路口,像蜘蛛吐出的丝线,将脚步织在其中。

“每一个路口都是出口,每一个终点都是起点。”——仿佛透露出城市的秘密、世界的秘密:关键在于永不停息的脚步,你将抵达寻找的目标。

于是,你每天在街道上行走,市场、公园、商店、工厂、草地、树木、穷人、富人、哈巴狗……一一在你面前展开相同或不尽相同的脸孔。然而,这仅仅是脸孔,城市冷漠的脸孔,你无法通过它抵达城市的内心。

某一天,你终于发现,城市的内心藏在城市每个人的心中,它与另一种道路有关。

钢　铁

从埋在深厚土层里的种子到长出绚丽的花朵，它的每一寸生长，都是人类的意志所浇灌；并以弯曲、上升、延伸、嵌入等方式，将桥梁、楼宇、道路和躯体带进一个新的里程。

钢铁是城市的骨骼，也是我们的骨骼，它支撑起一个蓬勃发展的时代和人类的远景。

从锈迹斑斑的内燃机车到银光闪闪的宇航器，从沾满奴隶血迹的钢鞭到自由讲坛前的麦克风，从呼啸的子弹到折断的钢炮雕塑，我们看到钢铁里倒映着人类行进的脚印和心灵变迁的历史。人类内心的痛楚，也往往由于钢铁的摩擦与撞击产生，譬如战争、“9·11”、车祸……然而，这一切归根到底还在于人类的罪恶之手，它扣动扳机，它操纵方向盘，让钢铁在泪水中飞翔、俯冲，并被疼痛覆盖。

对于更深入骨髓的体验，来源于那位在车祸中倒下，钢铁让他重新站起的老人，每当阴雨季节，隐隐的伤痛又一次将他击倒。

地　铁

从伦敦出发，它牵引着人类的梦想穿越黝黑的岩层和逼仄的现实，抵达世界上任一个出口。在呼啸的风声里，我觉得速度之箭比想象还快，让人对智慧心生敬畏。

我曾在书中看见一张地铁车站的剖面图，复杂、精致、优美，犹如梦境在我面前展开它被夜色包裹的花蕾。

那天，当诗人庞德大汗淋漓地挤出巴黎地铁车站，突然被一道阳光击中，眩晕从头顶开始——人群汹涌，幽灵般的脸庞如花瓣，在潮湿黝黑的树枝上闪现——他仿佛又被抛回昨夜虚幻的梦里，分不清哪瓣是自己。当然，他更看不清地铁里另外一些景象：当纳粹的战机在伦敦上空盘旋，地铁庇护了十多万人的梦不被炸碎；而近年恐怖的魔爪伸向封闭的地铁，炸弹和毒气让世界各地的电视荧屏迸射出血光和哭泣。

不管如何，地铁为城市的发展拓开了另一条道路，为人类的梦想提供了新的空间。若把城市看作一棵大树，地铁便是地下奔突的树根，为城市的抽枝拔节提供养料和活力。

漆黑的夜里，我听见城市吹奏着一支美丽的横笛，清越的乐音在岩层深处，在人类的梦境里飞翔……谁的心，被迅捷地搬运到远方？

（以上三篇选自《散文诗》，2007 年第 11 期）

任俊国

任俊国(1971—　),上海人。笔名任河、阿鬼。著有散文诗集《窗口》等。

往　事

一只萤火虫飞回来。很多萤火虫飞不回来了。

那粒光好清淡。如果远天的孤星是她的姊妹,那一件往事就更遥远了。

窗前的灯火张开罗扇,不扑流萤,也扑不住流动的思想。不远处,一地麦黄,有七星瓢虫起落。

灯火被夜捕捉,摇曳挣扎着。

只有萤火是自由的,且愿意歇在往事的枝叶上,等一颗露水上来,说泥土的气息、草根的乡愁、蚯蚓的深沉、蟋蟀的恋情、月光的胴体。把一颗露水说成三颗、四颗……说成故乡的明亮。

萤火是一盏光的小船,划进城市的小巷。城市提着另一盏灯往巷尾走,有些趔趄,但没有回头。

谁是谁的过客?

在城市,裁一窗月光写诗,捕捉萤火为词。有些词语熄灭在回忆的路上。

幸好还有舞台让萤火虫归来,但飞翔已经熄灭。

据说，网上有萤火虫出售。舞台的灯光黑了，

我的思路也黑了。

暗　室

影子逃离，灵魂赤裸上演。

我们想象无边，从演员的简单动作中看到森林、草原、洞穴、土屋、茅房、乡村、集镇和城市，每一个动作充满向往、迷茫和依恋，每一次告别都消失在暗室中。

此时，夜色无边，我们被装在剧院里。剧院被装在城市里。

城市被装在舞台上。

技术进步，生活已不需要底片，人类以数字的形式走进一张被压制的暗室，

舞台只是慎独意义上一次哲学回归。

灯，终于有一盏灯走上舞台，翻着浪花。一些人看见渔火，一些人看见温暖和人心，一些人看见充血的眼，一些人看见灯或一个形容词。舞台是一种经验阅读。

然而暗室提供的经验是平面的。

当世界上只有一盏灯时，暗室无边。

我们忘了，已用一张门票把灵魂交换出去，然后借演员还魂。

那个赤裸的不是我?!

当我们走出剧院时，一些陌生的灵魂在大街上流浪。

盗梦空间

舞蹈，一直走在盗梦途中。

在梦境的篱笆前，春暖花开，蝴蝶飞舞。或有一场雪，蝴蝶和雪花互为梦想。彤云和北风掩面而走。

灵魂出窍，以舞蹈的方式，

寻梦。

在时间册页上，舞蹈从身体里出走。时间如流水，在心灵的岸畔雕刻心声，又被时间坍塌。浪花是舞蹈的，翻卷出比流水、桃花和倒影更多的意思和意义。

盗梦是智慧也是勇敢者的征程。汗，是舞者从血液中盗出的一粒盐，从梦中盗出的一粒咸。

从血液里流淌出来的温度和色彩，有着最原始的篝火情绪和冲动。盗天火的普罗米修斯是舞蹈的，取地火的燧人氏也是舞蹈的，蕴含更多的人间温暖。

他们在人类征服自然的梦境中，点火。

炊烟是人间最初的梦想，或将成为最后的梦想。

彼时，将无梦可盗。

（选自《星星·散文诗》，2016 年第 7 期）

唐朝晖

唐朝晖(1971—),原名唐朝辉,湖南湘乡人。著有散文诗集《心灵物语》《勾引与抗拒》等。

中国瓷·清理

天光收回的城市,自己点亮,给每一件事物留一道浅浅的阴影,加深着道路的错杂性,漂浮于虚妄的凝视中。

一切在窗外发生,我站在事发的一扇窗里,看着自己。

此时,我才意识到自己大脑里塞满了茅草、枯枝、柳叶、冷兵器的寒光,微红的炉火,办公桌的一角,电脑黑屏里一排排飞闪而过的数字、字母和汉字,一个病人还一度浮于水汽的表面,对我的脑神经末梢肆无忌惮地挑衅,这类人怎么会进入我的大脑库房?还有,大量飘落沉积于这些杂物之上的灰尘,各种颜色的都有,只要拿阳光去照,就可以听见它们的啸声和拥抱的敌意。

大脑里还有什么?

老子、荷尔德林、海德格尔、但丁、弥尔顿,唐宋元明清的那些真学者、真学人,它们散落在杂乱的小林子里,被各种杂草枯枝掩盖遮蔽着,灰尘让它们远离,留下一堆枯骨的文字。他们不想吐一个字,眼睛也不愿意睁开。灰尘加厚着我与他们之间的距离,星座在遥远的地方发光，他们一直在那，寻找受光体。

动手。

清理的第一个动作。

收回散碎的心，聚焦，照亮手中正在做的这一件事，光沿着嘈杂的马路，飘在城市的低空，沿树叶、屋檐、窗户和桌子，回到我的铅笔尖，微笑着染红了我的脸，心光，回来，一位飘荡于江、游荡于湖的汉子，终于心领神会地握住了兄弟的手。

回归的道路，在一点点实现。

心中所念的就是你正在做的这件事。

清理的另一要点是扔。

总有那么多可能被需要的东西留在我们的空间里。

丢出去，亮开大脑的所有墙壁，一件件往外扔，清除草叶，拔出草根，挖除杂树。

清，杂物杂思。

空，大脑万理自达。

身体轻盈地穿过人群，内心的大地，阔远嘹亮。

听到了植物生长的声音，它们年事已高，但依旧浓密青郁。

草地一路躺向天边。铺天盖地。

人群在身体周围汹涌，内心安静如钟，敲响在凌晨四点三十。

中国瓷 · 你的神迹

凌晨两点。都睡了。城市睡了。

鸟的翅膀连影子都没有留下，偶尔的声音试图穿透夜光的里程。

想象你从游戏的程序里艰难抽身出来，真真假假地甩掉那些长满虫子的誓言，欲望在云端高声诵读爱的经典，你厌倦扮演游戏里的数字。诸多时候你身不由己。

你暗暗地回到城市的低音部位，突然跳出的亮弦，音符如冰上芭蕾滑过你的心灵。到家，身体里的无数个自己开始轻声倾诉，前世今生被今天干扰，你对自己说的话也对另外的人说：

你的身体已伤至灵魂，没人相信这些长满植物的话，满世界缥缈着这些时尚的生生死死，你与这些何其相似。你真实无虚地从死神的手里接过闪电的光亮，你机智如神灵，所有人都说在寻找神迹，你也是。

你就是神迹，你哼唱的调子就是明天的节奏，而你不知，密晤的机会由文字传递，你笑了，神意落在掌心，伸开，护身咒语和风生灵。

天空因你而生动起来。

（选自《通灵者》，北京燕山出版社）

徐俊国

徐俊国(1971—),山东青岛平度人。著有散文诗集《自然碑》,以及诗集《鹅塘村纪事》《燕子歇脚的地方》等。

丧 失

高楼后面的生活,一如拐进胡同的寒风,
狭窄,潮湿,表情灰暗。
简易公厕外面,刷马桶的人排着长队,
漂亮的打工妹夹在一群老阿姨中间格外显眼,
她一侧身,就把手脚哆嗦的一位让到了自己的前面。

此时,稀疏的晨光慢条斯理地施舍着石板路。
十米之外,一只流浪狗蹦着三条腿跑向红绿灯。
折断的右前腿晃来荡去,像失灵的钟摆。

这些天,正是蜡梅开到高潮的时候,
而仓桥村的日子却平静得有些冷清,
甚至饱含苦涩,谈不上尊严。

有人拍下这司空见惯的场景，
把一座城市的繁华冲洗成一张张黑白相片。
在底层的事物面前，
我们已经丧失了彩色的语言。

（选自《燕子歇脚的地方》，漓江出版社，2012 年版）

告示牌

各位游客，尤其是两条腿的游客：

昨天，我们这里发生了一起惨祸，一对正在散步的草蜢，被一只突然踩下来的皮鞋活活轧死。法布尔雕像右边 50 米处，那条白菊花掩映的小路，是事故发生的现场。今天，在这里，太阳落山的时候，全体小昆虫将为草蜢举行隆重的葬礼。

各位游客，尤其是两条腿的游客：

请回避或绕行。

谢谢！

（选自《自然碑》，北京燕山出版社，2014 年 9 月）

自然碑

冒着被谩骂和质疑的危险，我要在每一座城市的每一条繁华街道，在熙熙攘攘的人群之中，开辟出一块坟墓大小的空地，我要为濒临灭绝的华南虎、藏羚羊、大熊猫、白鳍豚……为黑颈鹤、僧海豹、夏威夷蜗牛、斯比克斯鹦鹉……以及在机器的侵略中殉难的亿万大地平民，立一块直耸云天的、花岗石和汉白玉雕砌的纪念碑。

我一个人搬运。

一个人刻碑。

一个人主持仪式。

一个人敬献花圈。

念悼词。肃立。致哀。

接受亿万手机用户发来的吊唁短信。

左眼流下黄河的呜咽，右眼流下尼罗河的悲痛。

一切完毕，再深深鞠躬。掩面离去，一步三回头。我跑步回到森林中的小木屋，连夜赶写一封比安第斯山还长的鸡毛信，信中要提到名不见经传的小草小花小虫子……为大地做过贡献的春风、阳光和雨露……一边哺育幼仔，一边用血肉之躯堵住枪眼的母猿……最后，整长衫，理乱发，在落款处按上血红的手印。趁现在还能走得动，披月色，出柴门，走遍世界上每一个有人的地方，含泪读给他们听，求他们承认错误，在太阳底下，签字，按手印，下保证……

（选自《自然碑》，北京燕山出版社，2014 年 9 月）

川北藻雪

川北藻雪(1972—),本名曹中明,四川蓬安人。著有大量散文诗作品,并被收入多种选本及年度选。

我们都是夜的叛徒

冷琴,冷月,冷镇。

三男两女。

怪冷的,穿堂风从身体里经过,曾经爱情渡口寻死觅活,转而在义工组织里制造温暖的那天,她说,一度风连续卷着漩涡。

怪冷的,他从古玩的震颤中抬头,侠义热肠还在寻找破绽,兜售的才情却不得不从庙堂高地颓败下来,终日背负几根稀疏黑发,亮着剑影的微芒。

阴影移动,覆盖月亮带刺的螯足。

被蜇过的信仰,在另一珠链妇人的秀臂上闪着红斑。

他们中的开车男人,却低下头来,感觉身旁飞着一群蝴蝶,不闻任何花香,只有春风不时滑过他的圆脸。

他不说冷,但见月亮已成定局,门外的路仍在延续。

他们很快从预设的琴声中走出,适应了各自方位。三三两两,中途撤离。

隐匿的,不曾点名的人,可能是你,也可能是我。

我们都是夜的叛徒。被月色修改。

（选自《威宁诗刊》,2015 年 6 月号）

守株待兔

受伤的兔,流水线上的兔,提速的兔,丛林奔向城市的兔……

不是株永不腐朽,只是它也在悄悄错位,移动中慢慢变了属性,比如由木而铁,而刚。

形变中,它成就活动厂房,点名卡,保安的电棍,各种规章制度。

不是眼睛睁得不够大,是株隐得好深。

纵然,心辽阔成一片海,也藏不下更多的暗礁。

赢家在前面蹲点,或在背后吹风,一闪而过,兔在中途奔跑。

守株人撇撇嘴巴子:“看,又鼓噪了一只乖精灵!”

（选自《散文诗》校园文学,2009 年第 7 至 8 期合订本）

阿　土

阿土(1972—　),本名庄汉东。著有散文集《有一种距离叫遗忘》《绝句那么美》《读木识草》等。

台城,色彩的侨乡

走进侨乡,走进台城,今夜,我将为那座色彩斑斓的城市失眠。

苍老的灯光如豆泊在岁月的墙角,浮动的月影牵引着我来自异乡的脚步,以及异乡的心情,在那片幻如烟海的街道,静静地倾听着倚在小楼里的故事,任思绪缥缈!

我是在为那截红墙逗留,还是为浓郁的古宅抑或深锁的重门迷惑?当醉人的花香穿过夜色,穿过时间的钟摆,抵达嗅觉,我所有的记忆突然间失去了方向感,脑海里一片空白,如未着一字的纸,如阔大无边的天空。

恍惚中竟真的有浅吟低唱的歌声传来,在这南方以南的侨乡小城,那听不懂的岭南粤韵,却也格外地迷人、动听,让人眷恋不已,不由自主地竖起听觉。

或许那才是生命里的故事吧!

一盏微弱却不熄灭的灯,终年照着归乡的人,照着那颗颗漂泊在异国他乡的心,让他们可以跟着光亮行走。

是那么的温馨呀，我在这风雨过后的夜晚饱饮沧桑的滋味，一如陈年佳酿，不仅有米的清香，也有时光的芬芳，那么鲜、那么醇。即便如此，我也一样要那么小心，恐美丽一闪即逝……

台城，我无法不说那些石头与砖块的语言，它们摊开的故事，不仅是小城对昨天的描写，也是未来照亮小城的光芒。我们不能忽视昨天，只顾今天，而不知珍惜明天……

汀江墟，夕照里的梅家大院

穿过季节与空间，我来了。

在这个夕阳照耀的下午，在汀江墟整齐的骑楼和宽阔的场地上，我带着跳跃飞快的思绪来了。

在那条街道，在留满行人足迹的街道上，止步的汽车点亮了我的目光。点亮我目光的还有那些骑楼，那些来自欧洲的巴洛克式的立柱，它们以富丽的装饰、雕刻和强烈的色彩，让那些水泥与砖头动了起来，让你的想象不由得不跟着跳跃！似是突然抵达了远古或他乡，震撼而惊心。

拱形的廊窗上，夕阳的光点浑红而斑驳，像在眼前晃荡，变幻而翻覆不定。那是红尘笔记，还是岁月的絮语？在那些砖块与瓦砾之上的图案，在夕照下闪耀成动人的风景！

小阳台上尽是浪漫的风情，在近百年的风雨沧桑中渗透着的典雅韵味，让整个陈旧的骑楼焕然一新。

汀江墟与“梅家大院”，它们之间的联系是否因为梅氏华侨或侨属的创建？在这方形如小城的土地上，寂寥与之相伴，沧桑与之相伴，夕照与之相伴，而这一切都无法掩盖曾经的流光溢彩。

这是一个端坐在夕照里的老人，在台山这座以侨乡著称的城市，这个老人满怀着一代人的乡愁！

因为乡愁，夕照里的台山格外嘹亮！

（选自《侨乡文学》，2011 年秋季号总第 140 期）

凌　寒

凌寒(1972—　),本名姜玉香,山东烟台人。作品刊发于《山东文学》《时代文学》《散文百家》《草原》《青海湖》《青岛文学》等报刊。主编有村落文化志《尚书故里》。

老　人

“磨剪子……戗菜刀……”喊声婉转、悠扬,由远而近。

拖一个小箱子,老人低头蹒跚而行,缓缓的脚步如悠悠的时光,胸前的录音喇叭里一遍遍喊着“磨剪子……戗菜刀……”婉转,悠扬。

想下去,却不愿中断工作。剪子菜刀似乎都很锋利。物质丰富,节奏迅捷,现代社会,磨剪子戗菜刀,似乎多么不需要和不屑。

支起简单的小摊,自制的水瓶倒挂,水一滴滴缓缓地下落。冬日暖暖的阳光,老人缓缓地磨着剪刀,磨缓了很多匆匆的脚步,围过来。这久远的即将逝去的手艺,这缓慢简单的节奏与生活,似乎只属于很老的老人。

似一首抒情轻缓的老歌,一下子击中心灵某个柔软的角落。

我还不年老,但也不再年轻。

手　机

传来QQ提示音:老师,东西买好了。一个可爱的笑脸。

时代的列车飞驰,总有人远远落后。一直不习惯网购,甚至不习惯长时间面对电脑。QQ、博客、微信,都是他人的怂恿和帮助,才踉踉跄跄不被抛弃。

“不要那么OUT。”热衷于不停换手机的男生朋友般拍拍我的肩,很坚决地拉我进手机店。两年后,这个智能机在一个微冷的冬日转瞬而逝。

照片、短信、朋友的号码和留言,被陌生讨厌的人翻看。他与我,陌路,却以特别的方式侵犯窥探我生活的一角。无法拒绝。

小偷与我,都属于这个世界。

换手机,苹果啊!学生们几乎异口同声。此生我拒绝。反感追逐潮流的盲目。那几日,某女孩为赢iphone 6在大街裸奔的照片在网上流传。

刚买的手机?很漂亮。营业厅年轻的女孩赞叹。边娴熟地操作边为我讲解各种功能。猛一抬头,多好的车,大奔啊!口吻中满是艳羡。满口的LV拉菲香奈儿。一个外表颇沉静的女孩,15岁,我的学生,来自普通家境的孩子。

物欲汹涌。这个时代。

远　近

你与我，多远？多近？

花开花谢，人来人往。伤害、欢乐、忧伤。遥远的异乡，天涯咫尺。咫尺却会天涯。相遇、相爱、远离。生命中，谁终将远远走近，谁终将一步步离开？性格、本性、责任、欲望、世俗、心灵。

一片片叶子缓缓旋转着飘落。路面上、草丛里，厚厚一层落叶。金黄小巧的银杏叶，宽大棕褐色的法国梧桐叶，椭圆不知名的红色叶子。蜷曲、舒展，重重叠叠，彼此相拥，静静贴着大地的怀抱。

春夏已是回忆，秋来，沉静地坠落。迎接冬天。

渴望洁白的雪花诗意暗淡的季节。雪，是上苍给冬天最美的馈赠。

冬天，到烟台来看雪吧。这个城市多雪。

向晚天欲雪。来，和我一起同饮。

（选自《青岛文学》，2016 年第 2 期）

夏　梦

夏梦(1973—　),女,四川省南充人。著有散文诗集《行走边缘》,作品入选《中国年度散文诗》《中国年度作品·散文诗》等选本。

拴一匹回家过年的马于长安

只有长安的墙垛,才拴得住南来北往。

我那白发苍苍的娘啊,这时守着城墙外的灯笼:盼归。

每一缕北风都是思乡长鞭。此刻,你在翘首期盼又望眼欲穿,我却被无形的风任意抽象并被无情拍打。

娘,你额头的皱纹轻轻一滑落,就是万水千山。问一句长安,你用哪朝哪代的泥土垒就了封疆高墙?你用什么样的一纸文书让人不能回归故里?

灯笼。繁星。冷风。

怎就诱惑我于瑟瑟中而抽身不得?

在我的视线之内,乡野来的兵士伫立成古陶,树梢上的阳雀却将经文纷纷啄碎。

我要回家!在这蠢蠢欲动的年关,我拴一匹回家过年的马于长安，我的双眼已经被长安大道上那光怪陆离的彩灯刺破。

灞柳风雪，柳絮漫天。我开始炫目万分。

转身、仰头、闭眼，陵墓关不住的火焰若千驹飞驰，驰骋骊山。然而，我也是你宠过的一匹烈马：踏浪浪溅，奔月月残。

长安，长安。

你为何积聚那么多紫气？你市井如羁绊，勒我前蹄。

娘，我要回家！现在我要做你的枝丫和茂叶。回归你屋外，虔诚地做墙角的蟋蟀、土中的蚯蚓，聆听家乡庙宇的钟声和欣赏老宅门前的积雪……

年味正浓，我拴一匹回家过年的马于长安！

长安，谁挤破你的泥塑真身

一抹咸阳，一声歇斯底里——长安啊！

要多少刀光剑影与世事蹉跎临港让风云翻滚？

此刻，我却有缘俯视长安醉迷长安，并且拖着昨日疲惫的身影悠悠缓缓于长安。

古时的旌旗猎猎于大漠烽烟，泥塑的兵马俑静悄悄在墓里定格，青铜器不知锈蚀了多少霸王别姬？

一年又一年，蜡梅开得人老珠黄。

钟楼。鼓楼。日积月累，我看见楼里行走的汉字和镌刻在墙壁的秦时明月与唐诗宫阙，看见血刃的历史被时间轻松地翻刻成版画或简化成皮影。

华清宫的龙爪槐尽展沧桑与妩媚。

一曲轻舞，把霓裳舞动成千古羽曲？

是啊，我还看见那秦砖汉瓦，掩盖了更替不尽的红粉轶事……

我，一介女儿身，错失东市骏马，也忘却听令佘老太君。隔朝隔代，读书识字，修身养性，出生对自己是那么的迷蒙；千人千面，哪里去辨析自己的祖先姓甚名谁？

然而，冥冥中总觉得脚下城墙有阵阵轰鸣，总觉得这秦川的八面来风依然有些许人影晃动、刀光剑影。

秦腔骤起。身披盔甲，有人手握兵器于长安城上。

我已经看见，千帆过尽之后，一地阡陌俯首称臣。

阅尽咸阳古城、曲江流饮，十三朝故都风韵犹在。

长安，历朝历代，风雨飘摇，是谁挤破你的泥塑真身？

长安，朔风之时，我孤身一人在你的城墙上。

花团锦簇，为何错失一方小桌

你这花团锦簇几朝故都的长安啊，从不缺帝王将相、将才霸主。那么多的厚重被堆砌成亘古城墙，匡护江山社稷，祭天拜地，光照庶民，可为何错失一方小桌？

天圆地方。大亦大。小亦小。

在长安，泡一杯沧桑泛黄的苦荞茶，我竟寻不见一方静谧的小桌。

环顾四周，除了喧嚣还是喧嚣，满地金迷纸醉！

是的，小桌。我在怀想老家檐下那只木质又布满花纹的小桌。

是呵，穿梭于花团锦簇的长安，我渴望一种纯粹和另类的宁静。

遥看你的风霜，移步于骊山深处，我依稀听到脚底残存石板的长吟短叹。你看：一潭滑洗凝脂的“华清池”，唐降以来用一种恩爱缠绵曾打乱多少正史野史，让社稷江山几多阴盛阳衰。

一阵阵春寒料峭，狂扫着长安的木门与街巷。

此刻，临潼的古道人头攒动，头顶白云过往，朔风不断地吹散了我的额发和诗句的皱纹。我多想触摸古柳飘动的霜花，多想追问古城灿若星辰的前世。

真的，我是一介有家不归的女子。

我是一个现实生活的脱逃者，我多想在这里觅一方安静之地。

我至亲至血的长安呵！我愿把水之北山之南留在小桌上当一本闲书细细品读，我愿以往后的时光在你尘封的史记里探寻昔日古铜色版图，并且用我女性的双掌缓缓触摸上下五千年的锋芒。

雁塔的钟声遍遍敲响，我的眼前瞬间没有刀光冷剑。

我希望流放这里，包括我的全部。

天地悠悠，我在佛前虔诚祈福。

是呵，我多愿在脚下坐拥一方小桌，并慢慢地烹煮一壶茶茗，然后举头瞻望落日染金的大小雁塔……

长安，我在这里流放，我愿在这里独饮！

（选自《宜宾文学》，2017 年第 1 期）

冉茂福

冉茂福（1973— ），笔名苍野，贵州沿河人。著有散文诗集《守望乡村》《雪落村庄》等。

灵魂的鸟（节选）

九

在城市的角落看你。

你在恋情拍遍的栏杆上。嫩绿的你，进入我的诗行。我的心是蔚蓝的天空，蔚蓝的天空下着与你有关的毛毛雨。所有的动词与你连接。

这是通向阳光的公交车，声音的速度非常抒情，我打开你的眼帘，稍一驻足，就进入你心灵。

高跟鞋、皮裤以及裸露的乳沟令我想入非非，失眠的夜我不肯原谅自己的灵魂，一任时间的鞭子狠狠抽打。

我最珍贵的感情在泣血。

十六

对于城市，我是孤苦的孩子。在城市的浪尖上，日夜舔着自己的伤口。那只飞翔的鸟打湿我疲惫的心灵，麻木而多情。恰如一滴雨让人刻骨铭心地怀念。

我以观察乌鸦的方式观察着城市。在城市的忧郁里，抛弃爱情，抛弃春天。

那艘运载死亡的船，运走了我的青春和容颜，驶过了碎裂的梦境。

流浪的飞翔是我手心的痛。

青春多美好，我们却要抛弃青春。

我真想趴在你的肩头，痛哭一晚，在这寂寞的城市。

十七

春季的花蕾流淌着血。

从街口涌出的超短裙，粉碎了我的自信。在密封的茧里，我听到蜜蜂飞过头顶的声音。洋溢的笑容里，我感觉与世界的距离。

明天，一束光将通向哪里?

在这里，天天都是污垢的模样，像少妇的脸涂抹一层又一层的油脂，粉饰她们流逝的青春。

城市深处分娩的忧郁，在朦胧的灯影里舞蹈。随处抛落的吻在长椅上风干，而发廊深处玫瑰花香的笑声在滋生蔓延。

在晨起的角落拾起一个嘴唇，抚摸手边饱满的乳房，是一个盛满烈性的酒杯。

城市的河流里没有诗歌。

我心欲飞翔。

（选自散文诗集《雪落村庄》）

章闻哲

章闻哲(1973—)，女，本名章文哲，曾用笔名章少卿、冰绿主义等。浙江诸暨人。自由文艺评论者。著有散文诗集《在大陆上》，以及理论专著《散文诗社会》《梦、艺术、人本主义》等。

大宅院

隔壁的老收音机会戛然而止。

京戏在最炫耀的高度上，被一片薄木片轻慢地堵上了。

贵妃的长袖舞到半空，有些媚态如箭在弦上。

这时只好换一副怨怒气急的模样，瞪着一双眼，不能说话。

但她的灵魂强悍，硬是让周遭的一切都被紧逼得喘气了。

旧家什——发出霉气，发酸的酒气携带铜锈味狠狠搅拌进去，仿佛四爷嚼牛皮糖，横竖左右、翻来覆去地嚼，嚼出一脸痞气。

这使我的金色不能弥漫，它在黑暗中凝成一条路。

有些影子走上去，一直走到安静的天堂。

(选自《诗歌月刊》，2007 年第 3 期)

宜昌论

传 统

子曰:宜昌侧重传统工业——这令我感到踏实。

电信大楼星光熠熠,亿万个灯泡装饰着大楼的半壁江山。

——果然是一种古典主义:很圣诞很宫殿很传统的繁华。

传统就是你还可以逛街,在街上寻找美物,

就像上元夜的旅行。

但我也有愚公之忧:酒店会摆出一种正统的姿态,掐断网络吗?

——这个想法很诗经,与楚辞无关,事实证明在宜昌到处是免费 WIFI:当然不是硅谷,也没有强调电商的 ABC。

宜昌果然很传统:它强调长江的位置、强调三峡风光、强调多少吨级的码头、强调水与电这两种。

——能够掐住现代喉咙的基本能源。

朗 诵

朗诵家在宜昌,代表了一种屈原主义。只有屈原能突破朗诵

家的瓶颈，只有屈原

——能喊破天宇

朗诵家的喉部。

向来是一种朗诵，只有在宜昌它才成功复原了诗歌的雄心，不仅仅发自肺腑。

——杀破天宇的歌哭源自楚歌、源自长江、源自春秋战国。

雷声轰鸣，狼啸暮野。

还原成屈原，需要一种屈原的灵魂，

需要楚天阔，需要长袖笼电，手持利剑。

劈水而入，击起千层浪——击起三峡大坝、长江大桥。

楚　歌

楚歌浩荡兮，楚天辽阔。我在长江游泳，我在长江边上晾晒我古铜色的身躯。

我的父亲也是一名诗人——知否？他在诗中巍峨高远，却在诗外谨小慎微。

我是一名出租车司机，我能否问问我的父亲——你这堂堂武汉师范学院的弟子，

骨子里是否也是一名出租车司机——终日奔走于天地间，开辟了九十九条道路，

九十八条通向罗马，一条通向解放路某某胡同 XX 号？

楚歌浩荡兮，楚天辽阔。我在葛洲坝大桥上散步，我在屈原祠外眺望长河。

我是一名退休老人，而我的儿子是一位下岗转业的出租车司机。

我能否问问我的儿子——你这书香门第出身的司机先生，

你的车是否只载家人和亲朋，是否只载香草美人、古珍奇宝？

水路迢迢，陆路也迢迢——我尊敬的儿子，我的诗篇献给天下人献给母亲河献给祖国。

正如你的车也载着宜昌，载着中国，载着天下人。

楚歌浩荡兮，楚天辽阔。我在长江边上散步。

我探寻洞庭潇湘从何处奔入大河，

我探寻屈子的行踪，探寻兰桂之芬芳从何处升腾而起，我探寻……

细　腰

人们热衷于糖醋排骨，谓之“外酥里嫩”，

而我这位南方人却自小不喜欢，

在该咸的地方加入甜味。

宜昌的女人一点也不甜。带着长江的本色。

宜昌的女人一定很甜，带着长江的本色。

宜昌的女人带点重庆味道，但也不像巴山夜雨。
宜昌的女人该辣时辣，该清甜时清甜。

清甜时很令人信赖，纯真得像一只小黄鹂，
老辣时也很令人放心：一目了然，中有亚麻与丝绸。

我喜欢宜昌的女人，因为有位诗人说宜昌没有美人；
我喜欢宜昌的女人，因为最杰出的舞蹈家，
一定与"好细腰"的楚国有共同的血统。

跳天鹅舞之腰很细，跳孔雀舞之腰很细，
连吃酥油茶和羊肉长大的藏族舞蹈家之腰也是细的，
细腰是一条河流，细腰是一卷抽象的历史。

如果你看不出宜昌女人的细腰，
那你一定是看错了一位宜昌女人。

邻　苏

治学到晚年，就必然神清气爽，无所纠葛。
宜都邻苏老人，犹邻近于苏醒——越至垂暮，就越苏醒。
屈子！苏醒是一种怡人的气象。

竹林清幽是一种苏醒，芭蕉茂盛是一种苏醒。
古琴淙淙是一种苏醒，画廊迂回是一种苏醒。

屈子！清江水碧是一种苏醒。

邻苏园不必面对长江，

——邻苏园的长江在《水经注》里，在金石文字里，

邻苏园的长江在更广大的地理中。

屈子！——汨罗何其深也！洞庭何其浩瀚也！

——汨罗又何其狭小也，洞庭又何其静默也！

譬诗人沉沦兮，故乡不知何处。

——苏醒是一种活着的故乡，苏醒是故乡不绝的晨歌。

屈子之亡犹楚国之亡。虽楚辞一帧，照亮故土，郁愤之情犹缠绵纠结。

明珠微昏矣，若闻楚歌之四起。

而邻苏园却是一种豁然开朗。

譬之长江奔腾不绝，划出了天际，孕育了两岸无尽绿野。

譬如，长江刚柔相济、百折不挠，五千年文明乃得以旖旎、豁达、臻伟。

屈子！——《离骚》何绚烂兮，《九歌》何悠扬绮丽兮！葬楚之辞何烈烈！悼楚之辞何凄凄！

——唯苏醒是更健朗的《楚辞》！

秭归——子归；邻苏——灵苏。我在邻苏园召唤屈子幽灵，在屈原祠遥对邻苏。

不知所以：一种楚乐在屈原祠，伴着骄阳石栏，令人焦灼难安。

知其所以：一种楚乐在邻苏园，伴着碧水翠篁，令人顿时释怀。

是苏醒之宜昌——犹长江壮阔，文牍昭明。

长河中都

到这里，水势转为平缓，高山化为丘陵。——你可以在全人类的景观中想象“平地”是如何从一个城市发迹。

你以为宜昌很小，它却动辄三四十层高楼，直观上这是一种北上广式的“大”，乃至半个纽约一样的姿态。

这就像在说明：“平地起高楼”是一种必然的地理学。

西陵峡在宜昌，宜昌却不在西陵峡，而在长江边上——这种凌空驾驭的概念几乎贯穿长江，贯穿整个三峡——并不像海陆中国的术语，更像西楚霸王在江苏和安徽——而楚国在楚国。

如此辽阔，几乎，可以把触觉伸至无限。伸至长江所能触及的任何地方。

这无疑是一种要塞，在长江上游和中游的交界处，可以伸开双臂：左手川黔，右手江东。

这无疑宜于昌盛。从前它叫夷陵，从一个具象的地理描述进

入到抽象的政治描述，

无疑预言了一个飞翔的姿势。

我喜欢码头。喜欢喧嚣的码头。常常认为霸王和虞姬在这里可以找到新的起点。

固然，垓下和乌江与此处并无任何瓜葛。

礼乐宜昌

三峡大坝像一架钢琴，葛洲坝大桥像一架钢琴。这里的许多高楼都像一架钢琴。

当然，没有必然的钢琴——琴师在楚辞里，琴师在楚歌里，琴师在三峡风光里，琴师在长江的奔腾不息里。

有琴师的地方，必然有乐器。必然有沛然之乐声。

钢琴之城，是一种现代风光，更是一种历史的回响，是巴楚人民血管里流动的那种声音

它沉郁过，悲壮过；它拨动四野，深入骨髓。

钢琴之城是一种执拗的楚风——没有一个城市如此向往诗乐，如此自豪地以诗乐命名自己。

你可以从中听到一种恢宏的交响从城市的底部冉冉上升，并且弹奏着一种更加卓越、宏大的未来。远不止一个维也纳式的音乐情结。

钢琴之城雄心勃勃:诗书礼乐毋宁再建的是一种泱泱大国的雍容风范,一部煌煌华夏史的续集。

必然有一支庞大的乐队存在着,在工厂、在商城、在街巷、在江河的巨轮上,在每个家庭的客厅里……

在第七届长江国际钢琴音乐节开幕时,我只是在桃花岭酒店闭目养神:听一支钢琴曲如何从长江码头奏响《宜昌序》,并以复调越过大河,在宜都,在三峡等声部上回旋至远方,至无穷的星空深处。

(选自《散文诗社会》)

谢家雄

谢家雄(1973—),云南玉溪人。著有散文诗集《湛蓝时空·谢家雄散文诗》(华文出版社),诗集《现世》(香港类型出版社)。

梧　桐

街灯浣洗着日子,一片片的时间之叶。

把手掌贴上去,一把钥匙开启了一个得意的败笔,掌形叶拒绝诱惑。

在古老的街道,在人来人往的视线里,车声荒凉着日渐葱茏抑或枯萎的形式之花。

打开故事,阅读它叶脉萦绕的扼要,内容不在远方的枝头挂果。

而在城市的泪光里,晶莹的夜露模糊了车灯寻觅已久的眼睛,久违的歌声愈走愈远。淌过今夜,又是一个黎明。不系之舟诠释了时间所有的内涵,昼夜轮回,谁在轮回中永生?

小小的一羽喟叹,哭泣的伊人走不进万家灯火的梦乡。把梦埋在梦里,一帧日记是谁也进不去的心扉。

叶落不是理由,叶茂也不是目的,行走在世界的边缘,一张喙啄破了城市铁质的壳。

有流行风在吹，有流行雨在飘，火爆的舞台寻觅一叶阴凉。钢筋、水泥、红砖、绿瓦，心田里葱茏着春华秋实的情节。

走近一滴露，一缕音乐穿壁而来；靠近一片叶，一种心事破梦而去。路向远方走去，生命的高坡上，一只小绵羊离开了它的牧场。

（选自《散文诗》，2005 年第 7 期）

城市的鸟

遛鸟的老者，在牧放自己的童年：翻翻生锈的故事，晒晒发霉的旧闻，一种滋味，独具韵味。

仿佛城市清点着心情，鸟儿清点着日子，有水从十指间溢出，每一滴都能洗亮鸟儿的嗓音。

请给我一支曲，我将随它翩翩起舞抑或放声歌唱。一个鸟笼是家还是牢房？在现代的都市很少有人想到这个问题。

在远方，空空的鸟巢是一个梦，正开垦着我生命的大草原。阳光之禾、月光之苗茁壮成长在一片叶上，一把犁弯进岁月的深处。

于是，黑色的泥浪翻滚，黑色的记忆也在翻滚。土壤中有火种，季节的灯盏在点燃，赤橙黄绿青蓝紫的思绪在燃烧。

城市的鸟，鸣唱在老者的心情里。

（选自《散文诗》，2008 年第 9 期）

收集月光的人

站在月亮经过的路口，我是那个收集月光的人。

偶尔拾到只言片语灯光，我惊叹于它们的执着。偶尔捡到一节半章霓虹，我迷醉于它们的斑斓。

在想你的路上，我只是深入了那么一点点儿，就失眠于电视机屏幕前。

广告。新闻。搞笑。一浪胜过一浪。

言情。武打。战争。一场接着一场。

爱情被永远地供奉在额头，勾回人们七零八落的人生。有古老的河水流入其上的阡陌，有经典的江水注入其中的脉管。

打捞着岁月的潮声，我的舟划破时间的肌肤，在某一棵花树下，一展婀娜身姿曼妙歌喉。这是生命的舞蹈，这是爱情的歌唱，虽然只是独自一人，自舞自唱，我心依然飞翔。

一个精致的酒杯，还是斟满我精致的情感；

一个剔透的茶盅，还是盛满我剔透的心情。

月光呀！美丽的故事，在我精致的情感里神话，在我剔透的心情中传说。

一切都不是梦，所以无须虚构和杜撰。

站在月亮经过的路口，我就是那个收集月光的人。

（选自《散文诗》，2014 年第 7 期）

赵大海

赵大海(1973—),本名赵均宁,山东日照人,现居青岛。著有诗集《赵大海的诗歌》《父母在上》,随笔集《快乐是种角度》,长篇小说《学生会宣传部长》等。

有 酒

把烧烤摆到门前,把啤酒桶搬到街面上。

把辣炒蛤蜊端出来。

本地人又开始坐小马扎,把幸福生活、家长里短向外倾倒。用舌尖聊天,杯子一次次揩着嘴角的浪花和泡沫。

我是异乡人,我有自己的欲望和快乐。邀三两同事或知己,俺也要把酒临风,捋起裤腿,一把把抚摸腿上的长毛,大口咀嚼烤鱿鱼、多味鱼、酸辣土豆丝。大谈几千套廉价出租房,也顺便扯扯钓鱼岛事件和那些炫富的、坑爹的,一大盘、一大盘地上好下酒菜。

风到这里已经不咸了,月亮喝到凌晨就晃悠了,但是无论如何都能摸到家抱紧妻儿和二十几平方的香甜。

步行街

尽量空出一条街，尽量给她们更多的选择，让她们，尽量接近自己的曲线，尽量用最少的绸缎表达美——

这个城市的每一个女人，这一生至少要来过一次。

遍地的太阳镜、遮阳伞、香肩、短裙、黑丝袜。那个外国女人，没有戴胸罩的恶习。

眼睛有点不够用，男人们集中地坏。

一排墨镜，在女人身后嘻嘻哈哈，有无限的想象力。

看来，下辈子一定做大款，你看他的钱包里，又换了一个模特和春天——

女人街

商业区，女人凹凸有致，仿佛一夜之间，一下子从地缝钻出来。

哪个女人都美：黑丝袜、遮臀衣、高跟鞋、齿白唇红，睫毛忽闪，即便是假的也很美。

女人的三围很美，体内的波浪苏醒，起伏的姿势很美。

从宝马车斜出的一朵尊贵，戴墨镜、长筒靴，惊艳一瞥，已多年未见——

后宫的墙被雷声推倒，这些妃子，明媚的女人，蜂拥而出——腰肢间有季节的氤氲，晃动隐秘山水，滋润男人。

路边的梧桐、青青草，荷尔蒙激增，一只狮子狗挣脱了那个妇人手里的皮链和疾声呵斥。

购物街真美，春天真美，人潮涌动的女人街，真美！

我要停下来，把心脏按回去。

（选自《上海诗人》，2013 年第 3 期）

堆　雪

堆雪(1974—　),原名王国民,甘肃榆中人。著有散文诗集《风向北吹》等。

大雪抱住了一座城市

大雪抱住了一座城市,就像一个人,一下子抱住了她的爱人。

这个人,从身后猛地拦住他的腰,不让他转身。

这种突然到来的幸福感,之前他并没有一点儿思想准备。

大雪抱住了一座城市,这比月光的普照更有魄力。月光总是很客气地,远远地照耀你。她只照亮你内心,幽暗的一角。让你不觉得冷,也感觉不到暖。

但是大雪就不同了。大雪从天而降,借着城市的灯光,就像爱人的瀑布和泪水,飞流直下。

她的温暖,通过一片片轻盈的雪花,附着在你的肌肤,并且慢慢地,弥漫你的全身。

大雪抱住了一座城市,抱住了这座城市拥挤的人流和喧嚣的屋顶,抱住了这座城市的攘攘秩序和空洞现实,抱住了这座城市脆弱而坚硬的质地。

大雪抱住了一扇深夜还亮着微光的窗棂,抱住了一辆因抢道而抛锚在半道的轿车,抱住了一对在十字路口决定分手的情侣,抱住了一个拾荒人在地下通道蜷缩成石头的梦。

大雪抱住了，一个就要摔倒在地的酒鬼。即便是喝得大醉，他仍然笑骂不止，痛快地宣泄着对于这个世界的不满。

大雪抱住了一个即将被砍掉的枯树。这棵树并不知道，它所生活的这个城市，需要更快的速度达到目的。但它还傻傻地，站在原地，等待来年花枝招展的春天。

大雪抱住了一座城市，抱住了这座城市的时间、地点、人物和主要事件。抱住了这个城市钢筋水泥般冷酷的躯体，以及一颗沾满烟火与尘埃的心。

大雪抱住了一座城市。她的拥抱实在、具体、激越、疼痛，充满了悲壮的理想主义。

我知道，她还想抱住更多……

如果你在深夜的某个街角瞥见我

不知什么时候，我爱上了冬天，爱上了刮骨疗毒的寒风，爱上了广阔的寂寞和隐隐疏离，爱上了独断的出逃和厌世的隐遁。

不知什么时候，我爱上了，寒夜里一条没有尽头的长街。

我取下面具，挣脱伪装，勇敢地跨出家门，在午夜的冷风里，开始狂奔。

仿佛已经没有了牵挂。我竖起衣领，在深巷的一侧疾走。没有人能认出，我是那个白日里穿戴齐整、谈吐得体、准时出现在单位办公室的人。没有人能认出，我是那个在半夜里爬起来翻书、点上灯写诗的人。也没有人能认出，我是那个一口气喝下半瓶烈酒，醉倒在风雪里久久不醒的人。

我的灵魂告诉我：你疲惫了，你厌倦了，需要放弃，或者逃离。

于是，我不再忍受拖沓冗长的现实，不再容忍虚情假意的世风。我甩掉伪装，撕下面具，勇敢地走出家门，在午夜的寒风里夺路而去。

我在鬼魅的楼群间疾走，再也听不到耳朵与唇齿的窃窃私语。我在迷离的灯火中穿行，再也听不到灵魂与肉体的撕咬与呻吟。

我的身心，已幻化成一团黑影，或者一片枯叶，在城市的每个窗口闪过；我的沉默，已幻化为一阵湍急的风，招展起身后的滚滚红尘。

没有方向，无须感受；没有目的，不曾停留。在树影与霓虹的交织中，我无畏地冲破城市的栅栏和斑马线，仿佛一个，无处驻足亦无须抵达的亡灵。

忘掉我吧。忘掉尘埃里那些卑微的笑容，忘掉屋檐下那些淅沥的哭声，忘掉那些触手可及的快感和骨髓里不断向内弯曲的隐痛。忘掉喧嚣的世俗、膨胀的情欲，以及孤独背影里缤纷的花季。

如果你在深夜的某个街角瞥见我，如果暧昧的路灯和朦胧星月，恰好照亮我内心的旷野，那才是，现实中最真实的我。

我的爱就像午夜驶过长街的洒水车

多少年，我怀念这样的情景：一辆洒水车，呼啸着穿过我做梦和做爱的城市。

午夜的长街，一路水声过后，万籁俱寂。

亲爱的人们，还沉溺梦中。一辆洒水车，已经在午夜，承载着人类的全部孤独、悲悯和爱意，于空旷的街道，呼啸而过。

淋漓地喷洒之后，这条白昼里尘土飞扬的长街，明亮得如同刚跑过大雨的河床。

一辆破旧的洒水车，满载人类的全部悲悯和关爱、奉献和力量，在万籁俱寂的长街行驶。谁能完成，如此伟大的心灵工程？

一辆洒水车，代替我简单而热切的愿望。让我在一个万众酣睡的夜晚，选择一条僻静的长街，用爱的泪水，喷洒纷飞红尘。

洒水车呼啸着驶过，带来这个城市的第一场春雨。使一条纸屑、塑料与尘埃狂舞的街巷，霎时安静下来。像一只干净的手，轻轻掀去破旧的台历，露出崭新的一页。

洒水车呼啸着驶过。这个夜晚的寂静，瞬间被关爱与温存滋润和覆盖。仿佛原野上的一阵清风，让此生的坎坷和遭遇，忽略不计。

洒水车呼啸着驶过。仿佛这个城市的一次 CT 或胃镜。一次，深夜里不为人知的急诊。

一番清洁和洗消之后，这个狂躁不安的城市，在月亮和星光的呵护下，重新恢复文明的秩序。

洒水车呼啸着驶过。很快，便消逝在长街尽头。

我想象，我的灵魂，就是驾驭它的那个司机。而车上罐装水的清澈，就是我一生的眼泪和积蓄。

我想我不为人知的晶莹，不会把熟睡的人们滴醒。

当新的一天来临，这个城市的人们会看见：这是一条多么洁净的街道，一个清新如初的世界。

而我心爱的洒水车，此时已经回到这个城市的某个角落。像一只流干了奶水的母狗，累了，趴在地上吐出舌头喘气。静静地，看着这个世界：

烟尘再起。

（选自《散文诗世界》，2011 年第 10 期）

乔书彦

乔书彦（1974— ），河南唐河人，现居武汉。著有诗集《南来北往》等。

夜　晚

灯光是主妇们眼角的黑痣。夜晚，空气中混杂的胡椒味越来越浓。此刻，缓缓起身的主妇进入厨房，柔和的动作融化不了一块冻肉。

丈夫在应酬。

儿子在春天的角落啜饮一杯苦咖啡。

电视机前打盹的老人，没有发现怀中的小猫蹿到阳台上，它蹑足走向遗弃在角落的那堆鱼刺。这个饥饿者，对客厅新鲜的食物无动于衷。

主妇在天黑后一言不发，收拾房间，准备晚餐，烧热洗澡水。只剩下一个面团和两根大葱。没有包饺子。她做了三碗葱花手擀面。

客厅传来的钟声闹得人心神不定，归人的脚步总是停留在别处。夜风习习，吹动窗帘，轻轻地，缓缓地，像失落在厨房的心情，倏忽刮过冰凉的地板，不着痕迹。

我和祖父走过深夜的城市

风慢了下来,城市越发燥热。除了休息,还有什么能够缓解陷入黑夜的疲惫身体?我和祖父在城里,我们早出晚归。街边商店的养鱼缸中,鱼儿保持得体的泳姿。如果时间足够多,我和祖父也会在喧闹中停下脚步。我真切地记得:好喝的冰冻绿豆汤,就在街道拐角出售。生活从零点开始,老迈的瓷器匠人眼神不好,他早已习惯人和人之间距离拉大,他无力黏合。我难以忍受汽车尾气。我泪眼模糊。小狗在铁栅栏边啃骨头,身影像破碎的瓷片。真好看,祖父自言自语。他试图拔掉头顶翘起的白发,却因年老而无能为力。

斑马线

树枝折断,身边充满不确定因素。

走出家门,体验夹杂在人行道和机动车道之间强烈的焦灼。承受一种疼痛,从未遇到的困窘,就这样在春雪后被我遭遇。

阻隔在斑马线,面对滚滚车流无可奈何。

硬邦邦的街道,过街的人原地踏步。

我站着,其实是想弄清楚下一步该向哪里走?总不能一直顶着风,那样会病得很重。触摸城市的味道,又回到自己的心跳。

(选自《南来北往》《湖北草根诗人丛书》)

陈　亮

陈亮（1975—　），青岛胶州人。著有诗集《乡间书》等。

塑料模特

他在捡垃圾时发现了一个塑料模特，尽管她的胳膊是断的，腿是瘸的，但乳房是高耸的，屁股是饱满的。就从垃圾堆里将她领回了桥底下的窝棚里。

当晚，他剃了胡子剪了指甲，又和模特在水龙洗了澡，就抱着她上床睡觉了。

那一夜，桥上的车声压得很低，门口的玉兰开了很多花。

第二天，人们惊讶地看到的是一个不再邋遢，甚至有些粗犷范儿的拾荒人了。

他每天晚上都会和模特说话、流泪、给她唱家乡的歌。

直到有一天早上，当他醒来，发现模特在他的怀里活了，说着他的口音，唱着他的歌。他吓坏了，赤身裸体地跑出来——

打手机的男人

北京的杨树抽出梦的枝芽，风把乡愁吹出了杨絮。在街头乱拍时发现了他这个在石狮子下蹲着打手机的男人。

他的衣服有着杨树叶的颜色，他头戴凸起的施工帽，有些像奥特曼。他一边打手机，一边抽烟，烟云让他的脸更加模糊。

他开始是笑着说话的，说出的方言如玉兰上的鸟叫，后来不知怎地就哭了，让身边的石狮子忍不住狂躁。

再后来，他跳将起来，将手机狠狠摔在地上。他的手机——一只逼真的泡沫模型，一下子就散作泡沫，寂寞地飘散在满是汽车的大街上。

生　意

他什么时间进来的，我竟然不知道，恍惚间，他就坐在我面前凝成身形。他的皮草像杂色貂皮，他的项链很粗，他洒的香水浓烈得刺鼻，让桌子上的花收拢、咳嗽起来。

他面无表情，彬彬有礼，口若悬河，而他的皮手套一直不脱。

他试图向我兜售一条狗的秘密，我不感兴趣，他又向我出卖一群狗的命，我开始陷入了巨大的迷惑——

当我失望地想离开，他用一种奇怪的声音喝住了我，然后慢慢挣破面皮，露出了一张毛茸茸的狗的脸——

（选自《散文诗》）

南小燕

南小燕(1975—　),女,陕西兴平市人。著有散文诗集《一滴水的修行》。

当方言从城市经过

在异地的城市住久了,对方言的渴望就会结成茧,把内心的思念一缠再缠。

太过繁复的节奏,让生活的眼神充满倦容,缺少信任成为一个城市的病症。找寻精神的愉悦、物质的富足、一根悄然滋生的白发、一个故作纯真的表情……

眼前的奢华走不进瞳孔深处,你和我都像除夕夜的烟花一样深陷其中。

当方言从城市经过,心灵有了柔软的冲动。

乡情的激流让一双手相握。

这时候的方言像冬衣,披上,就暖了。关切的话语在方言里流淌,我要收起满腹的忧伤,不让你知道我的流浪。

久违的乡音,让兴奋的感觉爬满身体的每个部位,我像一棵干涸的小草吸收到大地的甘露。

方言,在不经意间把我蒙尘的心擦亮。

思乡的弦在暗夜弹响。

在陌生的地方,方言是我的身份和名片。当我年幼而贫穷,它像母亲一样爱着我。当我年老而富有,我像怀念初恋一样怀念它。

在人海中沉浮,方言是我的亲人。回望人生,它竟然是我一辈子放逐的纯情。

一方水土养一方人,方言是最好的见证!

(选自《中国诗人》(双月),2014 年第 2 卷)

在文字里相聚

写这些文字,只是为了在这里,与你相聚。

那些沉睡已久的文字和我一样,曾经绝缘,因为没有遇见。

现在我何其幸运,遇见了你。文字便雀跃着从心底复活。电脑是我的城堡,我的城堡里住着你。我可以不眠不休,横卧在自己的梦里。即使梦里,也会有想你的文字蹦出。做梦,并无特定的轨迹。你和那些诗句永远是梦的主题。每每苏醒,那些文字挂在空中,散发着百合花一样的清香。每每如此,总与你在最烟火的人间沉迷。

不愿醒来,隐秘,曾经的记忆。将它们层层包裹,涂上最鲜艳的蓝,珍藏在文字里。等你。

把你的名字含在舌尖，仍然无法触摸彼此的距离。羡慕那白狐，为了爱可以穿越时空。十指在黑暗中延伸，敲击键盘的声响洞穿内心的疼痛。在文字里寻找你的枝丫，渴望一生钟情的悬挂。我离群索居，日日书写，痴迷、沉醉、不想优雅转身。我知道，文字中的温存，可以挥霍掉现实中所有的泪水。

相片是相思的替身，我没有。只能在文字里与你对望，墨守心灵的皈依。

就这样，与文字相拥，落寞绽放一个人的美丽。心中有你。一瞬间不短，一千年不长。你给予的灵感和语言，组合一种最复杂的简单。表达一种最纯粹的思念。此时，我可以用自己喜欢的方式，梳理与你的点点滴滴。可以闭上眼，触摸你心底最温情的柔软。我可以欢笑，可以悲伤，可以将你的名字写成书签吻一千遍……

你我在这里相聚，在文字里，我用你的眼睛疼爱自己。

晨钟暮鼓，风霜雨露。岁月不曾为谁停留。

多想把我的手放在你的手心，感受你指尖和掌心的温度。不要你成为我今生最伤感的背影，不要让相聚成为千年才开的荷。此生我只盛放一次！为你，用这些文字。我要将执着的等候，延续到遥远的天涯。我要将缠绵的相思，书写成亘古的绝唱。

亲爱的：一直认为，把思念和爱情放在文字里是明智的。这些文字，为喜欢的人残活一季，为你留存永远。

我写这些文字，只是为了每天，在这里，与你相聚！

（选自《散文诗世界》，2011 年第 10 期）

李虹桦

李虹桦（1975— ），本名李金凤，女，广东信宜人。作品散见《星星.散文诗》《散文诗》《散文诗世界》《中国散文家》等报刊杂志，作品被选入多种选本，获奖若干。

一扇门，微微开启的声音

风，裹着草香，牵出你的章节，打开你的心事。

我，摁灭内心焦躁的火焰，让沸腾的血液，接近苏轼笔下春江的体温。又挑出身体里多余的凌条，让生命中蜿蜒的水，涟漪出慈悲的佛性。

皱纹、伤痕，以及那些动荡的废墟，在极目远眺的顿悟中，收起盛开的枝叶。

你，是星宿，是祈告。

从脚手架上扶摇拾级的攀爬，一眼就收纳了远处的炊烟和守望的目光？

伸手的瞬间，是否触摸到了天空的骨架？

流水线是日夜兼程的穿梭，穿过汗味、隐忍，穿过暖，穿过冷，是否用一声知耕鸟的鸣叫，串起日子的阴晴和冷暖？

比草更低的匍匐，贴近大地的根部，就能聆听，树参天的秘密……

此刻，你，是一扇门，微微开启的声音。

（选自《紫江》，2017 年第 4 期）

宓　月

宓月（1976—　），女，浙江绍兴人。著有散文诗集《夜雨潇》《人在他乡》《明天的背后》等。

黄昏，回望一座古城

仿佛是从一个梦境里被强行推出。未完的故事还在等待继续，音乐已戛然而止。

醒着的、不愿醒来的，都得起身回到现实。

可我还在回望。精彩的、高潮的部分，应该还在那没有走完的巷阡上吧，抑或就在匆匆一瞥的大宅院内？

夕阳，浑圆的一轮，搁在土夯砖砌的城墙垛口上。

它很快也要沉落下去了。终有无限的辉煌，无尽的眷恋，白日的帷幕已徐徐落下。

场景已经转换，历史已经远去，我已在启程回归的路上。

可我的心还在飘移，我的眼睛还想把整座古城都装上带走。

人世的沉浮，岁月的变幻，历史的面孔总有着几分似曾相识。

一座古城，就是一部完整的历史呵。只可惜，当身在其中，却像是在醒着梦游。不知道自己身在何处，不知道东西南北，哪一个方向是你该去的地方。雕花的梁枋，彩绘的门楣，这些岁月的陈迹，哪一个更具传奇色彩？

高高的门槛，无数的人在跨进跨出。

日升昌的大门，开启又关上，关上又开启。迎迓了多少个日升日落，目送了多少的人来人往？

而我，仅仅是走过，就像蜻蜓点水。

只是，我听到哗哗的白银声仿佛流水的声音。来来往往的人，也只是流动在院落、街巷的烟岚，最后都会消失无踪。只有砖瓦是真实的，让我触摸到了岁月的苍凉；只有城墙是厚重的，还把我的心久久地绊住，不停地回望、回望……

多么希望，黄昏是一件巨大的袍子，能把平遥古城整个儿地包裹起来，让我带回去细细地品，慢慢地读。

然而，我行囊空空，心也空空。

我可以带走一部史书，却带不走一段历史。

远方的都市，已在暮霭中亮起一盏盏星星般的灯。那里才是我的烟火人间，才是我真正做梦的地方！

几百年后，它是不是也将成为另一座古城？或者，只是一片废墟？

致×友

怎么可能无所谓呢？

你的目光淡淡地从24层的楼顶掠过。

北京的天空，如此湛蓝而深邃。属于你的，只是这小小的一角。

如果你愿意，这小小的一角天空，也足以装下整个秋天的阳光……可你却说不。你含笑的脸上，我找不到阳光停留在何处。或许，阳光根本没有照临到你的身上……

你吐露的每一个字句，都染着冰雪的寒气。是否，草原上的冬季已经提前占据了你的世界？

一直想与你这么静静地对坐，说几句贴己的话。一杯白开水就够了，真正的友谊，从来都不需要复杂的形式。

可是现在，许多的话语被适时地阻止在了窗外。我知道，所有的解释都属多余。我能分明地感觉到一种疼痛，它们一定已经在你的心上剜出了一道深深的伤口。

我多想告诉你，当你轻轻甩动牧羊鞭，一片云也能被你追赶成羊群的模样，繁花似锦的草原就会向你铺展……

可我说出的，却是"下午的阳光真好"。

那一刻，我忽然怀念起那个七月，仿佛已经过去很久很久了。

熙攘的人群中，我们告别。身影覆叠成陌生的样子。

我想回头，但你的目光是一条结了薄冰的河，我蹚不过去。

曾经一起在马奶酒香里沉醉，一起痴迷于蒙古长调，此时此刻，全淹没于都市的烟尘。

我不敢想，许多年后，我们是否还会再次拥抱，让蓄积的泪水淌成欢快的溪流？

我只想说，并不只有一个孤独的影子徘徊在夜的深处……

（选自《明天的背后》，四川文艺出版社，2012 年版）

陈　顺

陈顺(1977—　),土家族,贵州沿河人。著有散文诗集《穿越抑或守望》《指尖上的庄园》《九盏灯(9人合集)》等。

37°酒吧

夜幕潮水般铺开,华灯渐次绽放。一扇涂着红色寂寞诱惑的门,横亘在两个世界的中间。一只泛着诡异、幽光的酒瓶里,装着一个光怪陆离的世界。

这是一个没有花鸟草虫纯粹的世界。狡黠善变的目光和粗制滥造的言语汇聚成一条流动的河。数只小船在指尖的掌控下畅通无阻。没有风,帐篷在膨胀,梢在摇晃。一摇一晃之间,语言,卸下高贵的外装,渐渐裸露出原始的带着暖色的暗伤。

背景由红变绿,色调由浅变深。手指僵硬成茧,语言瘫软成泥,蓬头垢面的酒杯张开欲望的嘴,将绅士、淑女囫囵吞下。桌面上,除了被巨浪席卷上岸的阴谋外,仅余一堆发着高烧的呓语。

这是一个绝对自由没有防控的世界。是白天,也是黑夜;在此处,也在彼处。壁画上,目光歪斜,张牙舞爪,生命的原型表露无遗。一个个放大的瞳孔里,有天堂的宫殿在闪烁,在流淌。佛曰:“我不下地狱,谁下地狱?”随后,水,越来越大;浪,越来越猛。

酒杯的重心渐渐下沉，直至沉入夜的底部。

夜色，越来越深。一个世界被最后一辆黑色的马车带走，一个世界正浓妆艳抹，欲粉墨登场。

酒吧外，除了几个歪斜的影子和几缕浮动的暗香外，一片寂静。

零点车站

酒停了，杯睡了，一只变态的夜猫在霓虹灯下坐卧不安。幽深、惊诧的目光，如两道闪电。一道通往遥远的山村，一道通往另一座城市。

路灯下，一个清洁工人，身披一身光影，挥舞着生活，将谁昨日丢失的车票一张张聚拢，又一张张凝望。

风起了，门开了。三三两两的人揣着希望走进车站，步履铿锵；三三两两的人驮着希望走出车站，步履铿锵。擦肩而过的瞬间，或沉默不语或点头示意。两个方向，一头连着起点，一头连着终点。脚尖、脚跟，脚跟、脚尖朝着相反的方向将生命的行程一一丈量。

站台上，生命的守望盛开成一朵美丽的泪花。牵手、拥抱、热吻激情上演，让冰冷的站台一次次颤动。

站台外，生命的远行流动成一个动感的符号。挥手、眼泪、叮嘱相继登台，让冗杂的站台一次次受伤。

是离别，也是聚首；是迎客，也是送客。这里每天都在上演悲欢离合，归去来兮。面孔新鲜，眼泪真实。站在这个舞台，我常常不知自己是主是客，是去是留。心，在一阵阵抽泣和悸动里晃动不安。

这是一个通往灵魂的车站。脚印堆积脚印，目光重叠目光。一个站台，俨然就是生命的全部。

（选自《散文诗》，2012 年第 10 期）

陈劲松

陈劲松(1977—),本名陈敬松。安徽砀山人。著有散文诗集《五种颜色的春天》(合著),以及《白纸上的风景》《边地短札》《风总吹向远方》等。

赤脚穿过城市的孩子

用叩响大地的十指叩响城市的门扉。

走失了那双布鞋的孩子,他破旧的行囊里塞满炊烟、麦香、一口老井中清亮的月光,卑微的梦……

目光畏缩。他因羞赧而变红的脸让我想到,这座城市面孔上被脂粉和妖艳的眼影遮蔽的那丝潮红。

幻象:狂野跳舞的城市。涂着口红、被抽走了温暖的城市。塑料花朵盛开的城市。高脚酒杯的城市。

茫然无措:一粒种子在钢筋水泥的丛林藏好它的疼痛和梦。

赤脚穿过城市的孩子,在这个城市的夜色里,用冰冷的脚掌,把谁

柔柔地踩痛?

弯下腰去

为了取出那本诗集，我不得不弯下腰去。

在手抵达书架的最底层之前，我的头依次低过最上层的股票、大盘，然后是第二层的口红、眼影、唇线，之后是第三层的柴、米、油、盐。

是为诗歌弯下腰吗？

那些挤满塑料花朵与妖艳女人的书，衣衫光鲜、道貌岸然，它们都趾高气扬地站在书架的顶端。

弯下腰去，
心有些酸。

盲　道

向路问路。

一支竹杖在慢慢行走，它依次道出一条路的平平仄仄，它还会指出：

那些面色阴沉的石头！

竹杖在行走。小心翼翼，腰杆挺得笔直。

轻轻叩击那些黄色或绿色的地砖，我发现每个盲人都是微笑着的。

哦，那些干净的笑，来自最深的黑暗的内部！

（选自《白纸上的风景》）

语　伞

语伞(1977—),女,本名巫春玉,生于四川,现居上海。著有散文诗集《假如庄子重返人间》《外滩手记》。

这个早晨

凌晨的第三个梦说,城市的嘴唇需要闭关。

她还是早早地从露水中醒来,在曙光面前摆好筛子——

伸懒腰。穿衣。抖掉全身上下慵散的颗粒。像拜访旧友一样拜访早餐。在朝霞没有打扮好之前出门。快步。紧紧地抱住深呼吸。

这个早晨,古老的神话端坐在光明之上,她终于明白了天空的深意。

仰望一只飞鸟,看白云的幸福手捧棉花,穿过两条街道,与第三个红绿灯迎面相逢,安心地在人群中发酵。

作为这场盛宴的品尝者,时间有多少裂缝,她就愿意用多少余生的沙砾去补漏。

她死咬着沿途的笛鸣,自己为自己不断留白,直到汽车的尾气覆盖了她的视线,空气发出秘密的叫声,她才从城市的耳朵里转过身来。

“人类正在透支——

那些明明还不起的债……”

大地闪耀如鱼，她本不想说这些鳞片下风尘仆仆的刺。

每条路都能找到自己的亲戚

展开地图，每条路都能找到自己的亲戚。

从浦东与浦西说起上海，不同的方言彼此浸泡。

她在书店的橱柜里注视祖国，二十三个省份的名字各执起点和终点。

小渔村已经长成大城市。吴侬软语里彼时多汁的故事，早在众人皆醉我独醒的时刻，悄悄退下舞台；此时带露的传奇，正在日出江花红胜火地上演。

研究众生平等的神已经老去，她身边的陌生人越来越多。

怎样缓解黄浦江与一位异乡人的关系？

黄金上挂满了荒草。

高楼头顶雾水。

只有这一条一条的路，坚持从沉闷的日子里突围，一步一步，一段一段，无论晨昏，无论阴晴，都将距离的温度连接。

这一条一条的路，安静地躺在上海的掌心。

她，或者他们，就在上海的掌纹里豢养了无数的快马和鸽子。

外滩，或者镜子

天空吞咽下远飞的云雀，尔后又占据我，在我眼中散步。

外滩，沉默为礼物。（一条绣着灯火的丝巾）

四月更新了去年。

新生的植物，已逃出陈旧的形容词，滑入动词舒展叶子和枝条。

我心微颤，隐匿镜中，成为介词——

成为江水、晚风、汽笛、广告语、大厦之间的中介物？

外滩之镜，洞见这个城市的意象太过于繁复，打乱了春天来临以前的秩序，打乱了人间最可信赖的事。

名词已集体中毒……

（与病死的动物们遥遥相望）

自然憔悴，我成为秘密和羞愧的容器。企图驯服影子的人，开始在嘴唇上举行假面舞会——

石头：谁会扑进别人的火海焚烧自己的内脏？

镜子：眼泪已晒制成蜜饯，亲爱的，我看见了世界和它的真。

暗喻：上天扔下的一粒麦子，长出了两只脑袋。

独酌：幻觉在雨中掉落黄浦江，复杂的交通堵塞了神秘的人心。

秋天:一个城市的手指结出另一个季节的果实,指甲上绽开寂静的修辞。

语伞:甘愿被黑夜虐待的人,就能听到自己的回声。

第N次发呆。半空中,无数蚯蚓的身体,扭动魔镜的细腰。

站在外白渡桥上的游人中有没有庄子,窥破鱼一般地,窥破人心的孤寂和哀愁?

霓虹闪出双手,用江水清洗眼睛。两岸对坐如对弈,江上的波光像一颗颗跳动的棋子,隐藏阴影和心机——

生死如两岸,对坐,对弈,甚至越来越难以辨别两者的容颜。

外滩在夜晚俯身,用灯杆的羽毛笔,试图书写或虚构一段历史。

我纷繁的欲念跌入脑海、跌入黄浦江下游的东海,组合成一条大鱼。它游着游着,又张开巨蟒般的嘴巴,回头看我。

镜子裂了,不断地掏空我的眼睛。

我一边喊痛,一边寻找走失的摇篮曲。

影子擅长作画。

春天取出足够的颜料和灵感,画笔,光线一样跳荡。

外滩的画板上,那么多美,那么多诱惑,层层累积。画板、梦境、镜子、外滩已经在我的脉搏中延伸出一道返乡的航迹。

青山绿水,只是客串了那个无法破解的消息,接着,被推向白云的深渊。

我使劲揉了揉眼睛，玉兰花落了一地。

春天日渐模糊。

这个世界还是真的?

问号一出口，镜片就在我脚下碎出岔道。

我控制不住体内薄如纸张的寒意。

我的周身，灌满了异乡人的心、倒春寒中的心。

在外滩，这面镜子私藏了多少变形的往事? 我能否在镜中重新建立自己的世界?

其实，我只是一个复制品。

更多被复制的人群，渴望在游戏中试探一个出口。

月光大厦，胡萝卜城堡，薄荷糖宫殿，芥末山脉，卷心菜洞穴、糖果星宿……

为了寻找第三面镜子，在体内，秘而不宣。

周围，那攥紧左手的人，右手正不知所措；攥紧右手的人，左手又似惊魂未定。

周围，人流中的每一个人都是我，我像人流一样孤单?

外滩把沉默绷得更紧了。

正面的白昼，反面的夜晚。

正面……反面……

“外滩”，一个城市最宠爱的词语——关键词，词根，主题词，名词……来，给光，谱上新曲调，识别头发的伤痕和心雨的绳结。

春天就快结束了。

我在外滩,像镜子上的一个亮点,还是一道裂纹?

裂纹里,藏着马蹄的长啸。

亮点里,有着最富足的阴影。

(选自《外滩手记》,北京燕山出版社,2014年版)

黑　马

黑马(1977—　),本名马亭华,江苏人。著有《大风》《苏北记》《寻隐者》《乡土辞典》等。

玻　璃

玻璃是易碎的,时间和空间在变幻组合。

玻璃在高温中重新被解释,排列,压制,冷却,成形,生成另一种新的秩序或序列。

据说,古老的玻璃诞生于沙滩,被梦想的闪电运载,驶向未来生活的高处。它们透明,洁净,没有瑕疵,完全理想化,然而单纯的心灵一旦遭到打击,仅仅的一瞬间,却是毁灭性的,永久性的。一块玻璃彻底死了,比一个人爱情的毁灭还要破碎得彻底,尖锐将成为它胸腔里搬不动的块垒,最终填满了脆弱的内心。

都市多用玻璃装潢门面,玻璃保持了 T 台模特的某种相似性:线形,流畅,透明,诱惑,敏感,节制,张扬,玻璃无疑带来了视觉盛宴,风光无限,但你无法真正走进,想跨越它的人都碰了壁。有专家指出,玻璃代表着一种文明和原则,我看见玻璃有一颗明净的心,谁也不能玷污它,玻璃"宁为玉碎,不为瓦全"。而卑微的人类,在被利器棱角伤害时却有着截然相反的反应:懦弱的灵魂濒临崩溃。

太阳与玻璃共有信仰,太阳是神圣的,水晶与玻璃同样透明,水晶是高贵的,只有玻璃保持了平民本色和低调的姿态。

玻璃是有信仰的,捍卫信仰和尊严的方式颇为勇敢:打碎自己,撕裂心肺,伴随着那一声尖叫,歇斯底里,义无反顾地弃世,最后彻底松开了自己的一生。

(选自《诗潮》,2010 年 2 期)

蒋志武

蒋志武(1980—),现居住深圳。著有诗集《泥头上的火焰》《河流的对岸》。

高空坠落物

透明的玻璃,将成为我们最后的宿敌。高空,让尘土感到害怕,坚硬的石头在坠落之时收紧了骨头。

命运的绝唱,低处的流水寻找更大的海洋。仰望高处,手掌擎起虚妄之旗。泛泛主义的肌肉扛不起铁的击打与碾压。

一块铁,陶器,或者悬在高空懒散的花瓶,我不信仰它们。

绝望,或者高处的坠落物都将冒着危险的风速,漩涡中的鸟类,在深夜的高空祭奠黎明和人类的烟火。

死寂的黄昏,在莫名的悬崖上。

我背着我的阴影,在高处彷徨了很久。

集体舞者

集体舞者,他们在高音喇叭里集体怀旧。

我看到波动的旋律里,炸响的时光中有切肤的回响。

高昂快速的节奏引领舞者起伏的内心，我愿意聆听一致的静，一致的韵律含有铿锵的旅行。

夜晚的广场，面对汹涌的广场舞者，我从来没有感到过意外和惊骇，高空反射的音响是大地俯首的柔情，集体舞者记住了时光或者历史的局部，腐烂的生活在广场中得到余旋。

噪音大的时候，我使劲关紧了门窗，拉下流汗的窗帘。

（选自《文学报》）

郑小琼

郑小琼（1980— ），四川南充人，现居广州。著有《夜晚的深度》《郑小琼诗选》等。

都市会

都市打击乐在地铁站上演着，它湿漉漉的，似大海卷起书页的卷角。旧的羊皮书，新的印刷体，电子版本，它深入都市打击乐的黄昏，深入人类的痛苦之间。幻象的床上，墙壁，樊篱以及无限锋利的刀子切割着内心的梦境，你关闭魏晋课本，关闭长袍烟柳，关闭全身敏锐的触觉。

剩下失丧的脸与枯绿草坪，剩下孤独，拥挤，无可救药的蓝天在遭受炎凉的分割，这年月我们离世态很远，它像遥远的海域一只微小在战栗中的小帆，模仿着我在眺望着的遥远梦。

她正经过扩版注水的晚报，与暧昧不清的早餐，剩下一贴招工的启事有着落日般难言的温暖。前世的明月隐进霓虹之中，远方的诸鸟与树木隐进开发之中，唯见粉色的别墅点缀青山悲喜交加的眉尖。

她的身后，是一条像旧城一样消逝的唐代。

隐匿于广告的某个角落里，而她正经过紫箫青袍，人生的残液倾倒得如此缓慢。

她在结核，成形，跟随一堆故纸与旧事，她洗尽那些乌衣巷的红尘，洗尽那些寻常阡陌的清苦。在城市间行走，寻找着一张清澈的脸。

一个在他的身体里安置着一座城市，打击乐中聚集着一个人的心愿。

他站在生动的地方，一直倒着生命的残液，倒着苟延残喘的生存，倒尽炎凉的世道，倒尽流落他乡的悲苦，倒尽这些失业的沮丧。

剩下一张沮丧的脸，在城市间，我被打击乐淹没，那张湿漉漉的脸

反复地呈现……

（选自《青岛文学》，2007 年第 12 期）

给方舟

在斑驳弯曲的江水间，在楼群倒影的裸体间，在长安迅速变幻的曲线间，我们的诗句从浊流的欲望间，从经济的乌云潜逃而出。这些饱含着辛酸的汉字将唤醒我们体内的某种元素。

春天已似露天的铁，在这个城市锈迹斑斑。

在长安镇某座山上，我们目睹昔日的风景在逝去。

蘸着细雨似的伤感与黑沉沉的时间。

在模糊背景的青春间，在虚无的地平线间，这些染满乡愁的机器吞噬着往事。

多少我们不敢触摸的事物在城市深处。我们的诗句在城市锯齿的边缘生长着。那些可疑的时光似乌蛇般蠕行着，荒唐而有限的正义在黯淡的帷后。

我们在句子间分享着内心涌动的激情与宁静。

在一场暴力的隐喻间收藏一颗颗脆弱的心。

不经意间流露出蝴蝶们在工业区上方无声的哭泣。

在街道灯红酒绿幽暗的光线间，我们的诗句仍在贫穷中保持着高傲的黑瘦。我写着古老而神秘的巫术与梅山峒，凌乱的工业带来没有秩序的美和忧伤。

诗人，在这个城市有着忧郁的命名。当疲惫的黑夜为我们身份佐证。

我不知道这些诗句是工业城市的荣耀还是不幸。

深夜无形的压抑让我心怀愧疚。

我们的文字并没有在逃亡。弯曲而黯淡的节奏有着我们细微的敏感。

给何超群

远方的事物被打磨成银子与虚弱的水，萤火虫或者冬天的雪，文字已无法表达的内心需要用一颗琥珀来保存，黑暗与寒冷的星光在黑浊的运河中消逝。

月光照亮生活虚构的真实，远行的火车带来秋天的风，我看见体内瘦小而怯懦的阴影，它们已成为思想的一部分，柔软而不可触摸的记忆在高楼玻璃的另一侧。这些孤寂的常绿植物已枯萎,它已沦落为可怕的象征。

用生存来证明生存的深刻,用文字来哀悼乡间的风景。秋天的颜色在缓慢地变旧。

它将沉重的弧线抛给北方的故乡。故乡,北方,这精致而脆弱的意象,是何家湾子或者嘉陵江,是尘世间匆促的过客。

这孤独的词或者变幻不定的事物,我们的诗歌会如同我们一样衰老和风化。如今,我们只能在诗歌中守着我们的本身。愤怒,喧哗本来就不属于诗的本身。我宁愿接受那些虚无的理想与夜晚,为虚无祈祷。

我们接受虚无的宴请,从图书馆到文化广场,物质的城市无所不在,我却不知道如何深入来放弃,在非理性中完成理性,在高楼中每一个个体都被打磨成零件,我们在打磨中各自完成命中注定的本身,潜伏在我们体内的意义正在无意义中活着。

秋天支配着秋天,在自由的途径间。

秋天必将凋零!

在物质中完成物质的轮回。在孤独间回到孤独的本身。当远方滑落在星子,在远方的屋顶投下乡间的夜晚。

我们在城市像生锈的铁具,在潮湿阴郁的锈间衰老。

秋天已蛰伏在我们血液里,它流动成时光中一些遥远的事物。

(选自《青岛文学》,2009 年第 1 期)

周根红

周根红(1981—)，安徽望江人。著有散文诗集《风吹弯了天空》等。

台　城

无情最是台城柳。

一句诗把我们引诱到城墙上。一条旧带子，绕在城市的腰际，爬满青苔，像生活中那些赶不走的忧伤。

东吴的大将，三国的武士，在一个个垛口里成了诗人的韵脚，只有叶子厚厚覆盖下来，怕他们着凉。

远处的紫金山，是一块巨大的面包。我们用城墙这根长勺子，剜到嘴边。

渴了就喝一口脚下玄武湖的水。然后躲进鸡鸣寺里好好睡一觉。睡得比城墙还长。

我真想在城墙上喝点酒，大醉一场。然后怀抱一壶月光，回到明朝的酒杯去。

（选自《诗潮》，2009 年第 1 期）

南京长江大桥

让我们起立，戴上鲜艳的红领巾，跟着小学语文课本一起朗诵：

南京长江大桥。

一座桥把一条大水分成两半：

一半是三千里的云和月，

一半是八百担的光影和历史。

那些过往的时光，在一座桥上摇摇晃晃：

一个个桥墩上站立的士兵扛着枪，让思想在开阔的水面上沙场点兵。

那个向红日仰望的少年，正用白鹭的翅膀蘸着露水，在天空写下蔚蓝的口号。

一只落在围墙上的小鸟，在风中亮了亮嗓子，又飞向了天际。

我就站在桥上，看着浪花的鼓点，抬着一座座花轿，迎接太阳这个新娘。或者，端起一江老酒，把月亮灌醉。

（选自《诗潮》，2009 年第 11 期）

汪志鑫

汪志鑫(1982—),宁夏彭阳人。著有散文诗集《岁月痕》《中国散文诗人访谈录》等。

穿梭在黑夜里的白天躯体

常在黑夜穿行,

已忘却白天的光和热,美好的,厌恶的色彩,

以及夜所不及的喧嚣。

站在霓虹灯下,娇艳欲滴的身影,

从未见到,哪怕是虚拟的光。

交通信号灯,不乱阵脚,把夜行的人分成拨次,一滴忧伤的汨,滴进城市的角落,

走不到天明。

蜷缩在高楼下的人,嘴里念叨的,

是一连串感恩的辞令,还有神的护佑——

或许,蜷缩是生活状态的背影,是阳光下无法完成的自我放纵。

愿赌服输是夜的定律,是幽暗给予的强大。

白天的躯体,要活出一个"人"字来,

只有精彩是加分的选项，
无须夜昼的分界，以及强加的意志……

夜和昼，都有似懂非懂的交点，
如凡·高的向日葵，高傲是艰辛清贫与望眼欲穿地等待。
留在城市的，是乡村厌倦了的浮华。
驻在乡村的，是城市扬弃后的尘埃。
浮华与尘埃的鸿沟，是自我设定的障碍，
微不足道，却气吞山河——

记忆是勇敢的，也是脆弱的，
怨女痴男不期而遇的笑容，
丢失在自我的前夜。
风，击入骨髓，看见卑微的伤，
还有谁？在这静寂的午夜，怀念曾经的微笑！
交通信号灯，不乱阵脚，把夜行的人分成拨次，一滴黯然的泪，洒在黑色的海洋里，
时髦，不落伍。

半张纸，如半盏茶香

舌尖上残留的香，是黑夜赋予的想象。
我写满了抒情修辞的半张纸，力透纸背，印在何处？
从现在开始，留着半盏茶，让香味缠绕周身，少年曾经长飘的

围巾，在朝阳的隐射里，留下一朵向日葵的高度，看不清初衷。

这个世界，敬终如始才是完美的。

一只狐，从一个傍晚，跃过另一个傍晚，在半张写就修辞的纸面前，束手无策地颤抖，雪花冻僵了纸的心绪，如残垣在无限延伸，茶香溢来，纸上的修辞沉迷其中。

对岸的船家，吆喝声洞察了狐的心事——

趁冬色还浅，夜色还浅，冷色还浅，让半盏茶留着娇好的温度和容颜，

透过牙龈的世间，咀嚼咸辣多热呛的晚宴……

我起身，走向远处的茶杯，却发现一切是空的，唯有半张纸，具象着茶香熨烫过的坚挺，半脸兴奋，半脸娇羞——

我携着半张纸走出人群，半盏茶却再无香味，

只是半张纸上的写就的修辞，早已蕴藏了醇久的茶香，

不在茶楼，不在酒家，而在初心。

半张纸，安分如初——

（选自《文学家》）

杨剑文

杨剑文(1983—　),陕西横山人。曾在《星星》《散文诗》《诗潮》等刊发散文诗作品。

冲咖啡的程序

一支速溶咖啡在等待黄昏临近,又走远。

白开水,以沸腾为舞。白色玻璃杯学会佛端坐的姿势。等待。

水先于时间抵达杯中。

咖啡粉末以山崩的速度,俯冲下来,似一尾鱼深潜于水,寻找沉没多年的船及记忆。

记忆也是沉没的船。

残。碎。乱。

似火山爆发。似洪水冲堤。

咖啡粉末浸于水中。

水滴包裹咖啡粉末。

二者合二为一?看不到水的清澈,看不到咖啡粉末的细碎。是消失。是重生。多像记忆中的一些事。渐渐向一种无言的空白靠拢。

水是什么味道?咖啡是什么味道?夜色是什么味道?记忆

是什么味道？加入一滴眼泪又会是什么味道？

咖啡粉末四散开来。

脑海中再次出现冲咖啡的过程，像一次次重播的电影，光束划开像黑暗一样的记忆味道，在心头俯冲下来，

似鱼潜水。似船沉没。

渐渐，知道记忆的味道。

（选自《2016年中国当代散文诗》）

仰望庄稼

黄昏，随他嘴角的一颗米粒坠落。

坠落是昨天电梯事故的速度，划伤神经。夜色中，他仰望城市站立的“灰色庄稼”。

庄稼啊庄稼，村庄是绿色的庄稼，城市是灰色的庄稼——高楼大厦。他抹一把汗水，汗珠增加着灰色庄稼的高度，汗珠擦亮着灰色庄稼的亮度。

亮度是一抹笑，抖落一天的劳累、疼痛。

疼痛在劳累中清醒着。看一眼远处的山，山似奔跑的马。

马有多快？能否快过思念？

思念，一颗颗积攒，像汗珠样，流淌成九曲十八弯的河，流淌成八月十五的月色，流淌成九九重阳的黄花。

黄花，在近处倾听风的喘息。

喘息，让脚步迟缓。

迟缓。脚步迟缓。再仰望一眼中午种植在城市的灰色庄稼，

把一片绿色庄稼种植在梦里。

梦里，一个人仰望着高山上的绿色庄稼。

庄稼连接着一个词，叫荒芜。

荒芜，之后还是荒芜。

荒芜。荒芜！

（选自《湖州晚报》“陕西散文诗巡展”）

城市背包

陌生的城市，总是刮着大风。

行色匆匆的人海，谁会注意一个皱巴巴的背包，挂在瘦小的肩上，如一只撒了气的气球，挂在冬日无精打采的枝头。

然而，你已成为油头粉面者侧目的风景。紫铜色的脸庞，难懂的方言，还有油腻破烂的背包，暴露你的一切。

背包里有什么？那是骗子和小偷关心的事情。

你关心什么？六里桥长途汽车站距天安门多远？去阜成门坐几号地铁？去协和医院坐几路公交？看静脉曲张是去协和西院还是东院？三零一医院是否欢迎不是首长的农民？

你把疑问凝结在眉头。

你在如刃的冬风中翻看地图。

你在陌生的城市咀嚼熟悉的馒头。

这是一座伟大的城市。

这是一座陌生的城市。

这是一座你年轻时向往的城市。

现在，你最关心的是：

——这是一座医治静脉曲张最好的城市。

然而，在这个寒风凛冽的冬日里你看到，这也是一座堵车最严重的城市，你苦笑，对自己老婆说："首都北京和你一样得了静脉曲张。"

你站立在高楼大厦的阴影里，面对如林的楼房，寻找属于自己的方向。

你向上抻一抻背包，开始行走。

背包装满城市的风，鼓鼓地压弯你的脊梁，我的父亲，在冬日的北京，在二〇一〇年十二月十日，成为城市指点的一处别样风景。

父亲，陕北农民，背着破旧而硕大的背包走在北京的宽阔大街上。多像一幅巨大的油画，我看着看着，心慢慢被浸泡在一罐浓酸里。

选自《散文诗世界》,2011 年第 10 期)

李 东

李东（1988— ），出生于陕西洋县，现居西安。著有诗集《时间迷津》。

疯长的思念

阳台空空荡荡，思绪随处漂泊。

去花卉市场，用在城市的半斤汗水，可以换回故乡的几株野花。乡下的野花，被装在城市的花盆，便有了贵族气质。

钢筋水泥的森林里，花盆蕴藏着水分、营养，主宰了植物的全部命运。阳光从盆中带走一些水分，劲风从盆里带走一些尘埃……故乡肆意生长的植物，在城市的阳台上命若琴弦。

种几株植物就是安放故乡。这些坐落在阳台肩部、悬在城市上空的植物，不曾向逆境低头，似乎深知无论长于何处，头顶同样有一片天空，它们从小小的花盆里，一点点吐出绿新。

在雨水与阳光俱佳的季节，几株植物带着我的思念疯长。

（选自《散文诗》，2014 年第 7 期）

春天的边缘

推开喧闹的城市之门，春天被一阵风送到眼前：万物复苏，新绿萌芽。

花朵用盛开的方式诉说心事。洁白的梨花，像刚刚退去的积雪，再一次攀上枝头；而鲜红的桃花，像一堆堆升起的火焰，赶走料峭的春寒。牡丹高贵典雅，茱萸花团锦簇，旱莲古树飘香。百花争香，群芳斗艳。

秦岭以南，巴山以北。油菜花铺开千万亩春天，布满田畴，涌向山峦。大地金色的梦想，在风中编织、涌动。

蝴蝶舞动美丽传说，蜜蜂采集甜蜜生活。暂离"樊笼"的城市人，尽情吐纳春天的气息，久违的笑容比花朵更加灿烂。

秦岭边缘，汉江河畔。春天铺开一张斑斓的画卷。

柳枝随风翩跹，摇曳一江春水；鲜花争相怒放，点缀万里青山；鸟鸣路线错综，经纬天高云淡。

诗情画意的魅力天汉啊！此刻，我就站在喧闹的外围，站在河流的彼岸，站在春天的边缘。

边缘，是城乡接合部，春天被一座城挤远；边缘，是裸露的沙滩，春天被一条河隔断；边缘，是希望的起点，春天被一个梦点燃。

（选自《伊犁晚报·天马散文诗专页》，2013年第7期）

牛　冲

牛冲（1991—　），河南项城人。作品刊发于《中国诗歌》《草堂》《延河》等。

白　领

从地铁口走出，左转，右转，扶梯向上。
都能看到歉意的微笑，像石头上开的花。
真是难以理解，举止得体和无耻邋遢，
暗香销魂和臭气烘烘竟如此和谐，以至于，
一个人不得不从现实的困境中走出，
以一种绝妙的方式掩盖生活。
肌肉紧绷，双腿紧促，努力寻找一个银色的空心管，
装满一天的沉默。

凉皮妇

她飞速地转动手中的搅拌器，
顺时针将生活离心，醋、盐及绿色的蔬菜。

在水城路，浮光掠影的午后也有沉重的呼吸，
在绿灯未亮之时，下一碗已经被我的胃占据，
我只看到，建筑工人离去的必然成为她加速的原因。

丈夫黝黑的脸泛出难堪之色，没有夜晚比今日更早的黑，
他快速拿出一次性碗筷，将最后一碗如数交还，
交出一个傍晚的沉默，他想追赶人来人往的悲欢离合。
就这样总被迎面而来的城管打断。

她转动脚下的踏板，他们为今日的逃离而幸福，
没有比此刻的鸟鸣更悦耳，没有比此刻的马路更值得尊敬，
是什么拯救了他们，我知道，
他们远去的背影正在赎回往日的生活。

搬运工

他翘起脚尖，鞋跟粘着白粉末，在早晨。
雾天让这里显得像世外桃源，湿铜的颜色，
被麻袋包裹，五丈长的筋铁在半尺肩膀上，
摇摇欲坠，这是本该抽烟的鬼天气，
他几乎倾倒，对这样的重量他羞愧得满脸通红。

这搁先前，绝不是问题，半根烟足矣，

站起来太简单了，没有比这更容易的事情，他，
这样告诉旁边的伙伴，
这他妈的是什么鬼天气，脚下的泥水浸润了他的汗。
拿根烟，我抽完再搬。

（选自《中国首部90后诗选》，北岳文艺出版社，2017年版）

跋

多说几句话

王泽群

抖起胆子决定组织一个民间团队，来选编《中国散文诗一百年大系》，是因为五十几年的笔耕墨耘，深感一百年来中国的白话文写作，因为民族所遭受的苦难、国内外战争、极“左”思潮的影响等，其有关文学艺术的各种题材与体裁，都很难梳理出一个比较正确的，能表现出这一百年道路的文本来。小说、诗歌、散文、杂文就不去说了，即便影视、戏剧、曲艺、歌曲，要用一种历史的眼光做一裁定，也相当难。

散文诗却不同，这个与白话文运动几乎同时兴起的文体，一百年来，从鲁迅的《野草》，到当代的许多名家、大匠的散文诗集，一直在中国文坛的边缘上，有些寂寞且踬踬颠颠地顽强生长着，繁衍着，变革着，前进着……它虽受到世纪风云大的影响，却仍然保持着一代又一代人的执着探索，翻新，求真，求善，求美。这大不容易，大不容易却走了过来，值得研究探索。

于是，便联系了同道，决定做这件不大不小的事。

感谢年逾九十二岁的耿林莽先生。

耿先生在改革开放之始，便致力于散文诗的创作与研究，并利用《青岛文学》《散文诗》等杂志的平台，提携、引领了一大批年青才俊一起前行，为当下中国散文诗的繁荣、发展，立下了不可小觑的功绩。正因此，青岛的散文诗创作队伍，不仅一直壮大着，且涌现了一批在国内外都有影响的大匠名家。放眼望去，青岛的这个散文诗平台，是有相当高度、相当规模的。

于是，我们基本以青岛的散文诗优秀作者为骨干，兼也聘请了我们认为在散文诗的探求创新方面，有想法、有成就、有影响的外地优秀作者，组成了这支队伍。虽然，好多高手名家，我们没请到，但散文诗的园子很大，或一枝独秀，或百花盛开，都是当今的春色。

我们的想法很简单：做一次“梳理”，使这套《一百年大系》既可做观赏卷，也可做研究卷，甚至可以当作一种工具书。

想法有点儿大？

然也。没有大的想法，哪有小的成绩？

鉴于这是对散文诗一百年的回望，我们的“选编原则”是前粗后精，即尽量把早期的作家与作品都收录进来，亮给今天的散文诗爱好者把玩、赏读、学习、借鉴；而近三十多年，由于散文诗作者队伍的蓬勃壮大，散文诗作品呈现出百花齐放，花色纷呈的特点，我们在选录作者与作品时，就必须多下一些功夫，争取把当代的散文诗名家、才俊和他们的代表作尽量选出来。这就必须精挑细选。当然，不可能“挂一漏万”，但也绝对不可能不“挂万漏一”。

敬请散文诗作家和读者诸友理解,宥谅为盼。

“百花齐放,百家争鸣”,早在两千多年前我们老祖宗就提出来了。

但除了春秋战国那一个不短也不长的时代,这种哲思理念因为各路诸侯与“王”们的争打不闲,曾经普盖了众生。其他时间里,它几乎真的只成了一种哲思理念,甚至只是一个口号。

有心的读者可能注意到了,在《一百年大系》的总序中,耿林莽先生认真地对散文诗的诞生、成长、发展、繁荣,做了精准概括的表述、分析、总结。同时,各分集主编撰写的《序》则尽量地体现、实践着老祖宗的这一哲思理念。

当然,我们做得并不好,良莠不齐。但我们试着在做,努力在做。任何事情,总得有人在做,才知道它好,或是不好。

我们也等待着各路的批评与指教。“活到老,学到老”,也是老祖宗留给我们的一种永远不死的哲思理念。

在我们这个民间团队——十人中已有六人正式退休——决定一起合作编辑《中国散文诗一百年大系》的时候,青岛市文联党组书记魏胜吉先生,青岛荣德文化传媒集团董事长郭胜森先生,中国散文诗终身艺术成就奖获得者耿林莽老先生,在精神上、方向上、资金上,都给予我们强有力的支持。在此,一并真诚感谢。

尊敬的朋友们,没有你们,也就没有这一部《中国散文诗一百年大系》。泽群代表所有同道鞠躬。

图书在版编目(CIP)数据

中国散文诗一百年大系. 4, 都市情怀 / 韩嘉川编
. —青岛 : 青岛出版社, 2019. 10
ISBN 978 - 7 - 5552 - 8416 - 1

Ⅰ. ①中… Ⅱ. ①韩… Ⅲ. ①散文诗 - 诗集 - 中国 - 现代②散文诗 - 诗集 - 中国 - 当代 Ⅳ. ①I226. 6

中国版本图书馆 CIP 数据核字(2019)第 167165 号

书　　名　**中国散文诗一百年大系**
本册书名　**都市情怀**
名誉主编　耿林莽
主　　编　王泽群
副 主 编　韩嘉川　栾承舟
本册主编　韩嘉川
出版发行　青岛出版社(青岛市海尔路 182 号,266061)
本社网址　http://www.qdpub.com
责任编辑　霍芳芳
照　　排　青岛新华出版照排有限公司
印　　刷　青岛国彩印刷股份有限公司
出版日期　2019 年 10 月第 1 版　2019 年 10 月第 1 次印刷
开　　本　16 开(710mm × 960mm)
印　　张　28.5
字　　数　300 千
书　　号　ISBN 978 - 7 - 5552 - 8416 - 1
定　　价　599.00 元(全八册)
编校印装质量、盗版监督服务电话　4006532017　0532 - 68068638